nero

Giampaolo Simi
Piera Degli Esposti

L'estate di Piera

Rizzoli

Pubblicato per

Rizzoli

da Mondadori Libri S.p.A.
Proprietà letteraria riservata
© 2020 Mondadori Libri S.p.A., Milano
Pubblicato in accordo con MalaTesta Lit. Ag. Milano

ISBN 978-88-17-14733-0

Prima edizione: giugno 2020

L'estate di Piera

I

A Roma stasera manca l'aria.

Il cielo si è spento ma la città ribolle ancora, come sotto un coperchio di vetro. *Non troveremo sollievo neppure con il buio.* Questo pensa Alex mentre vaga nel lento brulichio alle spalle di piazza Navona. Ha ancora il suo completo blu, si è tolto la cravatta e si è aperto il colletto, di un bottone solo.

Fa tappa in un bar illuminato da neon viola, il locale è lungo e stretto, tutti sfiorano tutti come nel corridoio di un treno. Intravede mezzo metro di mensola libera e si appoggia in disparte a consumarsi il pollice sul display del cellulare. Poi si mette a guardare lei, la ragazza con l'abito bluette e i sandali argentati. Sembra senza compagnia ed è a suo agio sui tacchi. Lo scollo profondo non lascia immaginare forme dirompenti, ma il verde degli occhi è luminoso come acqua di scoglio, i capelli sono come un velo di seta nera lungo fino alle spalle.

Forse aspetta qualcuno. *Beato quel qualcuno.* Alex avrebbe voglia di inquadrarla di nascosto, fotografarla e poi scoprire come si chiama su un motore di ricerca.

Invece inquadra se stesso. La barba è ben curata, la calvizie incipiente è diventata un cranio lucido e regolare, la montatura rossa degli occhiali è un tocco vagamente eccentrico. Eppure lo sa benissimo, una così non noterà mai la sua presenza in un locale pieno di maschi giovani, alti, scrupolosamente depilati sotto le magliette aderenti. Fotografi, aspiranti attori, aiutoregisti, nazionali di scherma o di nuoto. Tutto il mondo gli sembra avere un'occupazione fichissima, mentre lui è uno votato alla gloria altrui. Per strada gli chiedono spesso informazioni, sicuramente perché è così anonimo da risultare rassicurante. Per gli amici del borgo è sempre stato lo "zio". Quello nato saggio e prudente.

Lo "zio" però stasera è sfiancato dal caldo e non ha più voglia di essere reperibile per le esigenze altrui, per cui spegne il cellulare e decide per un Moscow Mule.

Mentre lo ordina al barista, una voce di donna alle sue spalle chiede com'è.

«Vodka e ginger ale» fa Alex, senza voltarsi. Cerca dieci euro nel portafogli, poi sente dire: «Lo provo, allora».

È la ragazza con il vestito bluette. Alex annuisce stordito, lascia i dieci euro al cameriere e parla prima di pensare.

«Se ti piace, puoi sempre offrirmene un altro tu» dice, «io sono Alex.»

«Io sono Chiara.»

A Roma stasera non si respira.

Piera guarda gli imponenti monconi delle Terme di Caracalla, il loro pallido arancione contro il blu profondo, e si perde a fantasticare che siano appena crollate. Immagina infatti che l'aria torrida e insostenibile si stia sprigionando dalle crepe del grande *calidarium*. Ma mentre immagina tutto questo, è costretta a rendersi conto di una serie di cose. La prima è di respirare a intervalli sempre più brevi, la seconda è di essersi dimenticata l'inalatore a casa, la terza è che stanno per darle la parola davanti a cinquecento persone. Piera ha sempre evitato i talk show in tv e trova gli incontri pubblici con tanti ospiti molto faticosi. Tranne quando a organizzarli è la sua amica Fosca, nel qual caso è molto più faticoso sottrarsi. Si conoscono da quarant'anni, hanno scritto tre spettacoli teatrali insieme. Fosca è giustamente apprezzata come scrittrice, ma solo Piera sa quanto sia ingiustamente sottovalutata come schiacciasassi.

Ecco perché Piera si trova lì, convinta anche dal fatto che il tema della serata, i peccati capitali, le è risultato di un certo interesse.

«Piera Drago non ha bisogno di presentazioni» fa la conduttrice. «Qual è il suo peccato preferito?»

Piera incamera un respiro profondo, si passa il microfono da una mano all'altra, la guarda.

«Sarei indecisa fra la lussuria e la gola. Anche se incontro grandi difficoltà a capire perché le considerino dei peccati.»

La breve risata del pubblico è un brusio tremolante, ma basta a confermare a Piera che laggiù, nel buio oltre i riflettori, sono ancora tutti svegli. Data l'ora, non era scontato.

«Ne rimangono sempre altri cinque.»

«Allora scelgo l'invidia.»

«Come definisce Piera Drago l'invidia?»

«L'invidia? Dei cavalli neri.»

«Cavalli neri.»

«Sì. Cavalli neri lanciati al galoppo. Magari l'ho rubata a qualche personaggio famoso. Non lo so, nel caso faccio pubblica ammenda.»

«Facciamo un gioco. Sette vizi capitali, sette colli della Capitale. A quale colle di Roma associa l'invidia?»

Una domanda del genere andava saputa in anticipo. Piera sorride amabilmente, mentre si ripromette di strangolare a mani nude la conduttrice non appena si saranno spente le luci del palco.

«Al Palatino» dice, d'istinto, senza avere ancora chiaro come giustificherà la scelta.

«Come mai?»

«Be'… il Palatino è sempre stato il centro del potere.»

«Interessante. E quindi?»

«Chi ha potere è sempre invidiato, ovvio, però… fino a qualche anno fa potevi invidiare qualcuno anche per come cantava, per il fascino, per la cultura, per come giocava a pallone. Invidiavi qualcuno perché era più bravo di te e dunque lo ammiravi. Ora… se all'invidia togli l'ammirazione, finisci per pensare che il successo e il potere siano assegnati da una lotteria. Non mi piace quell'invidia lì. Perché è come avere dentro dei cavalli neri, ma vecchi e stanchi, che non galoppano più. E non ti portano da nessuna parte.»

«Ma è possibile che una come lei, Piera Drago, invidi qualcuno?»

«Invidio gli attori maschi.»

«In generale?»

«No, quelli che hanno impersonato Riccardo III. La trovo un'ingiustizia.»

«Addirittura.»

«Sì, perché Riccardo III è in ognuno di noi, uomo o donna.»

«E allora?»

«E allora ho sciolto le briglie ai miei cavalli neri. E li frusto. Li frusto fin quando non mi portano da lui.»

La gente intorno immaginerà che siano solo due colleghi di lavoro appena usciti da una cena di *team building*. Eppure gli altri maschi, soprattutto quelli più fighi e più giovani di lui, lo stanno invidiando. Alex non ha dubbi, Alex prova una sensazione nuova e travolgente.

Hanno ordinato due prosecchi, poi due Negroni e nonostante tutto sono riusciti a parlare per un'ora di multinazionali e sviluppo sostenibile. Alex aveva tentato Agraria prima di iscriversi a Scienze politiche, Chiara invece sta terminando una tesi di dottorato sull'agricoltura permanente.

«Bill Mollison, mai sentito nominare?»

«No.»

«Il mio approccio è stato da un punto di vista economico» precisa lei. E si proclama sicura che quelle ricerche le daranno il lasciapassare per non meglio precisati uffici della Comunità europea.

«Non sei di Roma» dice a un certo punto Alex.

«La mia famiglia viene dal Sud» risponde lei, generica. «Neanche tu sei di Roma.»

Alex esita, come se fosse una risposta difficile. O troppo scontata. Allarga le braccia.

«Nessuno è davvero di Roma.»

Non appena il taxi si lascia alle spalle piazza Navona, la luce bianchissima dei fanali illumina una siepe di gambe in mezzo alla strada. Da lì in poi procederanno a passo d'uomo e Piera consiglia il tassista, anzi, lo scongiura.

«Si fermi pure qui. Due passi e sono arrivata.»

Ma quello non ne vuol sapere. Gli è salita sul taxi nientemeno che Piera Drago. E siccome la sua compagna Diletta non perde una puntata della serie televisiva dove Piera Drago recita la parte di una battagliera divorzista, il servizio non potrà essere meno che ineccepibile.

«È così tremenda che mi ricorda l'avvocato della mia ex moglie.»

«Non ho capito se è un complimento.»

«Ma no, è che un divorzio, lo sa com'è…»

«No, non lo so.»

«Mai divorziato? Che fortuna.»

«La fortuna c'entra poco. Basta non essersi mai sposati.»

«È un tuo amico?» chiede lei.

«È fidato» la rassicura Alex. «Ti ho presentato io... ti ha lasciato il biglietto, no? Puoi chiamarlo quando vuoi.»

«Roba top?»

«Over the top. Sentirai...»

Camminano fianco a fianco e Alex vorrebbe toccarla per capire se lei, Chiara, è reale. Se è di carne, davvero, carne così perfetta sotto il vestito leggero che ondeggia con le pulsazioni morbide di una medusa in acque profonde.

Lei traballa un attimo per un tacco che si conficca fra un sampietrino e l'altro. Si rimette a posto la spallina, si volta e ride di se stessa. Poi infila la chiave e per aprire il portone ci si appoggia con tutto il peso del corpo, come se fosse sfinita. Dopo i Negroni ci sono stati giusto due triangoli di pizza, mangiati per strada parlando dei loro Erasmus, e Alex le ha rivelato di avere trentasei anni, otto più di lei.

Chiara è vera, esiste. E per la prima volta in vita sua lui, Alex, esiste per una così.

Oltre il portone è d'improvviso fresco. Nel buio li aspetta un sollievo insperato, perché i muri antichi sono sicuramente più larghi del corridoio. In quel buio Chiara sparisce come un'allucinazione, mentre dietro di lui il portone arriva alla fine della corsa e si chiude con un tonfo che non ammette repliche. Alex non sa come fare luce, dovrebbe prima riavviare il cellulare spento, quindi procede a tentoni.

«Dove sei?» sussurra.

Alla fine del corridoio trova una porta, la apre, ma c'è solo altro buio e odore d'ombra, e un cancello che dà su un cortile abbandonato e blu sotto la luna. La richiude e si volta: uno sperduto puntino bianco nel nero uniforme gli fa capire che c'è un ascensore, ma prima che Alex ci arrivi, la luce lo sorprende. Cassette della posta in legno, tubi del gas dallo smalto ingiallito. Alex si sente colto in flagrante.

Chiara è sul primo gradino, e se la ride, lo provoca. Alex allora la spinge contro la parete, sente lo scatto immediato di un muscolo sotto il tessuto liscio, tocca la morbidezza dei fianchi. Se la preme addosso e le cerca il collo, con una mano e con le labbra.

«Aspetta. Almeno entriamo…» lo rimprovera lei, e ride.

Alex non le risponde, ma lascia che si divincoli.

«Al B&B del primo piano.»

Le strade strette fra Palazzo Madama, corso Vittorio Emanuele e la curva del Tevere le ricordano i capillari di un cuore solo apparentemente morbido e caldo, che è poi il cuore ambiguo del potere. In quei capillari, la muffa le sembra sangue rappreso nei secoli dei secoli. O forse è l'anima della palude, la marana mai del tutto bonificata che risorge dal profondo, dai secoli dei secoli. Sta di fatto che la muffa avanza, inesorabile, sul TI AMO scritto a spray un giorno di scuola che forse era l'ultimo, sul latino pallido di una lapide dilavata, sull'inse-

gna di una vecchia fiaschetteria familiare. Sul graffito di
Marilyn.

Casa sua è a poca distanza, ma procedono fra la movida a una velocità calcolabile in pochi metri al minuto.

«Va benissimo qui» dice Piera quando arrivano davanti all'antico Palazzo del Governo.

Piera, Fosca e altre centinaia di ragazze lo espugna-
rono un giorno del secolo scorso. Ne fecero la Casa
delle Donne, sfidando denunce e manganelli. Si guada-
gnarono a notti insonni il loro avamposto nel cuore del
potere.

Ma anche su quei muri la muffa color antracite cola
come bava secca dalle finestre e il vecchio Palazzo del
Governo langue e si sgretola, un calcinaccio al giorno.
In compenso, dalla fine di maggio hanno allontanato
il senzatetto che trovava rifugio nel vano dell'ingresso.
Gli avvolgibili rimangono storti, le finestre buie come
occhi cavati, il portone tenuto chiuso da un catenaccio
arrugginito di cui sicuramente si è persa la chiave, ma il
decoro cittadino è salvo.

Chiara ha scelto un canale all music sulla tv e ora
dall'impianto in surround esce una voce da stronzetta
metropolitana. Sospiri zuccherini sopra un tappeto ritmico da videogioco anni '80. Alex non sa decidersi se
lo trova anestetico o eccitante. Non lo sa. Non sa più
niente.

Quando rialza la testa dal tavolo ha la lingua incollata
al palato. Non è proprio sete, si chiama secchezza delle

fauci. A un certo punto la coca prosciuga la bocca. E lui si sente proprio un leone, un leone assetato. A dissetarlo basterebbe una goccia, ed è la goccia di sudore che scende dal collarino d'argento di Chiara, dritta verso la strettoia fra i seni.

Alex si serra le narici con le dita, chiude gli occhi e quando li riapre la realtà lo abbacina ad altissima definizione. Potrebbe contarle le ciglia, zoomare su quel gruppo di nei minuscoli sulla clavicola destra come se planasse su un arcipelago.

«Cazzo se è buona» dice Alex.

Chiara si siede sul tavolino, il solo agitarsi delle pieghe del suo vestito gli manda l'odore di un'alba di prima estate.

«Bello qui. Ristrutturato di recente» dice, poi le porge il biglietto da visita plastificato.

«Sushi Bar…» Lei lo guarda e ride ancora, poi usa il bordo del biglietto per sfarinare bene i grumi e raddrizzare la striscia bianca. Sembra piuttosto pratica, la bella Chiara. Si inginocchia davanti al tavolino di cristallo color acquamarina e rimane curva, le gambe fuori dal vestito, polpa di due frutti appena sbucciati. Tiene le mani sul bordo per un tempo che Alex non riesce più a quantificare. L'orologio al polso segna l'una, ma la lancetta dei secondi gli sembra troppo lenta.

«Buona, buona» dice lei, quando torna a guardarlo. «Coltivazioni ecosostenibili?»

L'idea di una svolta ecologista dei narcos li fa piegare dalle risate.

Poi Chiara lecca lentamente i rimasugli sul vetro guardandolo dritto negli occhi.

La giacca lo imprigiona come una camicia di forza e Alex deve lottarci per togliersela. Finalmente libero e vivo, ecco come si sente ora. Con il suo zoom mentale ad alta definizione cerca quella goccia di sudore, ma è diventata solo una piccola scia brillante, è scesa oltre i confini del mondo illuminato, verso regioni ancora da scoprire.

Una goccia, una sola, quella, e Alex non avrà più sete.

«Scusami un attimo» fa lei, come se si fosse ricordata di un impegno improvviso.

«Rimettiteli» fa Alex, porgendole i sandali.

Chiara non fa domande, non si lascia prendere in contropiede, si rialza con una mossa unica, perfetta.

«E togliti tutto il resto» dice ancora Alex, sbottonandosi la camicia.

Piera gliel'aveva detto.

Ci sono scavi che occupano metà della strada, è arrivato un mezzo della nettezza urbana per svuotare il cassonetto e ora il tassista pretenderebbe di fare una manovra impossibile.

Piera non esclude che il tassista e uno degli operatori ecologici stiano per venire alle mani. Anche la folla cosmopolita riunita all'incrocio la pensa così e nessuno si intromette per interrompere lo spettacolo. Poi però dal ristorante all'angolo esce questo tizio più largo che alto, questo tizio abbronzato che sembra sbozzato alla grossa in un ceppo di rovere. Questo tizio che, sperano i curiosi assiepati, ora imporrà una *pax romanesca* menando in maniera equanime sia il tassista sia l'operatore ecologico, magari anche contemporaneamente.

Questo tizio Piera lo conosce bene. Si toglie il grembiule, distanzia i due litiganti di un metro e mezzo soltanto con il proprio passaggio, poi va a spostare da solo il cassonetto stracolmo. Chissà perché, il tassista e l'operatore si convincono istantaneamente a tornare a bordo dei rispettivi veicoli e farsi guidare da lui nelle manovre di disincastro. Donato Raimondi, ex culturista prestato alla ristorazione, raccoglie i suoi applausi e punta subito verso di lei. Mani sui fianchi, sudato fradicio, testa penzoloni per il disappunto.

«Cosa mi tocca fare. Ancora una settimana così e qui rischiamo il colera» ringhia.

«Sì...»

«Così?»

«Sì, ancora.»

Nel B&B al primo piano, fra Alex e Chiara il lessico si è ridotto all'osso. Di là ci sarebbe un letto, ma Alex non ne ha voluto sapere. È banale, il letto. Il tappeto è morbido, lei si lascia prendere da dietro appoggiandosi al divano e Alex entra. In realtà entra in un film porno ad alta definizione di cui si sente regista, attore e spettatore.

Per la prima volta Alex invidia se stesso. E allora la stringe per le spalle, aumenta il ritmo e lei geme come a dire "però, senti questo qua".

Geme, e un po' anche ride, dà l'impressione di poter ripetere *ancora* fino alla fine dei tempi. Lei non se lo aspettava, no, non gli avrebbe dato un centesimo, questo sta pensando. Alex se ne convince e l'euforia si tinge di rabbia effervescente. *Lo zio, mi hanno sempre chiamato. Quello che sposerà la fidanzata di sempre.* Lo vedessero ora, gli amici del borgo.

Alex le avvicina una mano alla nuca, poi passa un dito a gancio sotto il collarino d'argento. Tira appena, il monile aderisce alla pelle e Chiara sembra apprezzare. Ancora quel gemito di sorpresa, ma più acuto. Si volta per un sorriso di sfida fra i capelli scomposti.

Alex tira un altro po', Chiara reclina la testa all'indietro, smette di mordersi il labbro per aprire la bocca e urlare. *Le piace da matti.*

La tiene per il collo e per le spalle, la sta facendo impennare come un cavallo da domare. *E a lei piace da matti, e può piacerle ancora di più.*

La voce di Chiara viene soffocata dalla musica, o forse inghiottita dalla sua stessa gola, ma intanto Alex la sente tremare tutta, perché *sì, le piace.* Le piace e non se l'aspettava da uno "zio" come lui. Voleva levarsi uno sfizio, era curiosa. Chiara inarca la schiena, la sua colonna vertebrale ha uno scatto serpentino, sembra voglia bucare la pelle. *Ma quanto le piace?*

Lei ora non riesce più a dire una parola. Anche l'affanno si affievolisce, da tanto che *le piace.*

Si arrende come la preda ormai raggiunta dalla belva, ma Alex non vuole fermarsi, non vuole avere pietà.

Spinge ancora più forte e chiude gli occhi. Non si accorge che Chiara si è portata tutte e due le mani al collarino e tenta inutilmente di infilare le unghie fra le placche d'argento e la pelle. *Le piace così tanto che l'ho fatta persino smettere di urlare.*

Che l'ascensore sia occupato a quell'ora le sembra insolito.

Molto meno insolito che al B&B del primo piano stiano facendo casino. Forse addirittura una festa, a giudicare dal rimbombo ritmico che arriva fino all'androne.

Al primo piano Piera risolve il mistero. In ascensore c'è Rodolfo, e Piera lo osserva scendere incapsulato fra le pareti di vetro, giacca da camera verde petrolio e occhiali da lettura in mano.

L'uomo apre gli sportelli e spalanca le braccia. L'unico segno esteriore della sua irritazione sono i capelli appena scomposti sulla fronte.

Il suo silenzio risentito però è impotente contro la musica che deborda dal B&B. Lui si avvicina al campanello, poi ha un ripensamento.

«Sono troppo informale per una protesta tra condomini? Vado a mettermi una camicia?»

«No, protesterai benissimo così» lo rassicura Piera.

«Allora aspettami. Protesto e poi torniamo su insieme» propone subito lui.

«Un piano in ascensore sola con te? E in piena notte? No, non siamo ancora così intimi.»

«Appunto. Sono quindici anni che abitiamo nello

stesso palazzo. Dammi quindici secondi per trasformare la nostra amicizia in qualcos'altro.»

«Lo sai, Rodolfo, che la nostra amicizia è troppo bella per trasformarla in qualcos'altro.»

«Sali a piedi?»

«Certo. Perché?»

Alex si ferma all'improvviso. Si accorge di respirare allargando allo spasimo la cassa toracica. Sulle braccia ha delle lunghe scie lucide di sudore.

«Hai sentito?» dice. Si lascia andare all'indietro, rimane in ascolto, si allunga verso il telecomando. Smorza il ruggito elettronico del basso continuo e avverte di nuovo tre colpi.

«Bussano» le sussurra ancora, ma Chiara non sembra avere nemmeno più la forza di appoggiarsi con le mani al divano. Scivola lentamente sul tappeto, come esausta.

Silenzio.

Silenzio dalla porta e anche da Chiara. Alex si avvicina, nudo e circospetto, allo spioncino. Tutto quello che vede nella lente a occhio di pesce è una schiena verde petrolio. C'è un uomo di spalle. Ha i capelli candidi, e sparisce subito oltre i battenti dell'ascensore.

Alex torna verso Chiara, sussurrando che è tutto a posto, forse la musica era troppo alta e gli dispiace che proprio ora… poi smette di giustificarsi, si avvicina per farle una carezza e si sente vagamente orgoglioso del piacere che ha provocato, come di fronte a una vittoria dai risvolti misteriosi, e chissà se ripetibile. L'assedio della calura sembra triplicare la forza di gravità e Alex si siede sul tappeto accanto a Chiara. Il rosa della lingua le spunta appena fra le labbra socchiuse, come la vittima imprigionata fra le foglie di una pianta carnivora. Non è niente di sensuale, non è neppure invitante. Le sposta i capelli dal viso, gli occhi di lei lo trapassano come se fosse trasparente.

Alex non capisce cosa abbia da guardare oltre le sue spalle. Glielo chiede, ma lei rimane severa e impassibile. Quando la solleva da terra, il corpo oppone una sorta di resistenza ostinata.

«Chiara?»

Chiara non risponde, eppure ha gli occhi aperti. Neanche sembra vederlo, eppure ha gli occhi aperti. È come se per lei Alex non esistesse più, come del resto è sempre stato fino a quella sera.

Chiara è tornata improvvisamente come tutte le altre. Lui è tornato invisibile.

Alex la afferra per le spalle e la scuote. Niente. Sotto il collarino d'argento ne è apparso un altro, con lo stesso motivo geometrico regolare. È impresso nella pelle e ha il colore violaceo di qualcosa che non sembra destinato a svanire.

Alex la schiaffeggia, piano e poi con stizza, ma lei sembra non sentire dolore.

Eppure ha gli occhi aperti.

Il secondo piano è interamente di proprietà di Rodolfo Serristori. Era di suo padre, ancora prima di suo nonno, e probabilmente è stato un suo antenato a costruire tutto il palazzo. Rodolfo dice di non voler ricordare quando la famiglia Serristori ha dovuto venderne tre piani su quattro, e tantomeno perché.

Perché sali a piedi, Piera?

Stanotte a Roma manca l'aria. Come se ci fosse troppa gente che respira e l'ossigeno non bastasse per tutti. Strade anguste dove si rimane incastrati facilmente, vapori di cucine e aliti di tombini che esalano lentamente dalla città verso il cielo scuro.

E allora perché? Perché sali a piedi?

Intorno ai polmoni esiste come un velo, quante volte gliel'hanno spiegato. Piera se lo immagina rosso scuro, di porpora, simile a un sipario. Questo sipario si gonfia misteriosamente come al passaggio di certi fantasmi che popolano i teatri quando sono chiusi. Questo sipario si inarca come una vela al vento. Invece di aprirsi, questo sipario le preme sui polmoni. Li comprime, li riduce. *È chiaro, Piera?*

Le è chiarissimo, gliel'hanno ripetuto mille volte.

Non è che non lo capisce. È che non lo accetta.

Al terzo piano il rimbombo ritmico si spegne del tutto e Piera si rende conto che la civile protesta di Rodolfo Serristori ha sortito gli effetti sperati. Il terzo piano è quello delle targhe di ottone del Centro studi Esperia. Targhe sempre lucidissime e porte sempre chiuse. Lì di casino non ne fanno proprio mai. Giusto un cocktail per l'inaugurazione, due anni prima, uomini incravattati e giovani donne in tailleur, poi il silenzio, solo qualche passo lento ogni tanto, la posta che straborda dalla cassetta, qualcuno che viene a fare le pulizie una volta al mese, forse.

Le mancano solo diciotto scalini.

Ma stanotte, davvero, sembra che a Roma non ci sia aria sufficiente per tutti.

«Chiara, ora basta.»

Alex vorrebbe che si rivestisse, invece Chiara si ostina a rimanersene distesa su un fianco a ridosso del divano, nella stessa posizione in cui l'ha adagiata nell'attimo in cui ha sentito che non aveva più voglia di toccarla.

Con una mano la ragazza sembra aggrapparsi a un cuscino, con il viso di profilo sembra pronta a voltarsi verso di lui da un momento all'altro. *Ci sei cascato!* Ma non succede. La luce lattiginosa dell'abat-jour rende il suo colorito artificiale.

«Mi hai sentito?»

Alex si rialza in piedi, urla con la mano sulla bocca. *Oddio, oddio, oddio.* Poi la minaccia, facendo il giro della stanza una, due, tre volte.

«Vuoi finire in un sacco? Guarda che non scherzo.»

Silenzio. Alex la guarda in volto e si schiaccia alla parete. Deve sottrarsi all'indifferenza di quegli occhi sbarrati o diventerà come lei. Non deve toccarla, o diventerà come lei. Deve andarsene, o diventerà come lei.

Dov'è andata Chiara, la vera Chiara? Perché ha abbandonato il proprio corpo lì, così, ai piedi del divano? Dove s'è nascosta? Alex si guarda intorno, poi si rimette i pantaloni, le scarpe, la camicia. Deve fare subito buio, ma non trova l'interruttore. Per spegnere l'abat-jour lo prende per il cappello e lo scaraventa contro il muro, sbriciolando il corpo bombato di ceramica in una grandinata di schegge.

Piera respira sollevando le spalle, negli occhi chiusi l'immagine di questo grande sipario troppo pesante da sollevare. La verità è che l'aria non manca, è lei che non riesce ad accaparrarsene abbastanza. L'aria è di tutti, dicono. Niente è libero come l'aria, dicono, ma l'aria non è gratis quando immagazzinarla costa sforzi sovrumani.

Piera si stacca dall'inalatore e lo ripone nel cassetto più basso della scrivania, quello dove tiene le targhe dei premi, tutte rigorosamente riposte nei loro astucci.

Esce in terrazza e almeno sopra i tetti scivola un'esile brezza. La città emana un alone di luce febbricitante. Da una finestra buia svolazza languida una tenda, si illumina una veranda, ma solo per pochi secondi. Qualcuno tossisce e qualcuno ride oltre una spalliera di bouganvillee. Sul tavolo c'è ancora la cartella azzurra aperta con i suoi appunti del pomeriggio. Dolores si è dimenticata di riporli e Piera siede a rileggerseli in attesa del sonno.

Per prima cosa Alex cerca il cellulare della ragazza. Nella pochette trova uno smartphone non recentissimo, dallo schermo graffiato e soprattutto grigio. È spento.

È una notizia meravigliosa, è come aver vinto alla lotteria. È un segno del destino, un sorriso insperato dalla fortuna. Alex lo apre, toglie la scheda sim, trova un sacchetto di plastica per avvolgerlo completamente. Poi ci salta sopra a due piedi, fino a quando la plastica e il vetro non smettono di scricchiolare.

Raccoglie il vestito della ragazza, la pochette, il reggiseno, gli slip. Infila tutto nel trolley fucsia. Lo chiude e ci si siede sopra di peso. Si dà un pugno sulla testa glabra e continua a parlarle, mangiandosi le parole come se stesse pregando un dio che si fa sempre più distratto.

Se sapesse di quale dio si tratta, lo bestemmierebbe, ma non lo sa e allora barcolla verso il bagno e prende l'asciugamano più grande. Sotto le sue scarpe le briciole di ceramica più piccole sfregano il pavimento.

Alex passa l'asciugamani sui rubinetti del bagno. E anche sulle maniglie della finestra. Tira due volte lo sciacquone.

Torna in sala, la luce che viene dalla strada è appena sufficiente ma almeno non vede più il corpo di Chiara. Con le mani sotto l'asciugamano pulisce la sedia di legno, i braccioli del divano. E anche lo sgabello di metallo.

In camera no, non ci sono entrati. Gli interruttori? Tutti, meglio tutti. La poltrona di pelle, il tavolo di cristallo acquamarina. Alex compie l'ennesimo giro della stanza e passa l'asciugamano su ogni superficie che ricorda di avere toccato. È convinto di ricordarsele tutte, con nitidezza.

E sul pavimento rimarrà qualcosa? E sul tappeto di acrilico?

«Okay, questa stronza vuole finire in un sacco» mormora Alex, mentre si sposta sulle ginocchia verso l'angolo cucina e apre lo sportello sotto il lavabo, «e va bene. L'ha voluto lei, io l'ho avvertita.»

Oltre la schiera di detersivi intravede un rotolo di plastica nera. Si china, allunga una mano e si accorge di singhiozzare, ma solo perché la gola secca gli manda delle fitte.

Quando Piera acquistò l'appartamento del quarto piano, adorava l'idea che fosse a pochi metri dal vecchio Palazzo del Governo. Quando era la Casa delle Donne, era lì che aveva conosciuto Fosca e tante altre. Mattinate roventi e lunghi pomeriggi grigi in cui tutto sembrava possibile, nel bene o nel male.

Negli ultimi vent'anni Piera ha avuto il discutibile privilegio di assistere al progressivo sfacelo del cortile, fra primavere di rigogliose erbe infestanti e inverni di bivacchi clandestini. Il porticato assicura un riparo dalle intemperie e il pozzo permette di espletare le funzioni fisiologiche con una certa praticità. In seguito ci hanno stoccato transenne e blocchi di cemento, per un anno intero ci hanno lavorato una decina di operai, poi di nuovo l'abbandono.

La luna piena è alta sopra Roma, l'alone di afa che la circonda diffonde un chiarore uniforme anche su quel cortile di detriti.

E così, sullo sfondo del muro pallido, Piera la distingue. Un'ombra in movimento, nel cortile, un'ombra da cinema impressionista, netta ma anonima. La testa, le spalle, un braccio. Pochi secondi e sparisce.

Riappare. La figura è curva e trascina un fardello ingombrante, nero e non definibile, se non per la sua forma allungata. A Piera ricorda subito le sacche scure in cui i cadaveri vengono portati via dalla scena del delitto, almeno nei film americani. In Italia invece arriva un cofano di metallo, una specie di bara provvisoria.

Dalla penombra del cortile sale un gemito di fatica e poi arriva il grattare acuto, forse di qualcosa che stride sulla pietra. Nel buio saltano addirittura un paio di scintille. L'ombra ha spostato la grata di ferro del pozzo.

Piera aveva subito amato quell'appartamento anche perché le finestre danno tutte sulla quiete di tetti, comignoli e altre terrazze. E quindi ora, per vedere se qualcuno esce in strada, non ha altra scelta che scendere.

Alex capovolge il corpo avviluppato di plastica oltre il bordo di pietra. L'odore freddo che sale sa di profondità dimenticate e inaccessibili. È rassicurante. Poi c'è il terrore puro, quando il grande involucro si blocca contro qualcosa che Alex non vede. Una spinta rabbiosa alle caviglie, le caviglie sottili sotto gli strati di plastica nera e i giri furiosi di nastro adesivo trovato alla reception, e il sacco precipita. Non si sentono rumori per qualche secondo. Uno, due... Alex assapora mentalmente il tempo della caduta di Chiara. Tre, quattro... Il tempo in cui quel corpo minuto viene digerito dalle budella buie della città. Il tempo della sua speranza che si fa solida e resistente. Cinque, sei. L'eco sbiadita di un impatto sembra arrivare da un'altra epoca.

Lui e Chiara ora sono separati da sei secondi. Sei secondi saranno almeno venti metri. Venti metri possono significare per sempre. Alex butta nel pozzo anche l'involucro con il cellulare sbriciolato, rimette a posto la grata, non si sa mai, poi torna al riparo del buio del portico. La decisione non è rimandabile: buttare anche il trolley nel pozzo o portarlo via e scaraventarlo nel Tevere? È fucsia, un colore strano per un uomo. Qualcuno lo potrebbe notare e ricordarselo, un domani.

Nel pozzo. Il passaggio, il cancello di ferro, l'arco basso, la porta che sbuca di fianco all'ascensore con il suo minuscolo occhio bianco.

Che però ora è rosso.

Bianca invece è la luce che spiove dal vano ascensore a vista. Raggi sottili che cambiano angolazione, come a ispezionare centimetro per centimetro gli scalini di pietra.

I cavi vibrano, l'abitacolo a vetri è già al primo piano.

Il portone gli sembra lontanissimo, ma Alex si ritrova fra la gente in strada senza neppure accorgersene. Il respiro strozzato in gola, il portone chiuso alle sue spalle, impone a se stesso di non mettersi a correre.

Si riabbottona la camicia, si controlla il vestito. *Passo spedito, ma senza correre.* Nessuna macchia, solo una gora di sudore sul petto. Ma tutti sono sudati, stanotte. A Roma manca l'aria.

Stanotte a Roma non si respira.

Piera è sicurissima. Mentre usciva dall'ascensore qualcuno chiudeva il portone.

Ma quando lei si affaccia su via del Governo Vecchio è tardi. Chiunque fosse, il viavai della movida notturna ormai lo mimetizza perfettamente. Allora si mette a osservare soprattutto gli uomini soli. Il turista pallido con il cappello di paglia, l'uomo corpulento con la canotta da basket, il tizio allampanato con la camicia hawaiana, il giovane prete che si allontana dritto e spedito nel centro della strada. E quel signore vestito di lino chiaro, con il sigaro in mano, che sembra aspettare qualcuno. Confusa fra la folla dei nottambuli, l'ombra del cortile può essere diventata chiunque.

Rientrata in casa, Piera torna all'ultimo cassetto della scrivania, torna all'inalatore. Una presa, una sola. Il sonno è passato e non sa come scacciare l'ombra nel cortile dai suoi pensieri. Le serve un'idea, banale, ma tranquillizzante. Respira profondo, ne trova una, e domani la verificherà.

Riunisce i suoi appunti nella cartella azzurra, la chiude con l'elastico e prima di spegnere la lampada da tavolo prende un pennarello. Ci lavora da così tanto tempo che le lettere sulla cartella stanno scolorendo. Preme bene e scrive lentamente, perché quel titolo spicchi nero, puntuto e irregolare. Come deve essere. Come è giusto che sia quel nome.

Il nome con cui il duca di Gloucester diventò re.

Riccardo III.

2

Alle otto e trenta in punto Alex sale a passi lenti dal suo monolocale seminterrato fino all'ultimo piano, dove suona il campanello con la scritta INTERNO 18 in vecchi caratteri da etichettatrice Dymo. Il senatore Garritano gli apre come se fosse stato già lì dietro ad aspettarlo. Nonostante la maschera mattutina tonificante lo renda simile a uno che si è tuffato di testa in una scodella di guacamole, ha il coraggio di chiedere a lui che razza di faccia abbia, stamattina.

«Dormito niente. Un caldo da morire» risponde Alex, poi gli porge la mazzetta dei giornali. Il senatore si limita a scrutarla con diffidenza e lo invita dentro per un caffè. Più che una cortesia, sembra un atto umanitario. Garritano lo accompagna lungo il corridoio con una mano sulla spalla.

«Che abbiamo stamani?»

«Pascaloni e Gesualdi passano al gruppo misto.»

«Carmine Pascaloni lo conosco, Gesualdi no. E poi? Hanno ammazzato nessuno?»

Alex inghiotte e simula un colpo di tosse.

«Chi? Pascaloni e Gesualdi?»

«Figlio mio, vedi di svegliarti. Intendo scontri fra spacciatori, rapine ai tabaccai, risse in discoteca, cose così.»

«A dire il vero qui, vede, le ho segnalato un'intervista al ministro dell'Economia sugli obiettivi di deficit che potrebbe...»

«Ma che potrebbe e potrebbe, Alex. Quello non può nulla. È tutto fermo fino a settembre, e in estate esiste solo la cronaca nera, stop. Dobbiamo continuare a stare sul pezzo, far vedere che siamo vicini alle paure della gente comune. Il parchetto dei bambini dove spacciano gli immigrati... In tre giorni quanto ce l'hanno *piaciato*?»

«Più di duemila like e... seicento condivisioni.»

«Hai visto? È così che bisogna fare. Ma sei sicuro che in tutta Italia, stanotte, non abbiano ammazzato nessuno? Nessuno di cui ci possa fregare qualcosa, intendo.»

Alex sente il sudore allagargli le spalle e la schiena, fino alla cintura.

«Sono sicuro» risponde deciso. La cosa diverte il senatore, e non dovrebbe. Anzi, peggio: lo incuriosisce.

«Ah sì, e come fai?»

«Cioè... intendo che non è sui giornali. Ho controllato anche la nera. Lo faccio sempre.»

Arrivano al grande salone quadrato. Oltre le finestre su tre lati c'è Roma distesa, avvolta da una foschia sfumata che si stende fino ai Castelli. È sabato, Trastevere si risveglia più tardi del solito, il marmo delle cupole e delle facciate è cosparso da un pulviscolo solare ancora incerto. Roma è di una bellezza quasi indecente, specie da quel salone, sdraiata ai piedi di uno come Garritano. Ma Roma non si concede a chi se lo merita, pensa Alex. Questo l'ha imparato.

«E su internèt, hai controllato?»

Garritano non ce la fa proprio, a mettere l'accento sulla prima sillaba. E la chiama internèt, come un nobile dell'ancien régime che lascia al sanculotto Alex l'ingrato compito di sporcarsi le mani con la tecnologia. Infatti Alex ha setacciato anche sul web, ma annuncia che andrà a fare una nuova ricerca, non si sa mai.

«E il caffè?» gli ricorda il senatore, poi urla con lo slancio tenorile che in aula lo rende oratore molto temuto: «Felipe! Quanto ci metti?».

Felipe piomba in sala con tazzina e piattino. Alex beve d'un fiato, ringrazia, ma il senatore si piazza sulla porta del corridoio.

«Com'era?»

«Chi?»

«Lei.»

«Ma di chi sta parlando?» gli chiede allarmato.

«Straniera o italiana? Bionda? Mora? Mica ti sarai ridotto così a guardare porno su internèt...» se la ride Garritano.

«Il caldo...»

«Ci hai dato dentro di brutto, ti vedo. Bravo. Avessi la tua età, figlio mio, e la fidanzata che se ne sta buona buona e lontana... Guarda, Alex, la vedi? Non è una città, è una prateria di occasioni.»

Alex fa di nuovo per andarsene ma il senatore non ha ancora finito.

«A proposito, cosa c'è oggi in agenda?»

«Aperitivo dell'Associazione Italia-Lituania, alle dodici.»

«Disdiciamo.»

Alex gli fa presente che il Paese baltico sta aumentando le importazioni di prodotti alimentari dall'Italia di un valore a due cifre.

«E capirai, quanti sono, i lituani?»

Alex li stima intorno ai tre milioni.

«Tre milioni sono tre gatti. Poi?»

«Pranzo con l'Associazione vittime della chirurgia estetica.»

«Quelle quattro mummie con la faccia imbalsamata? Manco le capisco quando parlano. E poi io mi occupo di altre materie, gliel'hai spiegato? Non ci vado.»

«Senatore, è la terza volta che la invitano…»

«Anche un povero rappresentante del popolo avrà diritto a un sabato di svago, o no?» gli fa l'occhiolino Garritano, scortandolo energicamente verso la porta. «Tu sei giovane e ci dai dentro tutta la notte, ma io mica mi sono dato per vinto.»

Alex lo sa bene, saluta e imbocca la porta.

«Cerca qualcosa… anche un incidente stradale. Ragazzi sotto i vent'anni, guida imprudente, alcol. Droga, magari. Violenza sessuale, anche solo tentata va bene. Ma su una bella ragazza…»

«Cioè?»

«La vittima. Se è giovane e bella funziona bene, capisci?»

Alex lo capisce perfettamente.

«E poi ci scrivi una cosa commovente su internèt, come sai fare tu. Ma mi raccomando, veloce, sennò ci arriva sopra qualcun altro, e a me non mi *piacia* nessuno.»

«Lo so.»

«Paura, questa è la parola magica» gli ripete, sillabando dalla soglia. «La gente ha paura, ormai ha paura di tutto. Tu di cosa hai paura, Alex?»

«Io?» ribatte subito, allarmato. E poi non riesce ad aggiungere altro.

«Ma di cosa ha paura, Piera?»

Donato appoggia il cappuccino sul tavolo e si siede davanti a lei. È ancora presto, almeno per la colazione dei turisti, e la figlia del ristoratore può scorrazzare fra i tavoli vuoti accennando pure qualche passo di danza.

«Paura? Figurarsi. Solo che… dalla nostra porta accanto all'ascensore si può entrare nel cortile del Palazzo del Governo.»

«Lo so.»

«Ecco… siamo in alta stagione, fa caldo e qua la monnezza straripa. Hai visto, anche stanotte? Non ce la fanno a portarla via. Non è che stanotte tu…»

Donato si gratta nervosamente la tigre tatuata sul bicipite.

«Mi sta parlando sul serio, Piera?»

«Guarda che ti capisco. Hai un'attività.»

Donato le indica i recipienti della differenziata, le racconta tutti i soldi che gli costa non usare più la plastica. A scuola le maestre fanno una testa così alla bambina e gli è venuta su una piccola Greta, accidenti a loro, non fa più vita. Se per caso lo vedesse scaricare rifiuti nel pozzo, sarebbe capace di chiedergli "papà, potresti accompagnarmi dai carabinieri che così ti denuncio?".

Piera abbassa lo sguardo sul cappuccino.

«Ma che, davvero pensa che io butto la monnezza nel pozzo?»

«Di sicuro sei l'unico nel palazzo ad avere il fisico per sollevare la grata. E allora ho pensato che potevi essere tu quello che ho visto stanotte, solo per questo.»

Donato non risponde. Con un solo cenno del capo ordina alla ragazza del banco di portargli un caffè.

«In effetti cerco di mantenermi in forma» mormora, facendo finta di minimizzare con un mezzo sorriso.

Due millimetri.

Sono due i millimetri che separano il suo dito indice dal tasto di invio, quando Alex si accorge di essere sul punto di commettere una sciocchezza forse irreparabile. Sono due le parole che un giorno potrebbero decretare la sua rovina. Come potrebbe spiegare, un domani, di aver inserito su un motore di ricerca "ragazza scomparsa" quando nessuno ha ancora dato la notizia? Perché prima o poi qualcuno si accorgerà che Chiara non c'è più, è ovvio, e prima o poi qualcuno farà indagini. Questione di ore.

Alex va a metter su un'altra moka e pensa che sono mille gli errori banali in cui rischia di incappare. Errori dettati dal senso di colpa, dalla pulsione inconscia a farsi scoprire, direbbe qualche psicologo da salotto televisivo.

Fottiti, pulsione inconscia. Lui non ha nessun senso di colpa, è stato un incidente.

Lui trema, da ieri sera.

Chiara soffriva di qualche insufficienza respiratoria, è evidente. Lui che ne poteva sapere? Si erano conosciuti da due ore. Cosa avrebbe dovuto fare? Chi avrebbe creduto a un incidente, trovandolo nel B&B con una ragazza nuda, morta, e per giunta pieno di cocaina?

L'app sul cellulare lo informa che intorno alle quattordici a Roma si toccheranno i trentotto gradi, ma lui trema come fosse gennaio. Per capire che tempo fa Alex non guarda mai dalle finestre orizzontali del seminterrato. Tutto quello che vede da lì sono condizionatori, finestre dei cessi, tubature, calzini volati via e piante sfinite dalla mancanza di sole. Il cielo è un francobollo, di pallore variabile, lassù oltre i sei piani del condominio dominato dagli attici di un diplomatico belga e di Tersite Garritano.

Verso le dieci avverte il senatore che non ha trovato notizie adatte a un bel post carico di indignazione a presa rapida. Capisce dal frastuono di reattore che Garritano si sta phonando la chioma.

«Sembri contento.»

«Ma no, solo che... a volte è bello non leggere brutte notizie, no?»

«Animali abbandonati? Un bel canile che chiude?»

«Nel collegio o qui a Roma?»

«È uguale! Chi vuoi che la controlli la notizia? L'importante è una bella frase a effetto. Ti riescono bene. Tu sei sensibile. Dovevi fare il poeta.»

«*Carmina non dant panem.*»

«Che c'entra Carmine, ora? Carmine Pascaloni è passato al gruppo misto, me l'hai già detto.»

«Niente, senatore. Le cerco un canile.»

«Bravo. Verso le undici e mezza arriva la signora Marioni. La noterai, è una bella donna, bionda, alta. La tua età, più o meno. Mi fai il piacere di accompagnarla su, senza che vada in giro a chiedere di me?»

«Sì, ero io stanotte. E hai visto bene. Mi sono disfatto del corpo dell'amministratore facendolo sparire nel pozzo.»

«E perché?»

«Detesto i B&B, chi li gestisce e chi li frequenta. Questa città è diventata un bivacco di barbari di passaggio. Ma che ci vengono a fare a Roma? A gonfiarsi di alcol e di droga? Lo facciano a casa loro, risparmiano il viaggio.»

Rodolfo è insolitamente mattiniero. Come è insolito – forse la prima volta in assoluto, pensa Piera – il suo abbassarsi a fare colazione in un locale come quello di Donato, che di barbari di passaggio ne rifocilla a centinaia. Nonostante i disturbi alla quiete della sua nottata, l'uomo è impeccabile come sempre, nel suo completo celeste pallido impreziosito da un panama bianco. Piera lo osserva allungare le gambe sotto il tavolino e consultare il tablet appoggiandosi gli occhiali da sole sulla fronte.

«Belli questi sandali di pelle» gli fa.

«Ho appena confessato un delitto.»

«Sei troppo pigro per ammazzare qualcuno» risponde Piera.

«Non esiste belva più feroce di un pigro a cui impediscono di dormire la notte.»

Piera gli sfila delicatamente il tablet dalle mani.

«Chi c'era al primo piano?»

Il suo interesse per i rumorosi ospiti del B&B lo coglie alla sprovvista.

«Non lo so. Non mi hanno risposto.»

«Però la musica l'hanno abbassata.»

«Ho bussato due volte e hanno fatto silenzio.»

«E non è venuto nessuno alla porta.»

«Magari non erano presentabili.»

«Nemmeno una voce per scusarsi?»

Rodolfo si riappropria del tablet e le chiede se per caso ultimamente si annoia. Una domanda che condannerebbe qualsiasi altra persona, uomo, donna o bambino, al silenzio glaciale di Piera. Non Rodolfo, uno che nel mondo sembra di passaggio e si guarda sempre intorno con uno stupore indolente e malinconico, come si fosse appena risvegliato da un sogno abbacinante. Per lei è come un calmante naturale. A piccole dosi lo adora.

«Perché non ti fai un viaggio, Piera?»

«Perché ho passato la vita in viaggio.»

«Non con me. Ti divertiresti.»

«Hai un rivale troppo forte, e anche cattivo.»

«Ancora al lavoro su Riccardo III? Allora andiamo a vederlo a Londra, al Globe. Penso a tutto io. Ho degli amici...»

Piera lo interrompe per chiedergli se invece ha degli amici in municipio. Il sospiro di Rodolfo sostituisce la più scontata delle risposte. Dalle partecipate alla motorizzazione, ovunque Rodolfo Serristori può vantare un parente, un amico di liceo, un sodale di circolo dei canottieri, un compagno di bagordi, una vecchia benevolenza non ancora ricambiata, il voto decisivo in un consiglio d'amministrazione. Ha capito benissimo dove Piera sta andando a parare ma non ne vuol sapere di operai nel palazzo. E meno che mai di polizia, curiosi e giornalisti.

«Bisogna far dare un'occhiata al pozzo» insiste lei.

«Già preso il caffè?» risponde Rodolfo, richiamando con due dita l'attenzione della cameriera.

Poco dopo le undici e trenta Alex pubblica sull'account ufficiale del senatore Garritano un appello accorato per salvare un canile di Albano Laziale. Non appena vede i "mi piace" e i cuori volare come palloncini sullo schermo del pc, lancia di scatto il laptop sul divano letto e si raggomitola sul pavimento.

Ripensa a tutte le raccomandate di Equitalia che lo hanno regolarmente raggiunto. A tutte le multe del Comune di Roma che gli sono arrivate, agli errori sulla dichiarazione dei redditi di cui l'Agenzia delle Entrate si è accorta. Lo hanno sempre trovato. A maggior ragione lo scopriranno stavolta. A lui non è mai riuscita neanche una piccola, innocua furberia, ma ora non si tratta di un bollo scaduto, non esiste un ravvedimento. La morte non prevede sanatoria.

«È morta, ma non l'ho ammazzata. È morta, ma non l'ho ammazzata» ripete a denti stretti, come se stesse già crollando durante l'interrogatorio decisivo.

Poi per fortuna squilla il telefono. Alex si alza, confuso, non riesce a ricordare dove l'ha lasciato, vaga per il monolocale come se inseguisse un topo. Non c'è solo la suoneria. Un sibilo continuo nei timpani gli ricorda che l'ictus si avvicina, sicuro. Trova il cellulare in bagno, sopra il mucchietto di camicie sporche dell'ultima settimana.

«Il treno è in orario, amore.»

La voce di Elisabetta arriva da un passato rassicurante di domeniche silenziose fra le case di pietra, con l'odore della terra umida che sale dai boschi e dalle creste di argilla. Lui è diventato straniero a tutto questo, ma nessuno lo sa. Alex rimane muto, lei lo deve incalzare.

«Cosa c'è?»

«Niente.»

«Ci vediamo fra dieci minuti.»

«Dieci minuti» ripete meccanicamente Alex, e intanto pensa che si sente uno schifo, che il monolocale pure è uno schifo, che Elisabetta chiederà come mai e lui deve prepararsi una scusa strada facendo. Prima però deve mettersi un paio di scarpe, deve prendere i caschi e le chiavi dello scooter. Si lava la faccia, ma l'acqua non è abbastanza fredda e non gli toglie il pallore di uno che ha vegliato con i fantasmi.

Operazioni forse del tutto inutili. Teme di non saper mentire nemmeno alla sua fidanzata e pensa di fottere dei poliziotti o un magistrato? Prima o poi lo verranno a prendere, lo porteranno in questura, lo faranno confessare, lo sottoporranno a un processo umiliante, la sua vita si chiuderà in un vicolo cieco di sbarre, cessi intasati, letti a castello e tute di viscosa. Sua madre non uscirà più di casa dalla vergogna, suo padre avrà un terzo attacco di cuore, quello fatale.

Ora serve una scusa. Per giustificare il suo stato pietoso potrebbe chiamare in causa un'intossicazione alimentare, con tutti i frutti di mare che è stato costretto a mangiarsi ultimamente. Il senatore Garritano si è messo a setacciare i ristoranti di pesce di Roma, del litorale e pure dei Castelli. E se non trova compagnia migliore o non ha da confabulare con qualche capogruppo, Alex deve andare con lui e sopportarlo mentre tormenta il maître o il cuoco sulla provenienza delle vongole. «Sono veraci o no? Sono paparazze o lupini di mare?»

Mentre si avvia verso il cancello riconosce il crossover bianco. O meglio, riconosce la manovra impaziente di chi tenta di entrare nel posto macchina assegnato rischiando di trasformare i motocicli parcheggiati in una sequenza di tesserine del domino accasciate. Ida

Garritano. La moglie del senatore è appena piombata a Roma per un fuori programma. La cosa potrebbe avere un impatto decisamente negativo sui piani del navigato parlamentare.

Alex deve inventarsi qualcosa, subito. Ed è la seconda volta in pochi minuti. Il sibilo gli ovatta l'udito. L'ictus sta solo cercando il momento buono, ne è sicuro.

Lungo il corridoio sono rimaste le tracce di una lunga parola aggrappata all'intonaco sfarinato. AUTODETERMINAZIONE. La grande stanza riverberata dal sole del primo mattino è ancora tinteggiata di un rosa tenace, e Piera è convinta di avvertire nitidamente l'odore delle centinaia di sigarette accese durante le loro riunioni.

Ne è talmente sicura che tossisce persino. Si appoggia allo stipite della porta, imbocca un altro corridoio.

Piera è appena entrata di nascosto nel vecchio Palazzo del Governo, ormai fatiscente e ufficialmente inaccessibile. Il pavimento è accidentato, ma non è sulle assi malferme e nelle buche più profonde che Piera teme di inciampare. È sui ricordi, piuttosto. Il passato è un luogo in cui si crede di sapersi orientare, finché non ci si mette piede e non ci si accorge che la memoria l'ha trasformato in un labirinto di trappole.

Qual era la sala delle assemblee dove ha conosciuto Fosca? E gli uffici dei gruppi di ascolto su contraccezione e aborto? E la biblioteca con i testi proibiti che le ragazze di buona famiglia non dovevano nemmeno sfogliare? Il vecchio palazzo è ancora in piedi, ma il tempo l'ha sfigurato. La pioggia, il sole, la polvere e i topi non hanno pietà dei ricordi degli umani.

Prima di uscire sotto il portico una scritta superstite le strappa un sorriso imprevisto.

PROLETARI DI TUTTO IL MONDO, CHI VI LAVA I CALZINI?

«Si vede che siete fatti per stare insieme» fa la moglie del senatore, «mi ricordate me e il mio Sitino quando eravamo giovani.»

Elisabetta è salita al posto del passeggero, le viene da ridere e la donna se ne accorge.

«Mica era facile trovare un diminutivo per Tersite.»

Come madre no, sarebbe troppo invadente e troppo energica. Ma come zia sì, Alex la vorrebbe: una zia solare e dal buon profumo, che vedi volentieri due o tre volte al mese. Lei e Garritano si sono incontrati alle superiori e non si sono più lasciati, racconta. Elisabetta invece racconta che loro due si conoscevano da piccoli, si sono persi di vista per tanti anni e poi si sono messi insieme al matrimonio di un amico comune, a Fiesole. La moglie del senatore dice che la Toscana è meravigliosa, per cui Elisabetta dice subito che anche Roma è bellissima. La moglie del senatore chiede quando si sposano, Elisabetta dice che ci stanno pensando, e durante tutto questo scambio di cortesie Alex riesce a messaggiare al caro Sitino affinché si rinfili i pantaloni di corsa e congedi la signora Marioni in tempo utile.

La conversazione ristagna fra la gratitudine di Elisabetta per il passaggio e la fortuna che ha avuto Alex a incontrare Ida Garritano nel parcheggio condominiale. Sull'improvviso guasto allo scooter di Alex e sul fatto che dalla stazione di Trastevere sono solo dieci minuti a piedi ma, con il bagaglio e in salita, sarebbe stata una sfacchinata. Sul caldo che davvero non si affronta e su come Ida Garritano sia contenta di conoscere finalmente la ragazza di Alex.

«Alex è davvero uno serio e a posto. Guarda che non ce ne sono più. Il mio Sitino se lo tiene stretto e pure tu, scommetto» suggerisce la signora Garritano, «ma non lo lasciare troppo solo a Roma, fai come me, che ogni tanto arrivo a sorpresa…»

Ida Garritano scoppia in una risata contagiosa che satura dolorosamente le orecchie di Alex. Elisabetta dice che lei Alex non lo sorveglierebbe mai, con tutto quello che il senatore lo fa sgobbare, quando ce l'ha il tempo e l'energia di trovarsi un'altra?

Ridono tutte e due, ride anche Alex, per scrupolo di plausibilità, e intanto controlla che il prode senatore abbia letto il messaggio. Riponendo il cellulare si accorge di avere in tasca una bustina di cellophane. Neppure ricorda con precisione quante piste s'è tirato la sera prima, quello no. Il resto, purtroppo, lo ricorda tutto.

Adesso il sole inizia a farsi sentire. Allora Piera si ripara la testa con il foulard e si allontana dal pozzo. La grata di ferro è grande come la ruota di un carro e quindi inamovibile, almeno per lei. Al posto dell'ombra di ieri notte, sul muro adesso c'è la sua sagoma nera. Le spalle le bruciano già, intorno a lei solo ortiche, calcinacci e tubi ossidati.

Un'ombra, ecco cosa sta inseguendo. Un'ombra notturna. O forse la sua stessa ombra, la sorella nera e silenziosa disegnata dal sole sfolgorante dell'estate di Roma. O forse ancora l'ombra curva, l'unica compagna di Riccardo III.

«Piera… Piera… Piera!»

La voce di donna alle sue spalle arriva da lontano, come un richiamo dal passato.

3

L'arco di laterizi sbreccati ricorda una bocca sdentata. Piera si abbassa, sbuca dal vano angusto dei contatori accanto all'ascensore e si ritrova davanti la sua fidata assistente Dolores. I capelli annodati con una matita dietro la nuca, è scesa di corsa per le scale e ora respira profondo con le braccia minacciosamente incrociate.

«Ma cosa fa? È entrata nel Palazzo!»

«Non è una grande impresa. È un passaggio di pochi metri. Il cancello ha la serratura corrosa. E comunque era già aperto, segno che ci è già passato qualcuno.»

«E anche se fosse… cosa le importa?»

«Parli proprio tu? Non leggi altro che gialli, guardi solo film polizieschi…»

«Cosa c'entra, Piera? Quelli non sono la realtà.»

«E allora? Della realtà ce ne freghiamo?»

«Anche Riccardo III non è la realtà» continua Dolores, «però da un anno e mezzo parliamo solo di lui.»

Piera rimane con le mani mute. "Le mani mute" è un'espressione che le viene in mente quando un attore perde la battuta. Fin dai suoi inizi, Piera ha notato che le mani si muovono comunque per accompagnare le parole che dovrebbero uscire. Con il loro movimento, le mani tentano anche di suggerire disperatamente la battuta. La battuta non è una questione di voce, o di ricordare delle parole. È il corpo che impara la parte, è il corpo che diventa il personaggio. Metti i piedi troppo larghi, piega le ginocchia, alza troppo il mento nel momento sbagliato e alle parole, nude e crude, non crederà nessuno.

Le sue mani mute, e immobili, le stanno dicendo che Dolores ha appena segnato un punto. Non le resta che riconoscere la bravura dell'avversario.

«Hai ragione, Riccardo III come lo racconta Shakespeare non è mai esistito» ribatte alla fine. «E anche il mio Riccardo III stenta a nascere, a dire il vero.»

Si scuote la polvere dalle mani, chiama l'ascensore e annuncia che ha delle nuove correzioni da aggiungere.

«Ancora. Sono molte?»

«No. Ci stavo lavorando, stanotte» la rassicura, «poi qualcuno ha buttato un sacco nero nel pozzo e mi sono distratta.»

«Sembri stravolto.»

«Non ho chiuso occhio. Non lo senti che caldo? A Firenze com'era?»

Elisabetta si guarda intorno, forse sta decidendo se le costi più fatica rimproverarlo per lo stato del monolocale o mettersi lei a dare una pulita. Alex spera che prevalga l'imprinting della famiglia vecchio stampo, per cui in ultima istanza è la donna a sobbarcarsi la cura dell'ambiente domestico.

«Ieri sera ti ho chiamato dieci volte e non eri raggiungibile» fa lei.

Alex si rifugia in bagno, mette una porta fra Elisabetta e le balle che inizia a rifilarle. I lavori in commissione fino alle otto, la cena in una cantina sotterranea, senza segnale, e alla fine il cellulare scarico. Sono talmente vaghe da essere credibili, ma anche pericolose. Se le segna al volo su uno scontrino.

Alex ne approfitta anche per buttare la bustina nel water. Tira lo sciacquone e si appoggia con la fronte alle piastrelle. Quando rimette il naso fuori chiede a Elisabetta un'ora di riposo. Lei ha già aperto il minuscolo ripostiglio delle scope e degli stracci. Lui le promette una cena, magari ai Castelli, là ci sarà fresco.

Elisabetta lo fissa con uno strano sorriso a metà.

«E come ci andiamo ai Castelli, senza scooter?»

Alex si riprende con il guizzo della disperazione.

«Lo porto a riparare.»

«Ma non volevi riposare? E poi è sabato.»

Lui dice che non è un problema, conosce un tizio, proprio alle spalle della stazione di Trastevere, che da un paio di mesi ha messo su un'officina. Uno serio, fidato.

«Possiamo anche rimanere in città, possiamo mangiare una pizza giù a Trastevere, non ti preoccupare.»

Ma Alex si cambia la maglietta fradicia ed è già sulla porta, votato a dedicarsi per tutto il weekend alle sue bugie.

Elisabetta dice una parola, una sola.

«L'obitorio, per esempio.»

E quella basta a iniettargli del panico direttamente in vena.

«Come sarebbe a dire l'obitorio?»

Nonostante sia sabato, la ditta di edilizia acrobatica interpellata da Piera ha risposto, con somma disperazione di Dolores. L'addetta ha anche parlato di cifre, non proprio ragionevoli, dato il costo del lavoro festivo. Ma nemmeno Piera si sente particolarmente ragionevole.

«A cosa è collegato il pozzo? Fogne bianche?» chiede la voce all'altro capo.

Piera guarda Dolores, come a pretendere un suggerimento illuminante.

«Per caso sfocia in un canale che porta alla Cloaca Maxima?»

Piera quasi si offende. Ma secondo questa qui lei dovrebbe sapere come viaggiano i liquami della capitale?

«Le spiego, se è una fogna di età moderna c'è da interpellare la municipalizzata, ma se è su un tratto antico c'è da chiedere il permesso anche all'ufficio per il Patrimonio archeologico.»

«E questo chi me lo dice?»

«L'ufficio per il Patrimonio archeologico. Ma prima dovranno fare una ricerca. Hanno i loro tempi tecnici.»

«I tempi tecnici a Roma possono andare da un mese a cinque anni» mormora Piera, insofferente.

«Che le posso dire? Lunedì si informa e poi ci richiama.»

Lunedì. Lunedì è la parola a cui Piera deve rassegnarsi, insiste Dolores. E le ricorda che alle undici c'è l'incontro con i ragazzi del teatro occupato. Se vogliono andare a piedi...

Piera annuisce, ma intanto compone un numero sulla tastiera, uno dei circa duecento che si ostina a ricordare a memoria nonostante il cellulare, come le spiega ogni volta Dolores, li abbia già tutti in rubrica e li possa fare da solo.

Non ha prenotato solo un tavolo, ha prenotato anche una matrimoniale in un resort sul lago. Alex ha deciso che la pizzeria di viale Trastevere, stasera, proprio no. La chiamano l'obitorio solo per via dei tavoli di marmo, ma stasera no. E poi Alex non ne vuol sapere di Roma, di traffico, di turisti e di questo clima indocinese.

Deve allontanarsi da quello che è successo, da ieri notte.

Alex adesso è seduto su una panchina e guarda Roma. Il caldo la rende irreale, sfocata dalla calura poco prima del sole allo zenit. Chiusa nel buio dentro i sacchi neri, Chiara tutto questo caldo non lo sente. Nessuno la troverà se non fra cinquant'anni, forse cento. Forse mai.

È seduto su una panchina, accanto al suo scooter, e lascia passare il tempo. Un'ora, forse meglio un'ora e mezza, e rientrerà a casa da Elisabetta, raccontando di aver fatto aggiustare un guasto mai avvenuto in un'officina che non esiste di un amico che non ha.

Si segna su un altro scontrino un nome, un indirizzo e anche il guasto fasullo. Le candele da cambiare andranno benissimo.

Interroga per l'ennesima volta il cellulare sfogliando i siti di cronaca che tiene a portata di pollice. Ogni pagina è un picco di adrenalina. Uno scippo, un'operazione antispaccio, i soliti imbecilli beccati a fare il bagno nella fontana del Gianicolo.

Ancora niente. Nessuno cerca una ragazza scomparsa. Ogni ora che passa aumenta il suo vantaggio su chi, prima o poi, si metterà a dargli la caccia.

«Signora, è un pozzo antico? Perché allora il problema è sopra, non sotto.»

A giudicare dalla voce, questo dirigente del Patrimonio archeologico è uno giovane.

Piera se lo immagina mentre maledice chi le ha dato il suo cellulare. È sabato e magari è al mare con la fidanzata.

«Cosa dovrei capire, secondo lei?»

«Sotto è competenza nostra, okay, ma per entrare nel pozzo bisogna sentire anche la Soprintendenza, capisce? È scolpito?»

«Sì, ma è brutto.»

«La bellezza è soggettiva.»

«La bruttezza no. Fa proprio schifo, glielo assicuro. Ci sono tre delfini che sembrano papere spennate con la tiroide.»

A queste parole Dolores conclude il decimo giro del

tavolo. Ribolle in silenzio, sbatte le braccia sui fianchi, picchietta sul quadrante dell'orologio.

«Posso chiederle dove si trova questo pozzo?»

«Nel vecchio Palazzo del Governo. Nel cortile.»

All'altro capo solo rumori di strada. Clacson, voci, sgassate. La pausa diventa eloquente, poi viene interrotta da una – tutto sommato rispettosa – "invocazione alla Vergine Maria".

«Lasci perdere, signora. C'è da diventarci matti.»

«Ma non è proprietà pubblica, scusi?»

«Appunto.»

In sintesi il palazzo è pubblico, quindi è stato ristrutturato con i soldi pubblici, i quali però non erano abbastanza, quindi i lavori sono rimasti a metà. Lo Stato voleva venderlo per tot milioni a una società, per altro controllata dallo Stato, che lo rivendesse a privati ricavandoci tot milioni più qualcosa. Ma la società controllata dallo Stato ha fatto notare allo Stato che i lavori erano stati fatti a metà e quindi, per non rimetterci, avrebbe pagato allo Stato molti meno soldi di quei tot milioni, meno anche dei tot milioni spesi dallo Stato per i restauri, cosa che lo Stato non ha trovato affatto conveniente.

«Per cui lo Stato è attualmente in contenzioso con…»

«… se stesso.» Piera precede la conclusione del dirigente.

«Il concetto è quello.»

«Dunque?»

«Dunque l'immobile oggetto di contenzioso ha bisogno di una deroga speciale delle due parti in lite, altrimenti...»

«Sento salirmi un gran mal di testa.»

«E io cosa le dicevo? Lasci perdere.»

Nemmeno ai Castelli c'è un po' di fresco, però fila tutto liscio. Il resort è immerso nel bosco e ha un lungo corridoio tappezzato di foto di clienti famosi.

«Gassman, Mastroianni, la Vitti e... questo è Tognazzi» dice Alex, «se era un habitué Tognazzi, qua si mangia bene.»

Ci sono anche molti politici. Alex dà un nome quasi a tutti, compresi quelli nelle foto in bianco e nero. Elisabetta è ammirata, e lo bacia mentre Alex apre la porta della loro stanza e la lascia entrare per prima.

Si sente stanchissimo, ma preferisce muoversi, distrarsi, così dieci minuti dopo salgono di nuovo sullo scooter.

Lì vicino ha una grande villa Sofia Loren, si vede bene, c'è una specie di muraglione a picco sulla strada. La strada è quella che li porta a Nemi, dove c'è il lago. Un lago molto blu e increspato da una brezza non bollente, almeno.

Fanno merenda sotto delle tende rosse, nel borgo che a tratti ricorda quello dove sono cresciuti entrambi. Elisabetta ha un grande appetito e ad Alex sembra più bella del solito. Belle le lentiggini sulle guance e sulle spalle, belli i denti candidi e bello il seno esuberante. È una donna sana, alla soglia dei trentacinque anni, che nel fisico ne dimostra di meno e di testa ne ha sempre avuti di più. Veste comodo, emana sicurezza e semplicità, tutto quello che lui ha sempre voluto in una donna. Almeno fino a quando, ieri sera, ha incontrato Chiara.

Era tanto che non si concedevano una piccola fuga. Lo dicono tutti e due, quasi all'unisono. Il sole si è abbassato e guardano l'acqua che luccica oltre la ringhiera, poi lei inizia a parlare di un antico passaggio sotto il lago. L'ha letto su internet mentre aspettava che lui tornasse dall'officina. Alex sta per ribattere, con un automatismo sciagurato, "quale officina?", poi si ferma appena in tempo e dice: «Cioè?».

«Si chiama emissario, è un chilometro e mezzo. Andiamo?»

«Sotterraneo? E si può visitare?»

«Pare di sì. Almeno lì ci sarà un po' di fresco» dice Elisabetta, ma non gli sembra più la voce della sua fidanzata. Nella sua scatola cranica si rifrange come fra le pareti buie di un sotterraneo, e si trasforma in quella lontana e cristallina di Chiara. *C'è fresco, là sotto.*

Nel teatro occupato hanno messo delle panche sul palco. Li ha tutti molto vicini, così Piera non si siede e preferisce appoggiarsi al tavolo che doveva farle da cattedra.

Hanno magliette scolorite, cintole dei jeans abbondantemente sotto il culo e bermuda abbondantemente sotto il ginocchio. Alcuni di loro non indossano davvero i vestiti, se li portano appesi addosso. Piera pensa che curarsi il minimo indispensabile, senza manie, è il privilegio più sottovalutato della gioventù, la dimostrazione stessa di quanto sia sfacciatamente potente, la gioventù. Chi se ne frega dei capelli resistenti al pettine e delle scarpe dalle stringhe sfilacciate. Fra le ragazze vanno forte le gonne pantalone, larghissime, fra i ragazzi i borselli, ma non di pelle. Alcuni preferiscono sedersi per terra, quasi tutti si rollano sigarette, sussurrano e poi ridono. Qualcuno la guarda come un'aliena, qualcuno con una soggezione quasi amorosa, altri la stanno sfidando a sorprenderli. Piera lo capisce dall'atteggiamento scettico, studiato: forse ritengono che essere un attore imponga una posa, sempre e comunque.

I ragazzi che occupano il teatro le chiedono come si sentiva quando le compagnie la rifiutavano, una come lei. Le chiedono perché ogni tanto accetta di recitare nelle fiction tv. Sempre una come lei, sottintendono. Le chiedono perché quella volta disse di no al più grande regista di teatro italiano. Una come lei! Infine, la ragazza con la frangia e il labbro trafitto da un piercing le chiede se è vero che una come lei sta lavorando al progetto di impersonare Riccardo III. Poi aggiunge: «Lo concepisce come un atto politico, una sfida all'imposizione di un'identità di genere rigidamente polarizzata dal patriarcato?».

È ovvio che la ragazza gradirebbe una conferma alla propria tesi. Piera ne potrebbe uscire alla grande, l'applauso è a portata di mano. Ci riflette, poi dice: «Dunque... Riccardo III delle donne non si innamora e nemmeno le desidera, su questo non c'è dubbio. Ma non mi pare desideri neanche gli uomini. Lui il desiderio non lo conosce proprio, non lo ha mai imparato. Perché nessuno ha mai desiderato lui... è gobbo, mezzo storpio. Eppure seduce Lady Anna. Non la seduce per averla nel letto, e neppure per il piacere di sedurre. La vuole sposare solo per diventare re, ovvio. È proprio il suo essere indesiderato a renderlo capace di tutto, anche di sedurre Lady Anna... eppure, dico, le ha trucidato il suocero e il marito».

La ragazza obietta però che Riccardo III qualcosa desidera, eccome. Desidera diventare re d'Inghilterra.

«Non ho detto che non desidera niente. Ho detto che non desidera *nessuno*, nessun essere umano come lui, nessun essere vivente. E cosa desidera? Il trono d'Inghilterra, quello che sarà di Enrico VIII e di Giorgio, ma soprattutto di Elisabetta e di Vittoria. Un trono unisex, non vi pare? Desidera lo scettro e la corona. Uno strumento fallico, che penetra, e uno che cinge, che raccoglie. Lo sa bene che per essere re d'Inghilterra servono tutt'e due. Per essere grandi re bisogna essere uomo o donna a seconda delle circostanze, magari anche contemporaneamente. E in questo lui è avvantaggiato. Lui è un maschio imperfetto, sì, però sa penetrare... penetra i nemici in battaglia, con la spada. Penetra i desideri e le bassezze più intime degli altri, uomini o donne che siano. Io penso che se Riccardo III avesse un'identità rigida, ma non dico solo sessuale, intendo una identità definita, ecco... non potrebbe fare quello che fa. È un maschio imperfetto, ma non per questo è femmina... o una via di mezzo o qualcos'altro ancora. È uno York, ma cosa significa essere uno York o un Lancaster? Niente, figuriamoci. In Inghilterra la guerra civile ha portato i padri a uccidere i figli sui campi di battaglia... E dunque, secondo me, qui sta il paradosso, con il suo corpo deforme lui è davvero libero di fare quello che vuole, con chi vuole. Nessuno si aspetta qualcosa da lui, nessuno vuole il suo corpo, e dunque si sente libero di non rispettare patti, né con gli esseri umani, né con la natura... la natura per prima lo ha tradito alla nascita. Riccardo III è una creatura terribile e sperduta nel vuoto, in guerra contro tutti e contro tutto. Ecco perché non credo che lo possa impersonare solo un attore maschio.»

Nessuno fiata. *Ecco, li ho storditi.* Piera appoggia un ginocchio per terra. Il gesto di un cavaliere che si inchina per ricevere un'onorificenza. La sua voce gelida però è quella di chi scaglia una maledizione al mondo.

«"Io, Riccardo di York, che non ho grazia fisica neppure per corteggiare un amoroso specchio, io che son di rozzo conio, io che manco della forza regale dell'amore per girare lento davanti a una molle, ancheggiante ninfa..."»

Piera ora appoggia le mani sulle assi del palco. Lentamente la sua posizione cambia, diventa simile a quella di un velocista che sta per scattare ai blocchi di partenza. Testa sempre bassa, per mantenere la concentrazione e nascondere il viso.

«"... io che sono privo di questa bella simmetria, frodato nel volto dalla natura simulatrice... deforme, imperfetto, spinto prima del tempo in questo mondo che respira, appena formato a metà e così storpio e fuori d'ogni sembianza comune che i cani mi abbaiano contro, quando passo zoppicando vicino a loro…"»

Piera alza la testa, cambia di nuovo posizione. Simula quella di un predatore che prima dell'agguato si ingrazia la luna.

«"… io, in questo fiacco tempo di pace, adatto per i flauti, non ho altro piacere per passare le ore che seguire la mia ombra al sole… e meditare sulla mia deformità."»

Le ultime sillabe le scandisce e le lancia nel vuoto, a intervalli regolari proprio come fanno i cani quando abbaiano in certe notti che vedono più buie di altre.

Piera riconosce lo stesso silenzio, gli stessi attimi di smarrimento che spesso seguivano le sue prime esibizioni. Erano tempi di grande coraggio, presunzione e sprezzo del ridicolo, quando chiamavano teatro qualsiasi stabile in disuso in cui fosse possibile far arrivare un cavo con la corrente elettrica.

Poi riconosce l'applauso compatto e improvviso come un temporale tropicale.

Quando riabbassa gli occhi li vede, tutti intorno a lei e tutti in piedi, sulle assi cigolanti del palco.

A un certo punto Alex chiede a Elisabetta se ha intenzione di percorrere l'emissario sotto il lago fino in fondo. Aveva detto solo un centinaio di metri, e invece camminano da un quarto d'ora. Alex non ha intenzione di infilarsi per quasi due chilometri sottoterra. In alcuni punti i lastroni viscidi e spugnosi di muschio gli si stringono addosso, a sfiorargli le braccia.

Adesso il tunnel piega appena a destra e Alex la perde di vista oltre la curva. La chiama immediatamente, chiama il nome di Elisabetta, ma gli esce come un guaito affannoso che neppure lui decifra. C'è pochissima aria, lì sotto. La chiama di nuovo, lei non risponde. Per forza, lui pensa di pronunciare il nome di Elisabetta, ma dalle sue labbra esce qualcos'altro. Sta perdendo il respiro e anche la parola, deve tornare indietro, ma non vuole tornare da solo, non può lasciarla lì dentro.

Alex allunga il passo e scivola in una pozza. Sente un accelerare di passi, colpi secchi di tacchi, e la sente anche ridere. Ma cosa ha da ridere, cosa. E perché Elisabetta si è avventurata lì sotto con i tacchi?

Continua e tiene la torcia ben rivolta verso il basso, per vedere dove mette i piedi. La sente ancora ridere, o forse è solo l'eco persistente. E anche i passi non fanno più rumore, sembrano spariti nel buio assieme a lei. Illuminando la fanghiglia scura davanti a sé, Alex capisce perché.

I sandali li riconosce subito. Sono argentati, con il tacco stondato. Sono nuovi, scintillano appena toccati dalla luce, abbandonati su una pietra piatta che emerge dal rivolo di acqua opaca. Allora non è Elisabetta la ragazza che sta seguendo nel sotterraneo. Alex non vuole vedere altro, si volta e torna indietro, piegandosi nei punti più angusti, sbattendo gomiti e ginocchia sulle pietre sconnesse.

Procede così, carponi nel buio, finché non viene abbacinato da una luce che gli punta dritto in faccia.

L'occhio accecante si abbassa e lui riconosce Elisabetta. Subito lei gli chiede dov'era e Alex borbotta parole che, come prima, non riesce a capire nemmeno lui.

«Mi hai lasciato sola» lo rimprovera lei.

Alex riesce a dire di no, che si è sbagliato, che pensava lei fosse più avanti.

«E come facevo a essere più avanti di te? Vedi, ero dietro. Chi stavi seguendo?»

Alex riesce solo a pregarla di tornare indietro e di uscire. Per fortuna Elisabetta dice: «Okay».

Pochi passi, quanti ne bastano per non riconoscere più il percorso fatto all'andata, per temere di aver preso una qualche deviazione sotterranea e di essere destinati a vagare nel buio fino alla morte una volta che le batterie dei loro cellulari si saranno esaurite.

Ma a lei non dice niente, il poco fiato che ha se lo tiene per camminare veloce. Pensa alle tonnellate di terra e di acqua del lago sopra di lui, oltre la volta incombente del tunnel e se le sente, pesanti, sul torace. Poi Elisabetta si ferma e gli indica qualcosa a due metri da loro. Alex illumina anche con la sua torcia il lungo sacco nero che sembra messo apposta per sbarrare la strada.

«Guarda che hanno buttato» aggiunge lei.

«Prima non c'era. Chi ce l'ha buttato? Chi c'è qui dentro? Chi ce l'ha buttato?»

«Lo sai benissimo» gli risponde Elisabetta.

Alex non capisce, ma non ha il coraggio di guardarle il viso rischiarato dal bianco esanime della torcia.

«Ce l'hai buttato tu, Alex. Tu ce l'hai buttato... tu.»

Le gambe. Qualcuno gli sta legando le caviglie.

Alex usa tutta l'aria per urlare e si ritrova senza fiato, a sedere sul letto, in un luogo che non gli è familiare, il lenzuolo fradicio annodato intorno ai piedi che gli spunta fra le ginocchia.

Elisabetta rientra dal terrazzino, fa cadere una sedia e quasi si lancia sul letto.

Alex la tranquillizza subito, si scusa, domanda che ora è e se avrà svegliato qualcuno, poi si lascia abbracciare. Elisabetta sembra più spaventata di lui.

«Mezzanotte e venti.»

«Era solo un brutto sogno. Tu non dormivi?»

«Si sta bene fuori. Vieni a prendere un po' d'aria.»

«Sì, un po' d'aria. Ma quando mi sono addormentato?»

«Appena siamo rientrati in albergo. Stai bene, amore?»

«Sì. Cos'ho detto? Ho detto qualcosa mentre...»

«Urlavi "non ce l'ho buttato io", o una cosa del genere.»

Quella frase gli fa più paura dell'incubo da cui è appena riemerso. Elisabetta se lo stringe al seno. Ha un buon profumo di crema idratante, di pelle liscia e di tranquillità. Alex sente che i suoi respiri lentamente si distanziano, e i ricordi si rischiarano. Non sono mai entrati nell'emissario sotterraneo, un signore del posto li ha sconsigliati. Senza uno speleologo come guida, meglio di no. Hanno cenato sul lago, hanno fatto cin cin a lume di candela. Hanno finito con una coppa di fragoline di bosco, sono rientrati nel resort con le migliori intenzioni, ma lui ha dormito più di un'ora.

«Me lo vuoi raccontare?»

«Cosa?»

«Che stavi sognando?» gli chiede ancora, e gli stringe il volto con le mani morbide. «Da come ti sei svegliato, doveva essere terribile.»

Alex non ha nessuna voglia di raccontarlo. Ha voglia di altro.

Elisabetta si spoglia sempre completamente. Si leva persino braccialetti e orecchini. Per lei è come se dovessero sempre amoreggiare su un'isola deserta, lontano dal mondo e all'inizio dei tempi. Elisabetta preferisce che anche lui si spogli e Alex ha imparato a starci attento. Non capita più, nella foga, che si dimentichi di avere ancora le calze, magari quelle corte, un ridicolo orrore che li riporta a quando videro insieme un film porno. Si conoscevano da un paio di mesi e non fu un'esperienza negativa: ne bastarono cinque minuti per ridere un'ora di seguito.

Il sesso è naturale, dice Elisabetta, per cui non c'è bisogno di nient'altro che di due corpi nudi. Alex la conosce bene, stanno insieme da quasi dieci anni e scopano ancora con una buona regolarità anche se Alex evita di domandarsi dove stia la regolarità.

Quella sera però Alex ci mette qualcosa di più. Elisabetta non lo sa, e di certo non ci pensa e non si fa domande, ma Alex ci butta l'energia del disperato che corre verso l'ultimo rifugio. Elisabetta non lo sa e se riesce a pensare, mentre il letto cigolante le fa da controcanto stridulo, penserà solo che sembra una delle prime volte. E invece, se Alex ansima sempre di più e lei lo stringe come il nodo di una corda bagnata, è solo per sfidare il terrore che possa essere l'ultima.

«Senti un po' il tedesco» ha detto il collega al piantone.

«Sale una signora, falla parlare con il tedesco» ha detto quello al centralino.

È domenica mattina e per i corridoi del commissariato si sente tutt'al più sbattere qualche porta. Su per gli scalini squadrati, Piera ha pensato che tedesco fosse un cognome. Commissario Rosario Tedesco, ispettore Domenico Tedesco, una cosa così. Invece no, in una stanza lunga e stretta, con una finestra troppo grande, sicuramente un ex corridoio riadattato per ricavare un paio di ufficetti in più, la aspetta uno che taglia le sillabe dell'italiano con una lama affilata, gesticola poco e ascolta il suo racconto senza reazioni apparenti.

«Mi dica lei, faccio una denuncia?» gli chiede alla fine.

«Per una denuncia ci vuole un reato, signora.»

«E per quale motivo uno fa sparire un sacco di quasi due metri in un pozzo? È chiaro che si è sbarazzato di...»

«Di che cosa?»

«Di un cadavere. Quel sacco era abbastanza grande. Glielo assicuro.»

Forse non doveva pronunciare quella parola. Ha giocato un jolly nel momento sbagliato. Il tedesco non si scompone, figurarsi, prende una matita ben appuntita e un foglio. È magro, ma ha le ossa spesse, si vede dai polsi e dalle dita. I capelli neri sono arruffati. Avrà poco più di trent'anni e non sarebbe stato fuori posto fra i giovani del teatro occupato di ieri, pensa Piera.

«Guardi, io prendo questa sua segnalazione.»

«Ma non viene a dare un'occhiata?» incalza Piera.

«Vediamo nei prossimi giorni.»

«Non adesso?»

«Adesso? È domenica, c'è personale riduzionato, signora.»

«Vuol dire ridotto.»

«Ridotto, sì.»

Il tedesco ha controllato con un'occhiata rapida che lei non ridesse.

«E dunque, dovessi ammazzare qualcuno lo farò di domenica, anzi di sabato sera, così almeno ho un paio di giorni per sistemare tutto e scappare.»

«Lei ha in programmazione di ammazzare qualcuno?»

«No, attualmente ho in programmazione al massimo una serie tv. Per qualcuno è un delitto anche più grave.»

Il poliziotto smette di scrivere, la guarda smarrito. Niente, non ha afferrato. Proprio a lei, doveva toccare l'unico poliziotto tedesco a Roma?

«Voglio fare una segnalazione, allora.»

«Bene. La notte...»

«Fra venerdì e sabato. Nel cortile del vecchio Palazzo del Governo.»

«A che ora questo fatto è succeduto?»

"Io vi odio a voi romani, io vi odio a tutti quanti..."

Piera si guarda in giro per capire dov'è la radio che si è accesa da sola. Invece è la suoneria del cellulare del poliziotto. *"Brutta banda di ruffiani e di intriganti..."* Lui risponde con un paio di mugugni, si mette in tasca il telefono, annuncia che ha preso nota di tutto e ora deve andare.

«Lei ha proprio deciso di farsi voler bene.»

Quello scrolla le spalle: è solo una canzone che gli piace perché la cantava sempre suo padre. Poi scende assieme a lei e la accompagna fino all'uscita. Sulla soglia incrociano due agenti in divisa appena smontati dal turno della Volante.

«Grande Rudi Völler!» fa uno dei due.

«Mi chiamo Grossmeier.»

«Ma guarda che Rudi Völler era proprio forte, oh. Cinque anni, ha giocato nella Roma. Non te lo ricordi?»

«No.»

«Vabbè, l'importante è che ci sei domani per il calcetto. Otto e mezzo» fa l'altro, «puntuale, però, pun-tu-a-le.»

Se ne vanno discutendo su chi se lo prenderà in squadra. A quanto Piera capisce, il "tedesco" ha dei piedi delicati come il cemento armato, ma gode fama di correre come un ossesso. In effetti sembra privo di grasso e ha le gambe lunghe.

«Se qualcos'altro strano lei vede, chiami. Ispettore Grossmeier.»

Prende un post-it sulla scrivania del piantone e le scrive un numero di telefono accanto a questo nome da slalom gigante. Piera se lo fa ripetere due volte, lui pronuncia una cosa tipo "Grózmaiah". Prova a sussurrarlo anche lei.

«Sebastian Grossmeier... nato a Testaccio, scommetto.»

Finalmente anche lui sorride. Avrebbe un aspetto quasi gradevole, nonostante la magrezza e le spalle un po' curve, nonostante l'incarnato sbiadito e i muscoli facciali pigri, o forse troppo allenati al contenimento. Nonostante l'italiano da risponditore automatico che emette dalle labbra aprendole appena.

«No, sono nato a Bolzano. Trasferito a Roma da un mese.»

«Ho capito, hanno rifilato la rompicoglioni all'ultimo arrivato.»

Stavolta però l'ispettore non si offende. Allora è uno che impara alla svelta, pensa Piera.

«Ci sono colleghi qua che hanno famiglia. Io a Roma vivo solo» e qui si interrompe, un istante, «posso fare domeniche. Senza nessun problema.»

Donato ha detto di averne combinate di assai peggiori. E se il cancello è rotto non c'è nemmeno effrazione. Rodolfo invece è entrato con loro nel Palazzo del Governo perché è curioso di natura e si è subito fermato a naso in su nella sala che ancora conserva il soffitto affrescato. Quanto a Dolores, sembra si sia unita alla strana truppa solo per ricordare ogni trenta secondi che devono rimanere il meno possibile.

«Non stiamo entrando di nascosto nel caveau della Banca d'Italia» le ha detto Piera, mentre la sua assistente si aggirava spaurita per le grandi stanze abbandonate.

Ora Donato solleva la grata da solo, e lo fa senza sforzo apparente.

Per fare luce nel pozzo, Dolores ha portato il neon di emergenza che tengono in casa. Il sole del pomeriggio è ancora alto, ma il cortile è ombreggiato.

Rodolfo si sporge per primo oltre il bordo, aprendo un lezioso cannocchiale tascabile da teatro.

«Carino» fa Piera.

«Giapponese, fine '800. Per fortuna era nelle mani di un mezzo sprovveduto, o lo avrei pagato una cifra immonda.»

«Allora, si vede il sacco?»

Rodolfo se ne rimane ancora un po' proteso in avanti. Poi le porge il prezioso oggetto di antiquariato senza dire niente. Sembra stanco, come sempre, ma contento che il mondo, alla fine, giri come proprio aveva previsto lui.

«Sembra acqua.»

«L'hai regolato bene?» chiede Piera.

Il dubbio non merita risposta. Se lo passano di mano e tutti vedono la stessa cosa. Un velo di liquido scuro, attraversato da sottili increspature luccicanti.

«È profondo» dice Dolores, «chissà dove finisce.»

Saranno una ventina di metri secondo Rodolfo, almeno trenta secondo Donato. Comunque questo famoso sacco non si vede.

«Pensate che mi sia sognata tutto, lo potete dire. Tanto l'ho capito.»

Dolores è la prima a rispondere di no, del resto gliel'ha già detto che le crede, ma...

«Ma?»

«Ma forse dovresti lasciarla perdere, quella tragedia.» È Rodolfo l'unico che glielo può dire in faccia, perché è l'unico che le da del tu. «È troppo cupa, senza speranza, e ci stai sopra da non si sa quanto tempo. E poi che senso ha, Riccardo III è un uomo... perché vuoi farlo tu? Ma una come te, Piera, ha bisogno di entrare nella baracconata del gender?»

«Non parlare di cose che non sai, ti prego. Continua a pensare che per essere un buon maschio basti aprire sempre la portiera.»

«Nessuna si è mai lamentata.»

«Lo credo bene, le scarichi tutte dopo un mese.»

«Piera, il pubblico vuole leggerezza, vuole sognare... e tu lo vuoi intristire con questo personaggio francamente orrendo.»

«Sei un uomo frivolo, te l'ho sempre detto.»

«E tu invece ridi troppo poco... ridi sempre meno. Una volta non eri così, che ti è successo? Abbiamo bisogno di un po' di ironia, viviamo tempi già abbastanza bui.»

«I tempi rimarranno bui finché qualcuno non dice, forte e chiaro, che sono bui» risponde decisa.

«Ma lei non pensa ad altro, lavora anche la notte» si preoccupa Dolores.

«Lavoro dopo il tramonto, perché prima fa un caldo tropicale. Non si riesce a respirare.»

«Lei non respira perché non…»

«Piantala, Dolores, io sto benissimo.»

Come un bambino indispettito che torna davanti al suo giocattolo rotto, Piera si appoggia al bordo del pozzo, agguanta la pinna di uno dei tre delfini tozzi e mal modellati che lo sovrastano, e la vorrebbe staccare di netto.

Donato chiede se può rimettere a posto la grata, perché deve andare in cucina a dirigere i lavori. Gli dicono tutti di sì, tranne Piera. Fissa un moncone di ferro ritorto e poi lo indica agli altri. È solo due metri più in basso, si vede abbastanza bene.

«Guardate un po' cos'è rimasto appeso là, guardate.»

Le si avvicinano tutti.

«È un brandello di plastica nera, di quella dei sacchi della spazzatura. Sì o no?»

Elisabetta gli ha detto che le piacerebbe venirci più spesso, a Roma.

«Ma io mi vergogno a farti venire qui, in questo ripostiglio» le ha risposto, come sempre, Alex.

Stavano scendendo insieme, sulla scalinata di viale Glorioso, fra le lattine e le bottiglie rotte del weekend appena passato. Lui le portava lo zaino, erano appena le otto e lei ha raccontato che i suoi stanno trattando la vendita del casale e dei terreni. Ormai sono stanchi di occuparsene e, anche se il momento non è facile, qualche soldo ne verrà fuori. Alex stima che "qualche soldo" individui comunque una cifra non molto sotto i due milioni di euro.

«Sai come è fatto il mio babbo, non vuole gente che si auguri la sua morte, nemmeno in famiglia, e allora ha detto che una parte dell'eredità ce la vuol dare subito.»

«Quindi?» ha chiesto lui, inciampando su uno scalino sbreccato.

Il "quindi" è che Elisabetta vorrebbe comprare casa a Roma e trasferirsi. E mettersi a cercare lavoro, senza preoccupazioni per il mutuo o per l'affitto. E finalmente avere una vita insieme a lui. E magari pensare a un figlio. Il tempo è arrivato, non gli pare?

Alex non se l'aspettava. E il tempo no, il tempo non è affatto quello giusto.

«Ti ho spiazzato» ha detto lei.

Lui ha mollato lo zaino per terra e l'ha abbracciata, a metà della scalinata. Si è messo a piangere, e lei ha creduto che si stesse commuovendo. Le lacrime sembrano tutte eguali, a volte.

Non appena il treno si è allontanato con sopra Elisabetta, Alex si è precipitato verso il suo monolocale seminterrato, correndo curvo sullo smartphone. Ora che è da solo, può controllare più di frequente le notizie di nera. Eppure questa Chiara, giovane e bella, intelligente e con ottimo curriculum, non sembra cercarla nessuno. *L'unico al mondo a preoccuparsi della fine che ha fatto sono io.*

Alex ha steso sul letto la camicia che indossava venerdì notte. Comincia a strapparla e la infila in un sacchetto di plastica. Per il vestito invece gli servono un paio di forbici. Una volta che lo ha ridotto a strisce, andrà in una discarica abusiva fra gli sterpi di periferia e lo brucerà assieme alla camicia, alle mutande e ai calzini. Ha già lavato tutto due volte, ma è meglio non rischiare.

Ha già dato il primo taglio sulla manica quando si ricorda di togliere il pass dal taschino interno, o dividerà in due anche quello. Sono anni che lavora in Senato per Garritano, ha sempre il pass con scritto OSPITE e non è neanche il solo. Del resto, partecipare alle sedute o alle commissioni non fa strettamente parte dell'incarico di un assistente parlamentare.

Nel taschino c'è la stilografica, proprio un regalo di Elisabetta per festeggiare il fresco impiego. C'è anche un appunto mezzo strappato. Un bottone di ricambio, uno scontrino malridotto della buvette del Senato.

Ma niente pass.

Forse nella tasca. Niente pass.

Non ricorda di averlo messo nella borsa. E infatti niente pass.

Allora nella custodia del laptop. No, niente pass.

Fra le cartelle di appunti ordinate per argomento,

dentro l'agenda, in valigia, sotto il divano-letto e perfino sotto il tappeto. Niente pass.

Tira un pugno alla porta del bagno e ricorda a se stesso che l'uso di cocaina favorisce l'insorgenza del pensiero paranoide. Ma è d'altronde vero che, per un paranoico, un pensiero paranoide possiede le stimmate inconfondibili della realtà.

Ed è per questo che Alex non ha un solo dubbio: ha perso il suo pass spogliandosi venerdì notte. Il suo badge d'ingresso al Senato adesso è là, nel salotto del B&B dietro piazza Navona.

Quando qualcuno la scoprirà, la scomparsa di Chiara porterà il suo nome e cognome.

4

Facendo lo slalom fra due file di auto, con la manopola dello scooter Alex ha preso in pieno lo specchietto di un taxi. Quello non ci ha pensato su, ha mollato vettura e cliente in mezzo alla strada e gli è corso dietro, e così lui ha dovuto bucare il semaforo e passare in mezzo a un giardinetto pubblico terrorizzando due anziani. Quando è atterrato giù dal marciapiede sul controviale, ha fatto in tempo a vedere i binari sull'asfalto e a sentire lo scampanellio del tram. Ha chiuso gli occhi, ha accelerato, è andata.

Sta rischiando la patente e la vita, e nemmeno sa se servirà. Sta tornando sul luogo del delitto, come fa ogni assassino. Come fa un colpevole che, anche grazie a mosse del genere, lavora per costruirsi la trappola da solo.

C'è una sola ragione che lo spinge a sfrecciare sull'asfalto bollente, fra i miasmi degli scappamenti più caldi dell'aria di luglio. Chiara è morta da due giorni e mezzo, nessuno ancora la cerca e Alex non sa il perché. Ma se per la benevolenza del destino ha ancora una residua speranza di recuperare il suo pass dalla scena del delitto, deve tentare di sfruttarlo. Mai mostrarsi irriconoscenti con la fortuna.

Questo pensa Alex, imboccando finalmente corso Vittorio Emanuele che risuona come un autodromo. Si infila a ottanta all'ora fra due bus che si incrociano e pochi minuti dopo lascia lo scooter a cinquanta metri dal palazzo del B&B. Mentre gira la chiave nel lucchetto nota che il portone è aperto. Dalla soglia esce un uomo dai capelli candidi, alto e appena abbronzato. Parla al telefono, si allontana di qualche metro, poi torna sui suoi passi e rientra, senza curarsi di chiudere.

Piera e Dolores si ritrovano alla porta. La prima arriva dalla camera da letto, la seconda dal salotto. Entrambe richiamate dal campanello, ma in particolar modo Piera, che aspetta un corriere con il copione di Riccardo III annotato dalla sua amica Fosca. Che sia una grande scrittrice lo sostengono assieme a Piera centinaia di migliaia di persone, che sia una grande amica lo dimostra invece come si sottoponga al rigido protocollo predigitale di Piera, fatto di risme di carta, spedizioni postali e correzioni a penna.

Aprono e si ritrovano davanti Giada. La ragazza che si occupa del B&B è truccata di tutto punto. Sarebbe quantomeno graziosa, pensa Piera, ma sembra vivere nel terrore di non avere ciglia abbastanza lunghe o forme abbastanza invitanti. Tutto quello che indossa è aderente o modellante. Profuma di profumo. Ogni settimana ha un piccolo tatuaggio in più sulle braccia e predilige rossetti color rubino. Dolores non la tollera nemmeno a piccole dosi, secondo Piera invece Giada si dà da fare e sopporta anche notevoli sacrifici. Per esempio, se la moda impone gli stivaletti di pelle scamosciata anche con i quarantadue gradi percepiti del luglio romano, lei si adegua stoicamente, come stamattina.

Stamattina però Giada è molto agitata persino per i suoi standard. Si capisce dalla quantità particolarmente elevata di "cioè, tipo, in pratica, occhei" che infila.

«Cioè, c'è una cliente che… deve ritirare il bagaglio. Tipo che torna nel frattempo, le lascio qui, occhei?»

Piera le domanda cosa, lei fa dondolare un mazzo di chiavi.

«Queste qua. L'appuntamento per il check-out era alle undici, ma giù nel B&B non c'è, ha lasciato il bagaglio dentro, però pure le chiavi e allora come entra?»

«Strano…»

«La gente è strana, ma strana una cifra. Io ho un paio di sbatti, ma non ci metto niente, se però torna e io non ci sto, ho messo un biglietto sulla porta… cioè, che in pratica deve suonare a voi.»

«*Occhei*» risponde Piera, e appoggia il mazzo sulla colonnina di marmo accanto alla porta.

«È una giovane, cioè… avrà tipo sui trenta. Moretta. Alta tipo come me. Grazie, siete due amori, grazie.»

Appiattito nel vano scuro della porta al terzo piano, Alex ha ascoltato con interesse tutta la conversazione.

Mentre osserva l'ascensore abbassarsi con una lentezza esasperante, vorrebbe trasformarsi in un qualsiasi oggetto inanimato. Intanto spera a pugni serrati che la ragazza nell'abitacolo di vetro non alzi lo sguardo dal cellulare. Giada sta digitando a due pollici, alla velocità di chi scrive qualcosa di urgente. L'ascensore si inabissa oltre il pavimento, il terzo piano torna in ombra, eccetto che per il riflesso dorato della targa che campeggia sulla porta. CENTRO STUDI ESPERIA.

Il tempo di sentire la porta di sopra che si chiude e Alex sale gli ultimi diciotto scalini a due a due, senza battere i piedi, attento a non strusciare nemmeno le suole. La targhetta del quarto piano è molto più piccola e sobria di quella del Centro studi Esperia. Ma il nome che Alex ci legge sopra gli dice tutto.

Piera Drago. Un nome che un suo zio professore di liceo menzionava di frequente nelle loro conversazioni riservate agli unici laureati di famiglia. È un nome che si ritrova spesso davanti, quando sfoglia i giornali. Le pagine culturali le esamina sempre alla meglio, tanto il senatore Garritano evita come la peste i vernissage, metterebbe fuorilegge il balletto e al cinema perde conoscenza dopo dodici minuti. Ma Alex sa chi è Piera Drago. E ha appena saputo anche che in casa dell'attrice ci sono le chiavi che potrebbero aprirgli la porta del B&B.

«Senatore Tersite Garritano... nome curioso. Ma ha un bel suono. Non lo conosco.»

Piera lo invita a entrare e premette che, se desidera un caffè, lo fa a suo rischio e pericolo. Alessandro Riccomanno, così si è presentato, declina e si scusa dell'improvvisata, indugia nel corridoio d'ingresso per timore di essere invadente. Intanto si guarda intorno con curiosità, le mani dietro la schiena a tenere il casco.

Ha l'incarnato pallido di chi lavora molto, e non all'aria aperta, un tono di voce morbido, quasi da confessionale.

«Toscano» va sul sicuro Piera.

«Sì, vicino Firenze.»

Piera lo studia con un'altra occhiata: si regola la barba tutti i giorni per mantenerla uniforme, non compra camicie nei negozi di catena ed è sicuramente capace di eseguire in pochi secondi, a memoria, almeno tre nodi diversi per la cravatta. Eppure ha l'aria di quelli che nelle foto importanti vengono sempre presi per metà, sullo sfondo, intenti a fare qualcos'altro.

«È molto che lavora per il senatore?»

«Sette anni.»

L'uomo se ne rimane a osservare la lunga parete abitata solo da un quadro, uno specchio, la piccola libreria che ospita solo Wodehouse e Achille Campanile, i suoi autori preferiti. Riccomanno la osserva con la soggezione interessata di chi ignora chi siano.

«Me la aspettavo diversa, casa sua.»

«Piena di locandine, foto, targhe, magari.»

«Be', sì.»

«Chi viaggia guardando sempre nello specchietto retrovisore prima o poi va a sbattere. Quello che ho fatto me lo ricordo benissimo» gli dice.

Il portaborse si limita ad annuire, ma rimane nei pressi della porta, accanto alla colonnina di marmo e al citofono. Prima che Piera lo inviti di nuovo ad accomodarsi in sala, suona il campanello.

«Il corriere, finalmente. Il copione...»

Quando Piera capisce che Dolores è al telefono in terrazza, probabilmente con suo figlio, Alessandro Riccomanno si è già offerto di scendere.

La fortuna non si concede ai timidi. E mai più di una volta. Con la fortuna non si può sbagliare la prima, pensa Alex, mentre risale con il plico in una mano e le chiavi del B&B nell'altra.

Quanto tempo ha per cercare il suo pass? Un minuto scarso. Venti secondi e l'ha già trovato, nascosto per metà sotto la poltrona. Vorrebbe urlare che non lo fotteranno mai, mai e poi mai, invece deve solo sgattaiolare via in silenzio.

Forse è il biancore soffuso che dalle tende si spande sui divani, sulle pareti e sul parquet finto consunto, ma il trolley fucsia risalta come la spia accesa di un pericolo inevitabile. È ancora dove l'ha dovuto lasciare lui venerdì notte. Lucido, pulitissimo, pronto per una partenza imminente che non ci sarà più. Dentro ci sono le cose di Chiara, le sue cose morte come lei. Alex immagina la scena della polizia che apre il trolley come lo schiudersi dell'uovo di un mostro, un predatore che viene alla luce con il solo scopo di dare la caccia a lui. Molto presto quel trolley indicherà senza possibilità di errore dove Chiara ha passato le sue ultime ore di vita.

Quando sente delle voci dalle scale, Alex si avvicina subito alla porta. Vede dallo spioncino l'uomo alto, con i capelli candidi, che scende assieme a un giovane dalla pelle olivastra. L'uomo porta una borsa di cuoio, il giovane una valigia grigia poco più voluminosa. Passano sul pianerottolo parlando di piante da annaffiare. Alex lascia che arrivino giù, nel corridoio, poi sbuca fuori il tanto che basta per vedere che la porta dell'appartamento al secondo piano è aperta. L'uomo sta partendo e il suo collaboratore sta per risalire.

Il trolley fucsia di Chiara gli sembra diventato leggerissimo, mentre affronta di corsa le due rampe.

La casa è in ombra, a persiane già chiuse, come tutte le case che rimarranno disabitate per qualche giorno. Subito all'ingresso c'è un attaccapanni di legno e il piccolo trolley entra di precisione nello spazio accanto, gli basta spostare di qualche centimetro l'ombrelliera. Il blazer e le giacche lo nascondono perfettamente.

Il portone di sotto si chiude, con quel tonfo pesante che Alex conosce bene. Un balzo ed è fuori, due balzi ed è già a metà della rampa, mentre Piera Drago, dal quarto piano, chiede se con il corriere è tutto a posto, se il plico è quello che aspetta lei.

«Spero di sì» si augura Alex, e sorride mentre divora a salti gli ultimi scalini.

L'attrice fissa stupita la macchia di sudore sulla sua

camicia, lo ringrazia e gli dice che non c'è bisogno di fare le corse, con questo caldo. Prende la grossa busta gialla con tutte e due le mani, come una reliquia preziosa.

«Non capisco perché non ha preso l'ascensore» gli fa.

Ad Alex non piace constatarlo, ma sembra una sottile insinuazione.

Finalmente il portaborse del senatore si è accomodato in sala. Non per questo Piera lo definirebbe a proprio agio, quindi evita anche solo di interromperlo mentre spiega la ragione della sua visita. Si tratta di un disegno di legge sul teatro di cui il senatore Garritano sarà il primo firmatario. Rilancio, promozione, aiuto, valorizzazione. Quelle parole vaghe evocano in lei solo studi e convegni che non hanno mai risollevato alcunché, se non le finanze di chi li organizzava.

Ma questo Alessandro Riccomanno parla infervorato di quella che chiama già "legge Garritano", neanche fosse già pronta e in vigore, e Piera fa fatica a spegnere il suo entusiasmo.

«Il senatore mi ha incaricato di chiedere consigli ai grandi nomi che hanno fatto la storia del teatro italiano. Perché questa legge la devono scrivere le persone come lei, signora Drago.»

Piera è curiosa di sapere a chi altri abbiano chiesto lumi e improvvisamente il buon Riccomanno tenta di rimanere in equilibrio su un'evidente chiazza di imbarazzo.

«A dire il vero… ancora nessun altro, signora Drago. Lei è il primo nome che ci è venuto in mente.»

«Cosa che oggi ripeterà ad almeno altri dieci attori e registi.»

«Le garantisco di no.»

«Ma per carità, è il suo lavoro. Ora mi dica una cosa: quante volte è stato a teatro, diciamo… nell'ultimo anno?»

Alessandro Riccomanno si schiarisce la voce impastando l'aria con le mani.

«Due volte.»

«Due volte. Cos'è andato a vedere?»

«Il musical del *Re Leone*. La mia fidanzata…»

«Non si deve mica giustificare. E poi?»

Il portaborse le fa il nome di un comico famoso che ha all'attivo anche un romanzo giallo e un libro sul suo pellegrinaggio a Santiago di Compostela in monopattino, un manuale di ricette del Sannio e un cd con la sua band del liceo.

«Didi Bosco? È simpatico. I due chihuahua che si porta sempre dietro un po' meno, specie quando c'è da fare silenzio sul set. E che cosa recitava Didi a teatro? Pirandello?»

Riccomanno scuote la testa, quasi costernato.

«Allora Ibsen? O forse Pinter?»

«Faceva cose sue. Un monologo. Stand-up comedy…»

«Quello che prima chiamavano cabaret, insomma. E c'era gente?»

«Pienissimo.»

«Sono contenta per Didi. Dunque la gente ci va, a teatro.»

Anche senza voltarsi, Piera sa che Dolores la sta guardando, le labbra contratte e le sopracciglia alzate in segno di disapprovazione.

«Dottor Riccomanno, glielo dico subito: a me non interessa partire per una crociata in difesa dei panda. Non si tratta di salvare dall'estinzione il "teatro impegnato" chiudendolo in una riserva per salvarci la coscienza. L'unica forma di sostegno che si può dare al teatro è andarci. La gente ci va, ma preferisce Didi Bosco a Goldoni. Al limite va a vedere Goldoni se c'è Didi Bosco.»

Riccomanno si fa più piccolo, come schiacciato da tutte le responsabilità per la crisi del teatro, del cinema e persino di qualche sport minore. Suonano alla porta e questo lo salva, come la campanella di fine round salva il pugile reduce da una grandinata di colpi.

«Dev'essere Giada, per le chiavi del B&B» annuncia Dolores.

Riccomanno salta su dal divano, dichiarando che comprende benissimo, e che è stato comunque un grande onore.

«Si arrende già?» lo blocca Piera.

«Non voglio rubarle altro tempo.»

«Riparliamone con calma. Magari fissando un appuntamento, prima.»

«Quando vuole, signora Drago.»

«Domani?»

Non poteva andare tutto liscio. La ragazza del B&B era l'ultima persona che doveva vederlo. E gli si incolla al braccio per tre rampe di scale che gli sembrano infinite.

«Ma che sei, un regista? No, perché un attore non mi sembri, oh, ma non ti offendere, occhei? Io, guarda, non la sopporto l'ipocrisia, dico sempre quello che penso.»

«È questo il problema» mormora Alex.

«Non ho capito, scusa.»

«Ecco.»

«Allora? Sei un blogger? Ma devi fare tipo un'intervista a Piera? Per quale programma?»

Lei emana ansia, odore di fondotinta e di chewing gum per rinfrescare l'alito. Sono quasi al primo piano e Alex continua a negare, le mani in tasca, a testa bassa verso il traguardo del portone.

Giada gli sta quasi addosso, è una che non rispetta le distanze, misura la confidenza con un sistema tutto suo. Gli chiede come mai "ha le palle così girate", neanche si conoscessero da vent'anni, poi gli infila una mano nella giacca. Alex perde un paio di secondi a decidere se crede o no a quello che gli sta capitando, poi vede il suo pass fra le unghie coloratissime di Giada.

«Ma che, sei tipo in politica?»

Glielo strappa subito dalle mani e lo infila nella tasca dei pantaloni.

«Sì, tipo. Sono un collaboratore.»

«Di un politico?»

«Di un senatore. Gli prendo gli appuntamenti, gli

scrivo i discorsi, cose così» aggiunge, per tagliare alla radice il prosieguo della conversazione.

Sono arrivati al primo piano, davanti alla porta del B&B, ma lei si interpone fra Alex e l'ultima rampa. In tutto il suo splendore di trecce, push-up e stelline tatuate fra una data in numeri romani e una frase in corsivo. Lui che conosce un senatore la deve aiutare a trovare un lavoro, perché lei si fa un mazzo tanto e porta a casa cinquecento euro se va bene, e a suo padre hanno incendiato il bar, anche se, "cioè, in pratica", lei pensa che se lo sia bruciato da solo perché era pieno di debiti. E di tutte le disgrazie di Giada, delle sue referenze insignificanti e del fatto che si aggiusta la maglietta per far vedere quanto bene si è formata, e senza alcun bisogno di corsi della provincia, ad Alex frega meno di un numero negativo situato molto sotto lo zero. Ed è proprio per questo che la rassicura, promette che ne parlerà con il senatore quanto prima e si prende anche un bacio sulla guancia.

Ma non basta: se il senatore deve ospitare qualcuno a Roma, lei parla con il proprietario per fargli un prezzo "superbuono" e quindi non solo Alex deve registrare il numero di Giada, ma deve aspettare, "un attimino", che lei gli prende il biglietto da visita dalla scrivania-reception del B&B.

Giada entra e nota subito che il trolley non c'è più.

«Ah, ma allora se n'è andata...»

Alex finge che la ragazza si stia rivolgendo a lui.

«Come?»

«No, niente... la tipa che era qui. Una... cioè, secondo

me aveva dei giri un po' strani. Ma hanno prenotato quelli del Centro studi e allora io non chiedo mai niente…»

Il tono di Giada s'è fatto cospiratorio. La ragazza gli passa il biglietto da visita. EMPIRE B&B.

«Non chiedi… cosa?»

«Tipo che non li registro. Oh, per me è occhei, perché tre giorni in nero, in pratica, il proprietario mi paga tipo il doppio. Secondo te, faccio male?»

Alex sorride, alza il pollice, fa anche l'occhiolino. Lei appoggia le chiavi appena riprese in casa di Piera Drago, si stringe il laccio della coda di capelli e comincia a organizzarsi per le pulizie.

Alex la osserva, aspettandosi che noti la mancanza della lampada di ceramica, invece apre uno stretto armadio a parete, poi lo stipetto sotto il lavello.

«Certo che Piera me lo poteva dire, che quella s'era ripresa il bagaglio.»

«Ha sempre la testa fra le nuvole, è un'artista» sottolinea subito Alex.

«Ma non puoi sapere che testa ha, quella! Mica come la mia, che mi scordo sempre tutto… anzi, devo andare a ricomprare i sacchi della spazzatura, eppure, ci vuoi credere, sono sicura che li avevo presi, l'altro giorno. Boh.»

«Prima l'ha maltrattato e poi gli ha dato appuntamento a domani?» chiede Dolores.

«Non l'ho trattato male, ho messo le cose in chiaro dal principio. Senza giri di parole.»

Dolores non la molla, Piera l'ha capito, ma lei prova lo stesso a sganciarla con delicatezza.

«Adesso vado al teatro occupato» annuncia, poi svicola in cucina.

«Perché ha dato un altro appuntamento a questo Riccomanno?» insiste la sua segretaria.

«E tu perché hai messo il tè verde in frigo? Anche se fa caldo, è sempre meglio lasciarlo a temperatura ambiente.»

«Piera... Senza giri di parole, per favore.»

«E va bene, senza giri di parole» ripete Piera, e la guarda dritto negli occhi piccoli, da scoiattolo, adesso ingranditi dal nero squillante di un sospetto.

«Perché questo Riccomanno non mi ha chiamato per fissare un appuntamento?»

«Il suo numero non è nell'elenco.»

«Riccomanno lavora in Senato e non trova il mio numero? Andiamo, Dolores! E hai visto quando è arrivata Giada? È saltato su come se il divano fosse diventato la griglia di un barbecue. Non voleva incontrarla. Perché?»

«Non lo so, ma non mi interessa, Piera. E non deve interessare neppure a lei.»

«La legge sul teatro... Non aveva la minima idea di cosa stesse parlando.»

«Per questo è venuto da lei!»

«Era una scusa. Però non era qui per caso. E due giorni dopo la notte di venerdì.»

«Ancora con questa storia? Non c'è niente in fondo al pozzo, l'abbiamo visto tutti insieme.»

«Ieri? Non abbiamo visto un bel nulla. Mentre io venerdì notte ho visto qualcuno in cortile. E nel B&B c'era musica alta, poi d'un tratto silenzio, ma nessuno s'è affacciato alla porta per scusarsi. Chiedilo a Rodolfo, se non ci credi.»

«Rodolfo è partito.»

«E allora credi a me. Vieni anche tu al teatro?»

Dolores abbandona la cucina annunciando di no, ha almeno una ventina di mail arretrate a cui rispondere, tutti inviti a festival ed eventi che Piera ha già detto di voler declinare.

«Lei vuole rimanere qui a Roma per stare con il fiato sul collo del colpevole. Ma poi colpevole di cosa? Per avere un delitto bisogna almeno avere un cadavere.»

«Rimango a Roma per provare con i ragazzi del teatro. Riccardo lo farò con loro.»

«Ah, allora ha deciso.»

«Sì, ho deciso» la chiude Piera. «E Riccomanno viene domani alle undici. Fai in modo di essere qui anche tu, d'accordo?»

Un giovane del Ghana che lavorava ai mercati generali da appena un mese, un malato di Alzheimer sfuggito alle attenzioni della badante da un condominio di Collina Fleming. Una senza dimora di origini ungheresi che non si è più presentata in un dormitorio gestito dalle Carmelitane. Una commercialista di quarantasei anni, con marito e due figli, indagata per aver incassato più di trecentomila euro con cui doveva pagare le tasse dei suoi clienti. Una ragazza di Tivoli che a Roma ha fatto università e dottorato: i genitori la aspettavano nella casa delle vacanze a Fregene lunedì mattina. Siamo a martedì e non ha dato notizie. Cellulare staccato, nessun segnale sui social.

Sebastian si appunta su un foglio i risultati della ricerca. Secondo il database SDI, sono queste le persone scomparse nella provincia di Roma nell'ultima settimana. Quantomeno le persone di cui qualcuno ha denunciato la scomparsa. In alcuni casi le schede sono molto sommarie, e quindi ha incaricato un collega della sua unità di raccogliere maggiori informazioni. E soprattutto di farsi mandare le foto.

Un malato di Alzheimer potrebbe anche aver vagato indisturbato fino alla zona di piazza Navona, ma perché mai qualcuno avrebbe dovuto eliminarlo e farlo sparire in un pozzo? La senza dimora ungherese mendicava spesso dalle parti della Fontana di Trevi e gli hanno detto che ogni tanto qualche sbandato si rifugia nel fatiscente Palazzo del Governo. La commercialista lo studio ce l'ha a Prati, ma la clientela che ha mirabilmente fottuto è sparsa in tutto il centro. Nemici ne ha parecchi, possibilità di restituire i soldi neanche mezza. Fra i suoi clienti non manca chi non sopporta di farsi fregare migliaia di euro come imprevisto fisiologico di un'attività commerciale. I suoi colleghi di Bolzano lo hanno avvertito: Roma è in mano a gente che le questioni non le risolve in tribunale.

Una mezza giornata e Grossmeier ha sul pc tutte le loro foto. Per stamparle però deve andare in copisteria, perché il toner a colori è finito. E in bianco e nero non le vuole stampare, non ha senso quando si tratta di far riconoscere un viso a qualcuno.

«Ma come sei pignolo, si vede…» gli dice una collega.

«Si vede cosa?» chiede lui.

«Niente, niente.»

«Portami lo scontrino» gli dice il collaboratore amministrativo.

«Ma che gol hai fatto ieri sera, Rudi Völler» gli dice un collega in corridoio. «Piuttosto… venerdì sera pizza? Ti facciamo conoscere un po' Roma… Parli il tedesco, magari rimorchiamo pure.»

Il collega gli assesta una pacca sulla spalla. A Roma equivale a un impegno preso, anche se del tutto indefinito riguardo a ora e luogo.

Mentre aspetta il suo turno al banco del bar davanti alla questura, dal suo cellulare parte "*io vi odio a voi romani, io vi odio a tutti quanti, brutta banda di ruffiani e di intriganti*". Sebastian risponde mentre tutti si voltano a guardarlo.

«Fra un'ora a Medicina legale. Hanno ripescato la commercialista nel Tevere» l'accento romanesco appena smussato è quello di Flavio Mancini, il commissario a capo della sua unità investigativa. «Andiamo a sentire che dicono. Visti i casini che aveva combinato, fossi in lei mi ci sarei buttato da solo, ma non si sa mai.»

5

«La prima volta che ho messo in scena il monologo di Molly Bloom, da Joyce, era in un ex cinema porno. Le locandine le avevamo fatte a mano, non avevamo scritto sopra tanti dettagli, avevano un aspetto clandestino. Mi si avvicina un tizio distinto. Mi chiede se quella sera c'è uno spettacolo dal vivo. Io gli rispondo che, facendo i dovuti scongiuri, spero proprio di sì. Poi mi chiede se io sono Piera Drago o Molly Bloom, io gli rispondo serissima che in un certo senso sono tutte e due. E quello, serissimo anche lui: "Allora non è uno spettacolo lesbo, non ci sono due attrici sul palco".»

Riccomanno si tiene la mano sul viso, come se avesse paura di ridere troppo. Si toglie gli occhiali, si appoggia allo schienale della poltrona e sembra rilassarsi.

«E lei?»

«Io? Io gli dico che ha ragione, allora lui mi indica la locandina. Secondo lui c'è scritto PIERA DRAGO E MOLLY BLOOM. L'accento sulla E non si vede bene. Dovevamo scriverlo meglio. PIERA DRAGO È MOLLY BLOOM. Voce del verbo essere, un errore che ai suoi studenti lui segna in blu, dice, mentre se ne va tutto scocciato, brontolando che così la gente si confonde e non siamo professionisti seri. E anche lì non ho potuto dargli torto. Avevamo messo insieme un paio di luci, due mobili, un tappeto pulcioso e qualche telo nero per fare la quinta.»

«Devono essere stati tempi fantastici» dice lui.

«Oddio, ci si arrabattava. Ripensandoci oggi, eravamo ambiziosi al limite della presunzione, ma ha ragione Simenon... l'umiltà è un dono degli anni che passano. Le piace Simenon?»

Riccomanno le risponde di sì, con l'evidente intenzione di cambiare subito discorso. Non ne deve aver mai letto una riga, ovvio, e detesta ammetterlo.

«Tanti che vivevano alla giornata con me e sembravano destinati a stupire il mondo poi si sono persi. Qualcuno è morto presto. L'ambizione non fa prigionieri.»

Riccomanno sembra colpito.

«Me la segno, questa.»

«Perché?»

«È bella. "L'ambizione non fa prigionieri..."»

«Comunque, intendevo dire che sovvenzioni non ce n'erano. Eravamo incoscienti ma avevamo delle possibilità. Quel teatro d'avanguardia ha fatto la storia ma è cresciuto con le proprie forze. Ha presente quelle piante di capperi gigantesche, quelle che spuntano dalle mura e hanno piantato le radici fra una pietra e l'altra e ti chiedi come abbiano fatto? Questo intendo. Cosa vorrei in una legge? Lo spazio. Anche fra una pietra e l'altra. Come per esempio i ragazzi che occupano il teatro qui vicino… che non venissero sgomberati con qualche scusa balorda… il decoro, la legalità. Hanno riaperto un posto bellissimo, chiuso da anni e che cadeva a pezzi, quello era un insulto al decoro. E la legalità? A Roma, la legalità neanche riesce a togliere due bancarelle di cianfrusaglie, però quando bisogna chiudere un teatro per consegnarlo ai topi, allora eccola che arriva, la legalità. I ragazzi devono continuare a lavorarci. Sono pieni di energia. Basta non soffocarla, l'energia. Non sono stata di grande aiuto, vero?»

«È stato interessantissimo.»

«Posso chiederle quanti anni ha?» gli domanda a bruciapelo.

«Trentasei» dice Riccomanno, come sovrappensiero. E sorride ancora. Si liscia la barba sul collo con cura, come farebbe con il dorso di un gatto.

«Dovrebbe venire, almeno una volta, al teatro occupato.»

«Perché no.»

È un semplice scudiero, ma è uno che l'armatura la porta dentro, e non si vede. Il dottor Alessandro Riccomanno è troppo anonimo per essere vero. Piera è convinta da sempre che in ogni persona ci sia un personaggio, ma siccome potrebbe essere l'eroe della tragedia più sanguinosa spesso preferiamo non indagare. Lei invece vuole indagare. È il lavoro dell'attore, indagare un personaggio fino a scoprirne tutti i segreti. E quindi lo fissa in viso deliberatamente, per qualche secondo. Con lui la natura non si è né impegnata né accanita. Guardare

Alessandro Riccomanno è come guardare un lago piatto, ma certi laghi sono scuri e profondi.

Quando suona il campanello, lui si mette subito in allerta. Di nuovo, come l'altra volta. Scatta anche Dolores, dal suo studio accanto alla cucina. Sorride all'ospite, prende il citofono, poi pronuncia un cognome strano.

«Gross-qualcosa, non capisco.»

«Grossmeier?» chiede Piera.

«Ha detto così.»

«Apri, apri…»

Deve essere un regista o uno scenografo, magari berlinese, pensa subito Alex. E anche l'aspetto glielo conferma. È spettinato, magro, il viso spigoloso. È così sudato che sembra transitato troppo vicino a un irrigatore. Avrà qualche anno meno di lui e ci tiene, alla stretta di mano virile. Alex si vede sorridere riflesso in uno specchio. Poi il tizio pronuncia due parole e il sorriso si rannuvola. «Ispettore Grossmeier.» Interpella subito Piera Drago in un italiano minimale.

«Ho delle cose. Le deve vedere.»

«Cose?»

«Foto di persone. Denunce di scomparsa» fa il poliziotto, poi si rivolge a lui con l'aria di chi ha poco tempo da perdere.

«Lei è qui spesso? Abita vicino?»

Alex nega subito, d'istinto, e Piera chiede spiegazioni a Grossmeier.

«Può avere visto una di queste persone lui… anche.»

«Io abito a Monteverde» allarga le braccia Alex, con quello che gli sembra un filo di voce.

«Però lavora in Senato, qui dietro» lo incalza subito l'attrice. Gli sta imponendo di rimanere e gli spiega anche perché.

«C'è il sospetto che abbiano buttato un corpo nel pozzo del palazzo qui accanto. Venerdì notte. O meglio, io ne sono sicura. Gli altri del palazzo, e anche Dolores, pensano invece che stia rincoglionendo.»

«Facciamo presto» li rassicura il poliziotto. «Sono cinque, anzi... solo quattro.»

Piera chiude la porta alle spalle dell'ispettore. Ad Alex sembra il gesto risoluto ed esplicito di chi coglie un'occasione al volo. O forse è ancora peggio, l'arrivo di Grossmeier è solo apparentemente casuale. Se Piera Drago ha visto qualcosa, *quella notte*, ecco perché ha insistito perché lui tornasse.

Mentre fanno accomodare l'ispettore in sala, Alex si isola per qualche secondo, chiude anche gli occhi e arriva a una conclusione rapida, ma che gli sembra stringente.

Se Piera Drago lo avesse visto in viso, lo avrebbe già riconosciuto e questa manfrina non avrebbe senso.

Non è una trappola preparata, ma lo può diventare.

Piera Drago non è ancora un pericolo, ma lo può diventare.

Dipende tutto da lui. Da come si controlla, da come reagisce di fronte a quelle foto troppo ingrandite, così poco definite che sembrano stampate su una stoffa grezza.

Un'anziana dal viso infiammato dal sole e dal vino, con la treccia e un cappotto bisunto. Un altro anziano, ma ben curato, sorridente, con una coppola a quadri. Un giovane di colore nel lampo gelido di una foto segnaletica.

Né Piera Drago né la segretaria hanno mai visto quei volti. Anche Alex scuote la testa silenzioso, almeno finché l'ispettore Grossmeier non scopre l'ultima foto, l'ultima carta del mazzo. L'ultima possibilità.

Per sua fortuna Alex non la riconosce al volo. Nella prima foto lei ha i capelli più corti, è appena truccata, sopra la camicetta castigata porta una giacca turchese. Forse è la foto di un convegno, su una lunga scalinata alle sue spalle si intravedono alcuni uomini in completo scuro. Nel gruppo di amiche in vacanza, invece, Chiara è abbronzata, molto più di quando si sono incontrati venerdì sera.

Alex è sicuro: sta per tradirsi con un'occhiata, un gesto, un respiro più profondo. Gli sfugge un «no, non l'ho mai vista» che suona come un doppio giro di chiave frettoloso ed è rivolto più a se stesso che al mondo esterno. Ha negato esplicitamente senza aspettare una domanda.

Grossmeier si volta verso di lui con un sopracciglio a virgola.

«Sicuro?» gli fa, e gli avvicina la foto.

«Sicuro» ripete Alex, mentre sulla denuncia di scomparsa legge un nome che per lui non ha alcuna corrispondenza con quel viso: Angelica Levantino.

Appena si ritrova solo sul pianerottolo, Sebastian si asciuga la fronte con una manica della maglietta e conta quanti giorni gli mancano alle ferie. Ventisei. Ventisei giorni e potrà tornare a respirare aria vera, l'aria cruda delle sue Alpi. Potrà sedersi nel silenzio. Il silenzio della montagna non è mancanza di suoni, è una condizione di purezza originaria mai contaminata da rumori umani. Per qualche ora, lassù, può far finta che la nostra specie non abbia mai infestato il pianeta. Lui, che considera persino Bolzano leggermente caotica, da quando è stato trasferito a Roma vede gli umani come una sorta di cavallette bipedi, capaci di diffondersi su tutta la Terra e poi ammassarsi solo in pochi posti. E lì finire a contendersi trenta metri quadri di cemento armato, un tavolino al ristorante o l'ultimo pertugio libero sulla metro prima che si chiudano le porte.

E così Sebastian osserva con un senso di costrizione persino le porte dell'ascensore. Per salire l'ha usato, perché a vetri ha pensato che non gli avrebbe dato fastidio. Invece è angusto, e anche lento.

Scende per le scale e a passo indolente, buttando via i piedi come un ballerino di tip tap. Al terzo piano c'è una targa, quasi sfolgorante nonostante la penombra, simile a tante altre che ha già visto in poche settimane. Associazioni per lo sviluppo umano, per la ricerca sociale o per il dialogo interculturale, circoli di appassionati di cartografia tardo-bizantina, istituti indipendenti di ermeneutica giuridica e scuole europee di monodia e canto gregoriano. Dal fumoso allo specialistico, a Roma c'è un appartamento, un mezzanino o un loft per enti che in nessun'altra parte d'Italia qualcuno penserebbe di fondare, tantomeno di finanziare.

Questa sembra ammiccare all'evocazione del vago: CENTRO STUDI ESPERIA.

Sebastian mormora le tre parole, scende una rampa, ritorna su, osserva ancora la targa. C'è un piccolo sole a metà, stilizzato. Il logo non gli ricorda niente. CENTRO STUDI ESPERIA. Eppure è risalito convinto, come se avesse sentito un allarme. Apre la cartellina dei suoi appunti, gli cade anche una foto.

Si china per raccoglierla, rimette tutto in ordine ma poi resta così, un foglio in mano e le ginocchia piegate.

Più o meno in quel momento Alex chiude i battenti dell'ascensore e preme il bottone con la lettera T. Chiara si chiamava Angelica Levantino. Si stanno mettendo a cercarla, ma non la troveranno. Angelica Levantino è finita in un pozzo senza addosso nient'altro che il suo nome falso.

La macchina che potrebbe arrivare a lui non ha ancora acceso i motori e non sa ancora bene quale direzione prendere. Invece lui viaggia da giorni, lanciato a centocinquanta all'ora. Nessuno nello specchietto retrovisore, solo questo filo grigio che rimpicciolisce fino all'orizzonte. L'immagine mentale lo convince giusto un attimo prima che l'ascensore transiti con la sua lentezza esasperante al terzo piano.

L'ispettore Grossmeier è lì, la sua cartellina in mano,

davanti alla porta con la targa di ottone lucido. Il poliziotto si volta verso di lui, magari solo per istinto, e Alex lo saluta con un sorriso accennato, senza decidersi se è meglio continuare a guardarlo in faccia per dimostrare la propria tranquillità o abbassare la testa.

Comunque è ancora lì, nel palazzo. Andrà in giro a fare domande, in ogni caso sta lavorando sulla segnalazione della maledetta stronza ficcanaso. Ma proprio a lui doveva toccare quello metodico, tetragono, quello che prende tutto sul serio?

La cabina dell'ascensore è già diventata la cella in cui passerà il resto della sua vita, sabati e domeniche, Natale e Ferragosto compresi.

Poi arriva il secondo piano, arriva la porta di mogano con il battente a testa di leone. E arriva un'idea, un'idea così buona che Alex batte i piedi sul pianale, e vorrebbe essere già fuori dal palazzo per telefonare, perché anche una manciata di secondi può fare la differenza.

«Per *Amarsi un po'* la lettura del copione è rimandata a giovedì. Venerdì incontro con l'agente… il regista premio Oscar ha una parte scritta pensando a lei. Domani invece c'è l'incontro su Achille Campanile, alla Galleria Alberto Sordi. Deve preparare un paio di letture…»

Dolores interrompe il suo riassunto della settimana, tanto Piera non fa nemmeno finta di ascoltarla.

«Le mani» dice Piera.

«Le mani cosa?»

«Le mani di Riccomanno. Non le hai guardate…»

«Guardavo le foto.»

«Le foto, appunto. Quando Riccomanno ha visto l'ultima, la ragazza, ha unito le mani.»

«E allora?»

«Le ha incrociate, davanti… all'altezza della fibbia dei pantaloni, più o meno così.»

«È sicura?»

«Sicura. Le mani, Dolores. Le mani sono mute ma dicono tutto.»

«Secondo lei nel pozzo ci sarebbe finita quella ragazza e a buttarcela sarebbe stato…»

«Dico solo che lui ha visto il volto di quella ragazza e si è messo in manette.»

«Ho capito, ma per dimostrare che è un assassino ci vogliono delle prove.»

Piera apre il frigo, mette sul tavolo un vassoio ovale, lo scruta.

«Lo so, Dolores, lo so. E comunque… questo roast-beef non è abbastanza al sangue.»

Quando Sebastian si presenta come ispettore Grossmeier, il ristoratore tatuato non sembra afferrare la situazione. Ma quando poi la afferra, dice: «Ho capito, ora fanno l'Erasmus anche in polizia».

Poi passa a chiedergli se conosce Peppe, un amico suo carissimo, che viene a cena tutte le settimane. O Carlino, quello coi capelli rossi, ispettore a Montesacro. O sennò Gualtiero Giannoni della Narcotici.

«Sono di Bolzano» gli risponde, «e sono a Roma da un mese.»

Il ristoratore tatuato continua a zigzagare fra i tavoli e a disporre bicchieri e posate, come se niente fosse.

«Devo parlare con lei, per favore.»

E il ristoratore inizia a parlare, lui. Il caldo, l'immondizia, le ragazzine straniere che bevono e poi collassano, la clientela che non vuole più aspettare e reclama dopo cinque minuti, sono tutti abituati al fast food e soprattutto sono strafatti di cocaina.

«L'altra sera c'erano due tizi, sui trenta, tutti in tiro… si è avvicinato Lewis, uno che vende i fiori, e ha messo sul tavolo una rosa. Che ne so, magari s'è distratto, era stanco. Non ti dico uno di questi due. S'è alzato e lo voleva menare, sul serio. Secondo questo fenomeno Lewis aveva insinuato che stavano insieme… hai capito?»

Sebastian ha capito benissimo, non ha capito casomai quando questo Donato Raimondi gli ha chiesto il permesso di dargli del tu.

«Li ho accompagnati fuori dal locale, tutti e due, gentilmente s'intende, non li ho fatti neanche pagare. Primo, Lewis è amico mio, è uno a posto e deve mantenere tre figli. Secondo, se ti offendi perché hai paura di passare per gay, il problema è solo tuo e non dai spettacolo nel mio ristorante. Mi sono spiegato?»

«Sì, abbastanza» risponde Sebastian.

«Che ti offro?»

«Due minuti di tempo. Possiamo sedere?»

Quello lo guarda strano, poi si sistema a un tavolo come se Grossmeier lo avesse appena sfidato a braccio di ferro. C'è un preciso momento in cui l'ispettore desidererebbe non essere mai entrato in polizia e godere di un'impunità totale che consenta di rovesciare tavoli sulla testa del prossimo. È il momento in cui, dopo un quarto d'ora di one man show, Donato Raimondi ha addirittura il coraggio di dirgli: «Però facciamo alla svelta. Ho da fare».

«Anche io. Questa ragazza... lei l'ha mai vista?» va dritto Sebastian.

Il proprietario del ristorante guarda più lui che la foto, come per scoprire se sta bluffando. Sebastian fa in modo di coprire il foglio su cui ha stampato un curriculum di Angelica Levantino trovato in rete. È su quel curriculum che la ragazza ha messo in evidenza il suo stage di un anno al Centro studi Esperia di Roma, al terzo piano del palazzo.

«Qua facciamo trecento coperti al giorno, quattrocento nei weekend. Sai quanta gente ho dovuto rimandare indietro ieri sera?»

«Ha mai visto questa ragazza, signor Raimondi?» lo interrompe. «Sì o no?»

Donato Raimondi ha un sussulto. Ma non certo perché ha davanti un ispettore. Perché il ristoratore guardasse la foto di Angelica Levantino ha dovuto calcare il suo accento tedesco, staccare le sillabe in modo perentorio.

«Bella ragazza. Che le è successo?»

«Non lo so. Magari niente.»

«E allora perché è venuto qui?»

«Per fare domande. Io. Non lei.»

Quello prende la foto con tutte e due le mani, sbuffa, poi la fa ricadere sul tavolo e si concentra. E la cosa, pensa Sebastian, pare costargli un discreto sforzo.

«Stava là, a quel tavolo all'angolo. Me la ricordo perché hanno chiesto di stare dentro. Con questo caldo…»

«Hanno? Non era da sola?»

«Stava con un tizio, parecchio grande. Sulla sessantina, almeno. Magari era suo padre.»

«Lo saprebbe riconoscere?»

«Francamente no. Mi è rimasta impressa di più lei, sai com'è.»

«Ricorda quando?»

«Venerdì. Sono venuti presto. Le otto.»

«Le otto le sembra presto per cenare?»

«Ma direi, alle otto qui manco si prende l'aperitivo, bello mio. Comunque le otto. E hanno chiesto di stare dentro.»

Sebastian rimette la foto nella cartella e si alza.

«Trovi lo scontrino, per favore.»

«Ma scherzi? Con trecento coperti…»

«Non lo voglio subito. Torno domani, grazie.»

«Che tipo di lavoro?»

«Non ha grandi pretese. È disposta anche a spostarsi da Roma» lo rassicura Alex.

Garritano lo guarda. Il piatto in mezzo al tavolo è

stracolmo di gusci vuoti. Quello davanti al senatore è pulito, non ha lasciato neanche un'ombreggiatura di sugo. Alex è ancora a metà dei suoi spaghetti. Non ha fame, appoggia la forchetta per l'ennesima volta. Beve un sorso d'acqua, gli sembra fredda da spaccare i denti.

Garritano si pulisce i baffi con cura, poi gli fa il nome di Fulvio Baglini, un giornalista di buona famiglia, che siede sui banchi della sinistra. S'è comprato una tenu-ta in Maremma e ci ha fatto una roba che, complici la pronuncia inglese avventurosa del senatore e l'ultimo boccone di pane della scarpetta ancora fra i denti, suona come un ibrido fra *Breaking bad* e *Oktoberfest*.

«Bed & Breakfast» traduce Alex.

«Bravo. È un bel posto. Casolari in mezzo agli ulivi, tutti di pietra. Tre piscine, campo da tennis, una favo-la… mi ci ha invitato un paio di volte.»

Alex ricorda un durissimo scontro al Senato con Ba-glini. Ma non ha neppure bisogno di dirlo, perché la vecchia volpe ha già capito l'obiezione.

«Lo so, l'anno scorso andò un po' sopra le righe…»

«Sopra le righe? Baglini la definì "un rifiuto indiffe-renziato della politica impegnato a riciclare se stesso". E lo scrisse anche su Twitter.»

«Sai che pubblicità mi ha fatto? Due legislature e nes-suno mi aveva mai invitato in tv.»

«Non s'è nemmeno scusato.»

«Quello che si dice in aula è dialettica politica, non bisogna offendersi, non l'hai ancora imparato? È tutto il resto, fuori, che conta. Baglini fa il comunista con i soldi di papà, ma è un bravo ragazzo, è spiritoso, s'intende di vini. E ci stiamo simpatici. Comunque... sai come sono questi radical chic, vogliono fare tutto secondo la legge, vogliono essere i primi della classe per poi fare la predichetta a tutti. Se hai questa qua in gamba da far lavorare, la mette pure in regola, pensa te che coglione.»

Poi Garritano gli chiede com'è questa ragazza e Alex è costretto a mostrargli sul telefonino qualche foto dal profilo social di Giada. La ragazza gli ha chiesto l'amicizia sette minuti dopo il loro fortuito incontro e ha messo dodici pollici alzati e due cuori ai suoi ultimi post.

«Una terza abbondante, direi» considera Garritano, poi però alza le mani e gli garantisce che quella è riserva di caccia di Alex, ci mancherebbe.

«Guardi, senatore, è solo un'amica in gamba che merita un lavoro migliore.»

«Sì, vabbè... e comunque io mi sono dato una regola: solo over quaranta. Primo: hanno meno fisime, sanno cosa vogliono e si fa prima. Secondo: una donna matura non ti pianterà mai nessun casino. Quelle giovani invece... sono solo guai.»

Alex beve di nuovo, tossisce nel tovagliolo, confessa a Garritano che gli invidia tutta questa sicurezza.

«Ma che ti prende? Dicevo per me. Io posso anche capire che una ragazza di venticinque anni venga a letto con me, che ne ho più del doppio, perché sto al Senato e magari pensa che con una bella scopata, che so, la assumo al posto tuo...»

Garritano fa una pausa, lo guarda, poi ride in maniera plateale e lo sposta con una manata sulle spalle.

«Scherzo, Alex, lo sai che mi fido solo di te. Dicevo che se invece una giovane viene con uno della mia età perché le piace, ha la testa che non funziona. E quindi poi va a raccontare a un giornale che invece lei non voleva, che il senatore Garritano l'ha molestata o ancora peggio. E secondo te, la gente a chi crede? A me o a lei? Ma figuriamoci, io divento il vecchio porco, mi fanno a pezzi... pensa a tutte queste femministe con il loro tutù, minchiatù o come si chiama.»

«*Me too*» precisa Alex.

«Sì, vabbè, usassero l'italiano, almeno. Comunque fissa pure. Giada si chiama? Ci parlo, vedo se è in gamba e poi la mandiamo da Baglini. Lavorano forte tutto l'anno, l'alloggio è gratis, e nessuno si azzarderà a toccarle il culo... vedrai che si trova bene.»

Alex non fa in tempo a ringraziare e ad aprire l'agenda – ancora cartacea, il senatore non si arrende al digitale – che arriva il cameriere a domandare se va tutto bene. Forse si è preoccupato vedendo il piatto di Alex ancora mezzo pieno.

«Squisito» fa Garritano, «ma veramente queste vongole sono pescate?»

«Glielo assicuro.»

Il senatore non si fida. Prende un guscio, lo rigira fra le dita tozze, lo guarda da vicino.

«Hanno la conchiglia troppo spessa... e tutte queste zigrinature... secondo me sono di allevamento.»

«Tutela del latte d'asina italiano, indennizzi ad agricoltori dopo un'inondazione, valorizzazione della filiera corta... modifiche alla legge sulla pesca e sull'allevamento dei molluschi...»

«È questo di cui si occupa la commissione di Tersite Garritano?»

Dolores annuisce, smette di guardare il monitor, si volta verso Piera.

«È il sito del Senato.»

«Allora... improvvisamente, il nostro senatore passa da asine e vongole a Pirandello e Beckett.»

«Magari il teatro è sempre stata la sua passione segreta.»

Piera non prende nemmeno in considerazione l'ipotesi. Sono le cinque, Dolores stacca e lei deve prepararsi o non arriverà mai per le sei alla Galleria Alberto Sordi per l'incontro su Achille Campanile. Ma ci ripensa e torna indietro.

«E poi scusa, Dolores, le elezioni ci sono in autunno. Garritano presenta un disegno di legge quando la legislatura sta per chiudere baracca e a novembre c'è da ricominciare tutto da capo? Che senso ha? Fra dieci giorni in Parlamento non ci sarà più nessuno.»

Dolores prende la borsa e la affronta decisa: «Lei ne sa sicuramente più di me però adesso, Piera... basta. Ha smosso mari e monti, è anche andata alla polizia... basta».

«Basta con cosa?»

«Se l'altra notte questo Riccomanno ha buttato un cadavere nel pozzo del cortile, come pensa lei... è venuto qui anche un poliziotto, ora c'è chi se ne occupa.»

«Uno dell'Alto Adige scaraventato a Roma da un mese. Cosa pensi che ci capisca?»

«E chi se ne importa? Lei il suo dovere l'ha fatto. Ora basta, Piera. Cos'ha quel Riccomanno di tanto speciale?»

«Niente, direi.»

«Non mi pare. Crede che sia un assassino e poi sta sempre lì a pensare a cosa ha detto, a come ha messo le mani...»

Piera non ha intenzione di rispondere. La saluta e torna verso camera sua, mentre Dolores spegne il computer prima di uscire.

Solo che Piera non la sente uscire. Allora torna in sala e la trova lì, in piedi, appoggiata alla scrivania, curva sullo schermo del portatile.

Sullo schermo c'è un viso in primo piano. Dolores l'ha riconosciuto, esattamente come ora lo riconosce Piera. È proprio la stessa foto, l'hanno vista insieme, ieri mattina. È lei, era nella cartellina dell'ispettore. Era l'ultima foto, era la ragazza fra le persone scomparse di recente.

Il titolo dice: "Sparita nel nulla" e il sommarietto aggiunge: "Angelica Levantino sarebbe stata vista l'ultima volta venerdì a Roma, nei pressi di piazza Navona".

6

L'aria condizionata è rotta e l'incontro con una rappresentanza delle cooperative di pescatori minaccia di andare avanti almeno fino all'ora di pranzo.

«Esco un attimo, mi manca l'aria» si giustifica Alex per abbandonare il suo posto accanto a Garritano, poi si infila nel bagno in fondo al corridoio. Si spaventa del proprio pallore, si spaventa di quello che vede scritto sullo schermo del cellulare e di come trema la sua mano.

Hanno capito che Angelica Levantino è sparita a Roma, il fottuto tedesco ha dato credito alla stronza e non ha mollato. Maledetti tutti e due. La città è nel caos, non funziona niente, va avanti neanche si sa come, ma a lui toccano due tignosi rompicoglioni. Mai un colpo di fortuna. Anzi. Dopo dieci anni si concede l'avventura di una sera, e questa Chiara – che invece era Angelica – muore. Per un incidente. *Un incidente.*

E ora che avrebbe bisogno di una botta di culo, niente. La sorte gli si accanisce contro.

Ora che dovrebbe parlare con Giada, quella scema ha il telefono spento.

Ora che Alex avrebbe bisogno di un paio d'ore libere, il senatore vuole ascoltare i pescatori uno per uno.

Torna in corridoio, ma non rientra nella saletta. Deve assolutamente intercettare la pericolosa scompensata del B&B prima che sia troppo tardi. Quando finalmente il cellulare della ragazza suona libero, Alex si ferma a un passo dalla porta e mette una mano davanti alle labbra.

La telefonata ha lo stesso rumore di fondo della sala presse di un'acciaieria.

«Scusa, sto in motorino!»

«Dobbiamo vederci oggi, non domani. Per quella cosa…»

«Ma che davvero, cioè, mi fai parlare con il senatore?»

«Sì, però prima dobbiamo parlare io e te.»

«Vabbè. Quando?»

«Anche subito. Fra un'ora.»

«Non posso. Alle quattro?»

«Come sarebbe *non puoi*… Lìberati. Mi sto intcressando per te, in fondo.»

«Ti dico di no, ho uno sbatti che guarda, cioè sto proprio in *para*.»

«Alle due?»

«Cioè, ma mi capisci?» strilla lei. «Non posso!»

«Scusa, ma cosa hai da fare di così urgente?»

«M'ha chiamato l'amministratore che l'ha chiamato la polizia e sembra che devono farci tipo delle domande, e lui è incazzato a bestia e prima devo parlare con lui e…»

«La polizia? E perché?» le domanda Alex, poi non capisce la risposta, impastata dal ruggito del traffico, dalla perdita di segnale, da una decina di "cioè, tipo, vedi, che poi, insomma".

Ma tanto Alex lo sa. Quel perché ha un nome e cognome: Angelica Levantino.

Sotto casa sua cinesi e cingalesi hanno iniziato a montare le bancarelle alle sei di mattina.

Nell'isolato dove abita da qualche settimana i camerieri a caccia di turisti fin dal mattino l'hanno fermato, menu alla mano, come sempre. Poi Sebastian è rimasto incastrato sul Lungotevere per un'ora, sotto la fiamma feroce del sole che imbianca il cielo. Piazza Venezia era assediata da manifestanti assediati da camionette assediate da curiosi. Ha lasciato l'auto di servizio in commissariato, ha proseguito a piedi ed è arrivato da Donato Raimondi con i pantaloni appiccicati alle gambe e la sensazione di essere stato leccato in viso da un sanbernardo.

E questa specie di ceppo di legno tatuato cosa gli ha detto? Angelica Levantino e l'uomo misterioso devono aver pagato in contanti, quindi non c'è nessuna carta di credito da rintracciare, nessun nome a cui risalire.

«Allora prepari tutti gli scontrini dei tavoli dove erano due e hanno pagato *cash*» ha rilanciato Sebastian. Richiesta del tutto inutile, deve ammetterlo, ma gli andava di rompergli un po' i coglioni.

Il professor Amidei, direttore del Centro studi Esperia, lo ha avvisato all'ultimo momento di non poter raggiungere la sede di via del Governo Vecchio, lo ha obbligato a incontrarlo in un bar a piazza del Popolo e tutto questo solo per dirgli che sì, Angelica Levantino ha frequentato per un anno un loro master in "comunicazione politica non istituzionale", poi a gennaio è venuta a saldare l'ultima rata, si è presa il suo attestato e da quelle parti non l'hanno più vista.

Amidei non gli è piaciuto. Giacca e cravatta, e non sudava. Riccioli grigi, incarnato scuro tempestato da nei puntiformi, lo sguardo vacuo e le guance molli di un rospo acquattato in attesa che passi la calura. Sebastian non ha capito bene che cosa insegni, ma ha avuto l'impressione che parlasse con lui tenendo l'ottanta per cento del cervello impegnato su altro.

Amidei è stato raggiunto da una donna sui cinquanta, probabilmente etiope e di una bellezza quasi sacrale, e poi da un giovane con la polo rossa, il cappello di paglia e gli occhiali da sole. Di carnagione troppo chiara per essere loro figlio. Amidei non li ha presentati e ha insistito per pagare i due caffè. Andato via il terzetto, Sebastian ne ha ordinato un altro, ma il mal di testa non gli si è nemmeno attenuato.

Per tutte queste ragioni, intorno all'una Sebastian entra nel B&B del primo piano con i coglioni girati, per usare un'espressione italiana che gli è sempre sembrata efficace. E quando scopre che il proprietario del B&B neppure s'è scomodato, ma a parlare con lui ci ha mandato la ragazzina delle pulizie, si siede con la netta sensazione che finirà per trattarla male.

Non gli piacciono il biancore sepolcrale dell'appartamento e il lampadario di vetro, l'odore di nuovo gli fa pizzicare le narici, i prezzi massimi affissi dietro la porta gli sembrano un furto. Quanto a questa Giada, malgrado si sia innaffiata di un profumo alla vaniglia, manda feromoni di paura che ispirerebbero istinti predatori persino a un cerbiatto appena nato. Ciglia finte, unghie finte, capelli tinti, reggiseno imbottito. E una così dovrebbe dirgli la verità?

Sebastian sbatte la foto di Angelica Levantino sul tavolo.

«Mai vista?»

La ragazza scuote la testa e dice di no.

«Non vinci niente se rispondi veloce. Guardala bene.»

«No... sono sicura.»

«Eppure veniva al Centro studi, qua sopra.»

«Ci viene un botto di gente.»

«Sì? Dicono che quasi mai c'è qualcuno.»

«Io questa qui non l'ho mai vista.»

«Ne parlano anche al telegiornale. C'è un appello su internet.»

«Ah, cioè... oddio ma... che è quella che non trovano?»

«Ah» le fa il verso Sebastian, «allora l'hai vista.»

«Nelle foto, sì.»

«Perché non l'hai detto subito?»

«Cioè, credevo che chiedevi tipo... se l'ho incontrata.»

«E perché? Ho detto "vista". Non "incontrata".»

«Non c'è mai, questo signore?»

Piera non si aspettava di rivedere l'ispettore. Si incontrano sul pianerottolo davanti alla porta di Rodolfo Serristori, il secondo piano è ideale per riprendere fiato a metà strada.

«Allora state indagando» gli dice.

«Ci pagano, no? Questo signor Serristori, io dicevo… è mai in casa?»

«È in vacanza.»

«E dove?»

«Non me l'ha detto. È partito lunedì, mi pare.»

Grossmeier squadra la porta come se valutasse con quante spallate potrebbe venir giù.

«Lei lo conosce bene?»

«Da anni. È un ingegnere.»

«E dove lavora?»

«Da nessuna parte. Non ne ha mai avuto bisogno.»

Non è sposato, no. Vive da solo, sì. Non ha figli, o almeno non che si sappia. Piera risponde a tutte le domande, garantisce all'ispettore che Serristori è una persona perbene.

«Perché mi dice questo? Io non ho chiesto» la interrompe il poliziotto. «Comunque i giornali parlavano di lui, una volta. Fa una bella vita, ho letto.»

«Certo. E a cosa dovrebbero servire i soldi? A soffrire?»

Piera lo saluta e attacca il primo scalino della rampa.

In casa trova Dolores con una lista di lagnanze lunga come una messa cantata. Primo, non deve salire le scale a piedi con questo caldo. Secondo, Piera ha rimandato di nuovo la visita dallo pneumologo senza dirle niente.

Terzo, la donna delle pulizie non fa bene il suo lavoro, un po' perché è svogliata, un po' perché manca sempre qualcosa. Manca sempre qualcosa perché – e questo è il quarto punto – Giada non fa che salire e chiedere uno straccio, il detersivo, la candeggina, i sacchi per la spazzatura…

Piera la ferma non appena riprende abbastanza fiato.

«Mi lasci finire…»

«I sacchi per la spazzatura? Quando è venuta Giada a chiederceli? Lunedì, mi pare.»

«E quindi?»

«Forse erano finiti perché qualcuno li ha usati durante il weekend. Il sacco buttato nel pozzo era nero, l'ho visto bene…»

«Piera!» sbotta Dolores. «Io e lei non ci siamo capite.»

Piera prosegue verso lo studio, prende l'inalatore dall'ultimo cassetto, quello delle targhe dei premi. Dolores però non la molla e le ripete che la deve smettere, i problemi sono ben altri, come per esempio il fatto che ha pagato la donna delle pulizie e sono rimasti appena venti euro di contanti.

«Hai fatto bene a dirmelo. Vado al teatro. Quando torno, prelevo.»

«Piera, c'erano cinquecento euro, solo l'altro giorno, se lo ricorda? Ha cenato a caviale tutte le sere, per caso?»

«No, soltanto domenica, e l'ha portato uno dei miei ospiti» le risponde, poi aspira un paio di volte dall'inalatore.

«E allora dove sono finiti i soldi?»

Piera non lo sa, non è brava a tenere i conti e proprio per quello ha assunto Dolores, che invece è una molto precisa. Anche troppo.

«Qui qualcuno ruba.»

Piera le chiede se pensa davvero che un poliziotto o il portaborse di un senatore possano essere passati da lì per mettersi in tasca di nascosto qualche centinaio di euro.

«E quella ragazzina, quella del B&B?»

«Giada?»

«Proprio. È sempre qui, con una scusa o con un'altra. Le chiavi, i detersivi, gli stracci… Si vede che non ha voglia di lavorare. Se quando sono arrivata in Italia io avessi lavorato come lavora quella lì, mi avrebbero rimandato in Perù a calci non le dico dove… pulivo quindici camere d'albergo in un turno solo, io. Avevo una laurea in Lettere e non mi conciavo tutte le mattine come se dovessi andare in televisione. Poi si lamentano che gli stranieri rubano il lavoro… ma che ci vuole a rubare il lavoro a una così? Niente!»

Piera ripone l'inalatore, aspetta che ora sia Dolores a riprendere fiato dopo la sfuriata.

«Giusto, Dolores.»

«Meno male mi dà ragione, ogni tanto.»

Piera si siede alla scrivania, prende un foglio e la prima penna che le capita a portata di mano, poi le dice: «Le chiavi… ti ricordi? Lunedì Giada le ha lasciate qui, poi è venuta a riprenderle. Ha detto che c'era un'ospite, nel B&B. Una ragazza che doveva ritirare il bagaglio. E se fosse stata proprio lei, Angelica Levantino?».

«E poi l'amministratore vuole pure seicento euro per quel cazzo di lampada che hanno spaccato. Dice che è colpa mia, se i clienti fanno dei danni. Cioè che se non la ripago io, prende un'altra e *ciaone*. Ma io seicento euro li guadagno tipo in un mese, quando va di lusso...»

Alex ha il suo da fare a farla smettere di parlare e di piangere. Le ha dato appuntamento fra i viali di Villa Borghese, dove il pomeriggio ombroso dispensa un po' di sollievo. Il caldo esalta l'odore della terra secca e polverosa. Giada si specchia nel telefonino, poi prende un paio di fazzoletti di carta dalla borsa.

«Mamma mia, tutto il trucco che si scioglie, che cesso che sono.»

«Lo sai che stai meglio, senza?» fa Alex.

«Ma che dici?»

«Sul serio.»

«Sto nella merda fino al collo, sto. L'amministratore mi ha obbligato a non dire niente di quella là, che cioè in pratica nel B&B non l'ho registrata e quindi non c'è mai stata... perché se lo scoprono ci fanno la multa e ci fanno chiudere. E io come una scema ho detto una balla alla polizia. Ma ora viene fuori che cioè... quella là la stanno cercando perché magari l'hanno ammazzata!»

«Ammazzata. Perché vai subito alle conclusioni?» la interrompe Alex. «Lo sai come sono i giornali e la tv...

cercano la notizia a tutti i costi. Magari è scappata perché voleva cambiare vita.»

«Io voglio scappare, io. Non ne posso più. Perdo i capelli a ciocche, sono stressata da paura, faccio uno schifo di vita e ora finisco pure in una storia brutta. Ma se non dicevo una cazzata alla polizia perdevo anche questo lavoro *demmerda*...»

Alex la scuote per le spalle e le chiede di ascoltarlo con attenzione. C'è un lavoro migliore, molto tranquillo. Simile a quello che fa ora, ma in un posto in campagna, in Toscana. Assunzione in regola, contributi pagati. Domani il senatore Garritano la riceve e se tutto va bene la raccomanderà a un suo caro amico.

«Cioè?»

«Devi solo fare una buona impressione.»

Alex prende tutte le precauzioni del caso per diluire gli ormoni del senatore. Niente scollature, trucco leggero, tatuaggi nascosti. Pantaloni aderenti okay, ma niente tacchi alti. Capelli raccolti, se possibile. Giada annuisce e si soffia il naso.

«E per la polizia come faccio? Quelli tanto lo scoprono che la ragazza morta era nel B&B e io ho detto una balla... finisco in galera perché ho detto una cosa falsa, come si dice, una testimonianza...»

Alex si schiarisce la voce, serra un attimo i pugni, poi cerca il tono di voce più basso e conciliante. In realtà è irritato e non riesce a nasconderlo.

«Allora, la falsa testimonianza esiste solo in tribunale. Al limite false comunicazioni al pm, se dici bugie a un magistrato che ti interroga. Ma quello di oggi era un poliziotto, eravate solo tu e lui, quindi al momento non rischi niente. Puoi cambiare le tue dichiarazioni senza problemi.»

«Cioè?»

«Puoi dire che ti sei sbagliata, non ricordavi bene.»

«E come?» chiede Giada.

Adesso arriva il difficile, pensa Alex. Si fa coraggio ripetendosi che, se fosse una sveglia, rifiuterebbe sicuramente. Ma non lo è affatto, e poi è così instupidita dall'ansia che può riuscire a convincerla. Anzi, deve. Non avrà un'occasione migliore.

«Andando a raccontare quello che ti sto per dire io.»

«Tornare alla polizia? Mi stresso una cifra... ma poi perché?»

«Perché sennò... niente incontro con il senatore. E niente lavoro.»

Per Sebastian il momento peggiore arriva quando i due iniziano a parlarsi guardando altrove. L'uomo, abituato a fare-andare-comandare, si sente a disagio da quella parte della scrivania. La donna, fiera e pallida come una regina deposta, il suo foulard inutile sulle ginocchia, si lascia avvolgere dal vapore della sigaretta elettronica come se volesse scomparirci dentro. Lui deluso, anzi furibondo, perché si aspettava delle notizie. Lei invece sollevata perché si aspettava la peggiore fra le notizie.

«È passata quasi una settimana e ci fanno venire qui

per dirci che ancora non siamo a niente. E tu vorresti quasi ringraziare, mi sembra» tuona Nicola Levantino.

«Abbassa la voce. Evitiamo di dare spettacolo.»

La madre di Angelica chiude gli occhi, infastidita persino dalla poca luce estiva che filtra dalle tapparelle. Non dorme da chissà quanto, Sebastian ne è sicuro. Li guarda tutti e due e unisce le dita delle mani. Un sospiro, un finto colpo di tosse e ha la loro attenzione.

«È succeduto altre volte che Angelica fosse via molti giorni senza dare notizie?»

«Sì» si affretta a dire la madre. «È sempre stata molto indipendente, fin da quando è venuta qui all'università.»

«È stata educata così» aggiunge lui, lanciando un'occhiata alla moglie. Un'occhiata laterale, gelida.

«Vi aveva detto che veniva a Roma?»

Almeno nel negare sono d'accordo entrambi, stavolta. Il padre di Angelica però non ci sta e chiede se sono proprio sicuri che fosse nella capitale.

«Sì, siamo sicuri. Le celle agganciate dal telefonino dicono che è arrivata qui venerdì. Poi ha spento il cellulare e da allora non sappiamo più niente. Quando voi avete sentito lei l'ultima volta?»

L'hanno sentita venerdì mattina e ha fatto credere loro che sarebbe rimasta a Tivoli tutto il weekend a preparare un colloquio di lavoro. Ma a nessuno dei due ha detto quale colloquio, per quale lavoro. Dal canto loro i genitori l'hanno chiamata domenica sera per sapere a che ora sarebbe arrivata il giorno dopo, hanno trovato il cellulare staccato ma hanno iniziato a preoccuparsi solo lunedì pomeriggio.

«Non è strano un cellulare spento per tanti giorni? Vostra figlia fa spesso così?»

«Qualche volta le si scarica e non se ne accorge per un bel po'» fa la madre.

«Non è una di quelle che sta sui social tutto il giorno» fa il padre, «è stata educata così.»

«Grazie al cielo» aggiunge lei.

«Grazie a me» la corregge lui.

«Però ora sono diversi giorni» ribadisce Sebastian.

La donna si attacca alla sigaretta elettronica, le labbra hanno un breve tremito, si piegano verso il basso e Sebastian decide di correre ai ripari.

«Può avere un altro numero, secondo voi?»

«È un'adulta, può averne altri dieci, di numeri telefonici» la donna stringe le spalle, possibilista.

«Certo, ma perché non dovremmo saperlo?» si inalbera subito il padre.

«Non lo so. Ma non ha voluto dire a voi che era a Roma, quindi…»

«Quindi?»

«Lei sta insinuando che nostra figlia abbia una doppia vita?»

«Una relazione che lei non vuole far sapere…»

«E perché? Angelica è single da almeno un anno.»

«Sì, ma ha raccontato a voi una bugia. Questo è chiaro, no?»

«Andiamocene» fa lui, alzandosi di scatto. «Questo a

malapena spiccica tre parole d'italiano e dovrebbe trovare nostra figlia? È inutile parlare con questo qui. So io a chi rivolgermi.»

Il dottor Levantino esce senza salutarlo. La donna invece mormora un impercettibile "buona giornata".

Sebastian rimane alla scrivania, guarda la prospettiva del corridoio dalla porta aperta, poi accende il ventilatore. Si attacca alla borraccia d'acqua ormai tiepida, allunga i muscoli contratti stravaccandosi sulla poltroncina ed è così, con le braccia alzate come se avesse appena segnato un rigore decisivo, che si fa beccare dal vice questore De Vittorio, bravissimo a percorrere in silenzio i corridoi del commissariato.

«Rilassato, Grossmeier?»

«Non tanto. I genitori della Levantino mi hanno fatto nero.»

«Nero non ci diventi di sicuro, ma un po' di abbronzatura male non ti starebbe.»

De Vittorio sembra più un professore che un poliziotto. Tutto in lui ha una rotondità quasi programmatica. La montatura degli occhiali, il cranio lucido, la voce profonda e ben impostata. Si siede tirandosi su i pantaloni, pizzicandoli sul ginocchio proprio dove passa la piega.

«Che ne pensi?»

Sebastian sbuffa e scuote la testa, stringe fra le mani la borraccia d'alluminio.

«Nessuno dei suoi amici l'ha più vista. Neanche sentita. Sui social, zero. Telefono spento da cinque giorni. Abbiamo solo questo: venerdì sera la Levantino ha cenato dentro il ristorante di un certo Raimondi Donato, lui è sicuro, se lo ricorda. Proprio nel palazzo c'è il Centro studi Esperia. Ho scoperto che in questo centro la ragazza ha studiato, l'anno scorso. Se mettiamo queste condiscendenze insieme al pozzo...»

«*Coincidenze*, Grossmeier, mannaggia a te. Quale pozzo?»

«Il pozzo del Palazzo del Governo.»

«E tu vorresti cercarla nel pozzo di un edificio storico... e pure inagibile? Tocca scomodare la Soprintendenza, la municipalizzata, i tecnici, uno speleologo... sono un sacco di soldi. Stasera ne parlano anche in tv, della ragazza. Quindi se scendiamo nel pozzo verranno i giornalisti, ogni disperato free lance di Roma e tutti quelli che non si fanno mai i cazzi loro. Sarà impossibile fare un intervento discreto. La famiglia la buttiamo nello sconforto, a quel punto. E se poi non troviamo niente, sai che figura? Chi ti dice che Angelica Levantino sia finita lì?»

«L'attrice del quarto piano.»

«Quale attrice?»

«Piera Drago.»

«Piera Drago?»

«Sta nel palazzo del ristorante e del Centro studi Esperia. Era in terrazza e lei ha visto una persona buttare un sacco molto grande nel pozzo. Questo succedeva venerdì notte, lei ha raccontato...»

De Vittorio sembra attraversato da un'improvvisa scarica di corrente vitale.

«E me lo dici così?»

Sebastian cerca di spiegare al superiore che sulle prime non aveva preso sul serio la segnalazione della donna, ma adesso...

«Hai conosciuto Piera Drago? Lo sai di chi stai parlando? Un mito.»

Sebastian non osa mettere in dubbio le parole del vice questore, ma per lui il problema è se questo mito abbia la vista buona o meno.

«Molly Bloom, un monologo rivoluzionario. Lo vidi a Milano, avevamo appena preso uno dei primi cinquanta ricercati d'Italia e mi regalai una serata di svago. Pubblico esigente, erano tutti scettici. Una donna da sola sul palco, per un'ora e mezzo. Un silenzio, un'ora e mezzo di silenzio così non l'ho mai sentita, nessuno capiva davvero cosa stesse facendo, si capiva solo che ce lo saremmo ricordato per anni.»

Sebastian non finge nemmeno di sapere di cosa sta parlando De Vittorio.

«Molly Bloom, da Joyce, no? E poi dopo ha fatto Madre Coraggio. E poi Beckett. Ho visto tutti i suoi spettacoli, credo. E tu l'hai conosciuta!»

«Sì, lei è venuta qui.»

«Qui? Da te?»

«C'ero solo io...»

«Ma ti rendi conto che culo hai avuto?»

«Mica tanto, era domenica.»

Il vice questore si alza con un colpo di reni inaspettato.

«Okay, io rompo i coglioni al questore, alla municipalizzata, alla Soprintendenza e pure all'anima de li mortacci di Anco Marzio e Numa Pompilio... Vuoi scendere in quel pozzo? Ti ci mando in due giorni al massimo, però...»

«Però?»

«Tu mi fai conoscere Piera Drago.»

De Vittorio gli assesta una pacca sulla spalla per chiarire che quello era un ordine. Poi esce dalla stanza ripetendo incredulo «Piera Drago, Piera Drago».

Ad Alex è capitato raramente di vedere il senatore così torvo. La commissione ha interrotto i lavori intorno alle due, ma Garritano è rimasto a tenere banco in un capannello di senatori, nel corridoio che porta alla Sala Garibaldi e alla buvette. Alex ha atteso in disparte e ne ha approfittato per chiamare Elisabetta, che ha annunciato via sms l'intenzione di tornare a Roma nel weekend.

«Tesoro, vengo io domenica, dalla mattina alla sera, sì. Mi dispiace, è un periodo incasinato, siamo un po' alle strette. Con il senatore stiamo preparando la relazione finale, capisci?»

Elisabetta ha capito, ma ha insistito per venire comunque a Roma domani. Alex ha dovuto chiudere la telefonata in fretta, non appena Garritano ha salutato l'ultimo dei suoi interlocutori senza nemmeno un accenno del suo solito sorriso da zio benevolo.

«Alex, studiami bene il regolamento. Devo calendarizzare almeno un'altra riunione» gli ha detto, sottovoce. «Questa storia delle vongole mi puzza come se fossero andate tutte a male. Trovami il modo di rimandare il voto finale in commissione, di arrivare alle vacanze.»

«Posso chiedere come mai?»

«Perché questa modifica alla legge che dobbiamo votare non mi piace. E se passa in commissione poi è approvata e basta, non torna nemmeno in aula. Solo che non mi va di espormi, di fare l'eroe guidando la pattuglia dei contrari. Un cavillo del regolamento e purtroppo, amici cari, se ne riparla dopo le elezioni. Intesi?»

Garritano guarda ancora il gruppetto che si allontana, li accompagna con lo sguardo lungo il corridoio fiancheggiato dai busti.

«Ci studio» promette Alex.

«Bravo. Hai fame?»

Alex è abituato a non avere fame se non ha fame Garritano. E oggi Garritano sembra avere lo stomaco chiuso. Alex lo nota da come guarda con scarso interesse la buvette poco affollata.

«No, non particolarmente.»

«Allora chiama un taxi, io devo essere a casa prima delle tre. Tu?»

«Vengo con lei, se non è un problema» gli risponde, mentre si dà da fare con l'app. Il senatore intanto si siede, fa lamentare in modo sinistro lo scranno di pelle scura, cerca qualcosa nel taschino interno della giacca. Alex sa che è una delle sue pillole e si offre di andargli a prendere un bicchiere d'acqua. Ma Garritano a malapena gli fa cenno di no, poi butta giù la medicina a secco, la fronte aggrottata.

«Lupa 21 fra sei minuti» annuncia Alex.

Garritano guarda l'orologio e si rialza appoggiandosi ai braccioli.

«Ho promesso a un mio caro amico che lavora in Rai di incontrare una tizia...» si lagna.

«Una tizia?» si informa subito Alex, preparandosi a un nuovo pomeriggio di depistaggi e sotterfugi.

«Ma no, tranquillo... un'attrice di teatro, di quelle pure impegnate. Però fa anche tv, dice mia moglie che è bravissima.»

Alex fissa il quadro alle spalle del senatore. Una tela scura, un mare nebbioso e notturno da cui emerge a stento una luna lontanissima. Per la prima volta lo decifra in modo così preciso e angoscioso. Quel quadro è il suo futuro.

«Una famosa. Drago, si chiama. Piera Drago.»

«E quindi tu la conosci?»

Alex sale dal lato del tassista, sistema la borsa con il pc fra le ginocchia e chiama in causa una sua amica che tempo fa ha frequentato un corso di recitazione con Piera Drago. Il taxi parte e Garritano gli spiega che è una importante, ma lui lo ha solo sentito dire da sua moglie, a cui delega le scarne incombenze culturali di coppia.

«Ho visto delle foto su internèt. Donna interessante. Non il mio tipo, però. Ma che vorrà mai da me una così?»

Alex invece lo sa benissimo: Piera chiederà lumi direttamente al senatore sul disegno di legge a favore del teatro. Alex ha davanti un casino simile a un'orrida idra dalle tre teste: innanzitutto quel disegno di legge non esiste, poi, quando salterà fuori che se l'è inventato, il senatore lo prenderà a calci nel culo. *Last but not least*, il senatore si sta arricciando la punta dei baffi e quando fa così sta lucidando a specchio il suo ego. È lusingato dal semplice fatto che una personalità come la Drago abbia chiesto di vedere lui.

«Se posso permettermi» esordisce, «lo sa come sono le prime donne del teatro, no? Questa signora è stata abituata a stare su un piedistallo, a essere considerata la più brava, la più impegnata, la rivoluzionaria. Ma non solo, i registi di cinema la vogliono, quelli delle serie tv pure.»

«Lo so, mia moglie mi ha fatto una capa tanta…»

«Come se non bastasse è anche di quelle che… dietro ogni cosa ci vede l'oppressione del patriarcato, la guerra fra i sessi…»

«No, non mi dire.»

«… il maschio prevaricatore.»

«Una di quelle che non perde mai occasione per farti sentire in colpa di essere nato con il pisello.»

«Ecco.»

«Mi pare strano che a Ida piaccia una così.»

Alex si rende conto di aver esagerato e deve correre ai ripari.

«Una donna lo percepisce meno. Ma le assicuro, senatore, che è una pesante, molto pesante.»

Garritano si chiude la faccia fra le mani, sbadiglia, guarda fuori dal finestrino. Stanno passando su Ponte Garibaldi. Il Tevere color ocra sembra immobile, il cielo è spalmato di nuvole simili al burro che si squaglia al calore. La radio parla di un miliardo e mezzo di euro di danni all'agricoltura per la siccità.

«Ottimisti» mormora Garritano.

Imboccano l'ombra alberata di viale Trastevere e Alex rincara la dose. Nel suo prossimo lavoro, Piera Drago vuole impersonare Riccardo III.

«Quello delle otto mogli?»

«Erano sei, e di Enrico VIII.»

«Vabbè, non sono pratico, a me già una mi basta e mi avanza. Ma che è, Shakespeare?»

«Shakespeare. La storia del duca di Gloucester, un gobbo deforme che scala il potere fino a diventare re d'Inghilterra.»

«Gobbo?»

«Gobbo e pure storpio.»

«E come fa?»

«Semplice: ammazza tutti gli altri pretendenti. Donne e bambini compresi. Ecco, senatore, Piera Drago stravede per un personaggio del genere. La capa tanta gliela farà con Riccardo III. È in fissa.»

«Ma che idea balorda è? Perché fare Riccardo III se è una donna?»

«Il gender, senatore. Non esistono più l'uomo di qua e la donna di là. Esistono... boh, non so nemmeno io cosa.»

Il senatore emette un «che palle» straziante e Alex porta l'affondo.

«Se passava da me, io la tenevo in anticamera finché non si stancava. Come le vittime della chirurgia estetica, come i lituani. Ma la signora Drago no, lei ha preso una corsia preferenziale, e anche questo la dice lunga sul personaggio. È proprio sicuro di volerla incontrare?»

«E come faccio? Il mio amico in Rai poi ci rimane male. Preferisco avere cento nemici in Senato che uno in Rai.»

«Bella seccatura» rincara la dose Alex.

«E poi, Alex, io non sono come questi qui della tua età che leggono due cazzate sul cellulare e poi te li vedi arrivare nelle commissioni a parlare di reattori nucleari e di politica monetaria. Io sono uno della vecchia scuola, e ne vado fiero: io di teatro non so un cazzo. Questa mi arriva fra venti minuti, che le racconto?»

«Posso parlarci io, senatore.»

Il taxi imbocca la strada in salita subito dopo il ministero della Pubblica istruzione. Garritano si perde in un lungo sguardo silenzioso verso l'edificio. Alex immagina che stia ricordando qualche gentile amica piazzata in un ufficio del dicastero, o i bei tempi in cui la politica era più facile e raccomandare «era un'opera di misericordia, non un peccato mortale» dice sempre Garritano.

Poi si riprende, si volta di scatto, gli cala una manata sul ginocchio: «Vai, Alex. Fino alle elezioni meglio non far torto a nessuno, specie a gente famosa. Dopo le elezioni...».

«... si vedrà.»

«Ma sì, chi se ne frega.»

Quando lo vede, Piera Drago si solleva gli occhiali da sole sulla fronte, lo saluta e si finge persino sorpresa. Se la sfida è a chi reciterà meglio la propria parte, Alex sa di trovarsi in grande svantaggio. Nel cortile interno c'è rimasto solo un triangolo di sole, i condizionatori sussurrano a pieno regime sgocciolando sulla ghiaia.

La donna porta una specie di tunica chiara sopra i pantaloni, da una spalla le scende una delle sue esili sciarpe colorate, dall'altra la coda di capelli castani screziati di biondo.

«Da qualche giorno ci vediamo spesso, io e lei» gli fa, spigliata.

Alex decide di non metterla a proprio agio.

«E allora perché non si è rivolta a me?»

«Perché il suo lavoro è tenere lontana la gente dal senatore.»

«Ma no, è il contrario...»

«Sì, invece. Mi avrebbe fatto aspettare un mese. Io non sopporto aspettare, dunque ho chiesto un favore a un amico.»

Gli si avvicina per entrare e lo guarda come un ostacolo che deve rimuoversi da solo. Ha un sorriso tagliente e rilassato, sembra una che ha avuto tutto dalla vita, eppure non ha più niente da perdere. E questo ad Alex piace, lo deve ammettere. Purtroppo Piera Drago ha evidentemente deciso di giocare alla detective con lui. Di rovinare la sua, di vita. Perché è questo che sta facendo. Ed è meglio che smetta il prima possibile, pensa Alex, mentre le sbarra la strada verso l'ascensore. Le indica la porta in fondo ai quattro scalini e sorride anche lui, aspettando che la famosa attrice vinca la sua improvvisa esitazione.

Riccomanno si scusa per non poterla ricevere di sopra, nell'abitazione di Garritano.

«Purtroppo il senatore è dovuto partire da Roma per ragioni familiari. Il mio lavoro è anche avvertire gli interlocutori degli imprevisti.»

Quando la porta rivestita di fòrmica si chiude alle sue spalle, Piera preferirebbe non aver sceso quei quattro scalini. Si guarda intorno, ma non c'è molto da osservare. Una libreria in metallo, *appliques* filiformi dai gambi flessibili, ritorti come peduncoli a rischiarare la penombra, un tavolo di assi di abete su due caprette. Il mobile più imponente è il divano-letto, e la colpisce la fila di completi nell'appendiabiti: sono incellophanati, e in ordine perfetto dal più scuro al più chiaro. Le poltrone spaiate, di modernariato, sono occupate da pile di giornali. *È qui che vive un assassino? È qui che prova a prendere sonno, mentre rivede nel buio sempre la solita sequenza, i soliti minuti?*

Piera si ritrova a cercare segni di una presenza femminile, forse per tranquillizzarsi. Nota un Alessandro Riccomanno più in carne, con i capelli radi spettinati dal vento del mare sullo sfondo. Il futuro portaborse bacia una ragazza dal sorriso disarmante, mentre lei tiene fra le labbra la cannuccia di un drink.

Il giovane nella foto sembra il fratello minore dell'uomo che ha davanti. Non è una questione di capelli, di anni, di serenità negli occhi. È un fratello asciugato nel fisico, del tutto prosciugato nelle illusioni.

«Posso offrirle solo birra o un succo di frutta» fa lui.

Attaccati sul frigo Piera nota tabelle di allenamento e programmi di diete. Si convince che se Riccomanno fosse l'assassino non avrebbe alcun interesse a farla entrare in casa sua.

Se non per eliminare anche lei, ovvio.

«Molto gentile, grazie. Sono a posto» gli risponde.

«Volevo incontrare il senatore per parlargli del teatro occupato.»

Balle, pensa Alex.

«A fine mese i ragazzi devono sgomberare. E se non se ne vanno, arriverà la forza pubblica, cioè la polizia. I ragazzi ci lavorano da tanto tempo. Ora glielo tolgono con la forza. Perché? Non ha senso. Visto che Garritano, lei mi dice, ha a cuore la sorte del teatro in Italia…»

Ancora balle, pensa di nuovo Alex. Solo che queste gliele ha raccontate lui.

«… dunque ho pensato che questa, come le dicevo la volta scorsa, sarebbe l'occasione per difendere chi il teatro lo fa, in modo spontaneo, senza chiedere niente a nessuno, se non poter usare un immobile che cadeva a pezzi. Magari potrebbe firmare una lettera-appello al sindaco, al prefetto... Io intanto ho deciso che la prima del *Riccardo* III la farò lì. Una bella matinée il giorno stesso dello sgombero.»

«Perché?»

«Perché in un Paese sano non si manda la polizia a chiudere i teatri.»

«Perché proprio il *Riccardo* III, voglio dire.»

Piera Drago si mette le mani in tasca, accenna un sorriso ma lo smorza subito. Sembra aspettare il respiro giusto per rispondere, come un surfista aspetta la sua onda. E poi fa salire le sue parole su una piccola cresta brillante.

«Sarà come mettere in scena il potere che sgombera se stesso.»

«Geniale» dice Alex. La guarda negli occhi perché sa di essere convincente. E sa di essere convincente perché è stato più sincero di quanto vorrebbe. Forse *Riccardo* III dovrebbe trovare il tempo di leggerlo davvero. Lo farebbe solo per curiosità, solo per conoscere la sua nemica più pericolosa.

«È un malvagio senza possibilità di redenzione» cita vagamente un riassuntino trovato in rete. «Cosa ci trova di così affascinante?»

«Sono attratta dagli assassini» gli risponde lei, senza indugio.

«Attratta? E perché?»

«Gli assassini sono tutti come Riccardo di York, in fondo. Aspirano al trono, e sul trono più alto c'è seduta lei, la morte. *"Sono io la morte e porto corona, io son di tutti voi signora e padrona...*" se la ricorda la canzone?»

Alex non se la ricorda ma, visti i primi versi, nemmeno ci tiene.

«Ma certo che no, negli anni Settanta lei non era ancora nato. Branduardi, un disco bellissimo, comunque... gli assassini su quel trono ci salgono, capisce?»

Potrebbe essere una battuta a lungo soppesata.

«Ma non ci rimangono per molto, mi pare.»

«Certo che no. Anche il regno di Riccardo III fu breve. Due anni.»

«Due anni...» ripete meccanicamente Alex.

«Per togliere la vita a qualcuno basta salire su quel trono due minuti.»

Un lampo fulmineo negli occhi di Piera Drago lo invita a non tacere.

«Due minuti» fa Alex. Si sente come sul bordo di una trappola.

«Vero?»

«Vero.»

Alla fine Riccomanno non resiste e le chiede della "storia del pozzo".

«Non saprei, da noi non s'è visto più nessuno» rimane sul vago Piera.

«È sempre convinta che in quel pozzo abbiano fatto sparire qualcuno?»

Il portaborse afferra la maniglia ma non la gira. Piera immagina che stia decidendo se farla uscire o no.

«Sono sempre convinta di quello che ho visto. Ma di certo non ho visto se in quel sacco nero ci fosse Angelica Levantino…»

A giudicare dagli occhi di Riccomanno, si direbbe che Piera abbia evocato uno dei tanti nomi del signore delle tenebre. Il portaborse cerca la domanda giusta, ma smozzica qualche parola senza costrutto.

«È sparita proprio in quel fine settimana. Immagino che valutino tutte le ipotesi.»

«Lo immagina… o lo sa? Sia sincera.»

«No, io non so niente. Io sono brava solo a immaginare. Ho visto un'ombra e si sa, le ombre sono scure, ma accendono l'immaginazione, no?»

«Già. Davvero un peccato» risponde lui, e apre la porta.

Piera oltrepassa lo zerbino ruvido. Prima di voltarsi verso di lui risale i quattro scalini che portano all'androne.

«Sì, quell'ombra poteva essere chiunque» dice.

Dovrebbe evitarlo, ma non riesce a non guardarlo bene in viso.

Alex le ha promesso che andrà a trovarla in un giorno di prove al teatro.

«Lunedì, mercoledì o venerdì pomeriggio» ha precisato lei.

Alex non ha escluso di portare anche il senatore, poi si sono scambiati i numeri di telefono, si sono stretti la mano e lui le ha detto: «Chiamami pure Alex».

Hanno concordato che da lì in avanti si daranno del tu.

Ora, mentre Garritano ed Elisabetta si alternano a chiamarlo senza avere risposta, Alex si convince che Piera Drago abbia capito tutto. Ma non tutto quello che è accaduto quel maledetto venerdì notte, no. Piera Drago ha capito tutto *di lui*. La coda di capelli, gli orecchini come amuleti e il passo calibrato di chi ha il palcoscenico come unità di misura del mondo gliela fanno sembrare uno sciamano. E ora Alex si sente solo, per la prima volta, proprio perché dal suo seminterrato è appena uscita l'unica persona al mondo che lo sta interpretando senza incertezze.

Il suo seminterrato gli appare una prigione. È lì che da dieci anni sconta la pena per qualcosa che pochi giorni prima è puntualmente successo. Che non è stato un omicidio, no, è stato un incidente, ma questo il mondo fuori non lo capirà mai. Angelica Levantino è morta, la morte lo ha marchiato e Piera Drago lo avverte, come un rabdomante avverte l'acqua.

Così deve combattere l'impulso insensato di uscire, inseguirla e raccontarle la verità. Perché se al mondo esiste anche una sola persona in grado di capirlo, allora significa che potrà sentirsi libero, uscire dalla prigione in cui si è rinchiuso volontariamente per poi provocare una morte che non voleva.

Questa persona si chiama proprio Piera Drago e Alex la vuole dalla sua parte. Quella donna *deve* passare dalla sua parte.

Alex sa di non avere altra scelta, se non vuole finire la vita in galera.

E anche se Piera Drago invece no, non lo sa, nemmeno lei ha un'altra scelta, se non vuole finire la sua vita molto presto.

Grossmeier la intercetta mentre esce dalla bottega del suo fidato tappezziere, una delle ultime serrande che a sera si abbassa, invece di sollevarsi per offrire apericena e pizza al taglio. Non è ancora il momento della movida e il grido filiforme delle rondini cade dai tetti assieme alle note di un pianoforte. Con una camicia ben stirata e un paio di sneakers candide, il poliziotto sembra pronto a una serata in compagnia.

«Dolores mi aveva detto che lei era qui.»

«Novità?»

«Il vice questore vuole conoscerla.»

«Intendevo sul nostro pozzo.»

«Proprio questo io dicevo. Il dottor De Vittorio è un suo grande fan. Lui vuole incontrarla e io l'ho promesso. In cambio lui fa veloci le autorizzazioni per scendere nel pozzo.»

«Sta scherzando?»

L'ispettore si scusa con una smorfia, si incassa nelle spalle strette e ossute.

«Perché? In questa città… è tutto così. Tutto.»

«Lei non detesta solo i romani, come dice la canzone del suo telefonino. Lei detesta proprio Roma. L'idea stessa di Roma, direi.»

«Almeno ora ho capito perché la chiamano città eterna. Perché per ogni cosa ci vuole un tempo che non finisce più. Nessuno fa il suo lavoro, se non è obbligato…»

«Non le sembra un luogo comune?»

«No, è sempre tutto complicato, tutto. Ogni giorno a chiedere, discutere, anche cose piccole… e niente si muove. È da pazzi.»

«Comunque incontro volentieri il suo superiore. Però anche io ho una condizione.»

«Ecco, io immaginavo…» Grossmeier la scruta esausto. «Nessuno fa qualcosa perché lo deve fare e basta, nessuno.»

«Non si agiti. La mia condizione si chiama Alessandro Riccomanno.»

«No, signora, Drago. Lei non dice *a me* come io faccio le indagini.»

«Punti su di lui, mi ha raccontato solo bugie.»

«Non mi interessano le bugie. Insomma… lei ha visto qualcosa quella notte? Io sono qui a fare il mio lavoro e andare a vedere nel pozzo. È chiaro così?»

«Lo segua, per un giorno o due. Gli controlli il telefono, no?»

«Signora Drago, un poliziotto non ascolta il telefono di un privato cittadino perché lui decide, così, di testa sua… Non siamo in Corea del Nord. Io devo convincere un magistrato che è necessario.»

Piera gli si avvicina per poter mormorare qualcosa che lei stessa preferirebbe non dire.

«Riccomanno nasconde qualcosa di terribile e non

si è presentato nel mio palazzo per caso. Io lo avverto, quando qualcuno ha a che fare con la morte. Lo so che è difficile da credere.»

«Non si fanno indagini con sentimenti, sensazioni…»

«Non sono sensazioni: lei l'ha osservato mentre gli faceva vedere la foto di Angelica Levantino? Ha visto come teneva le mani?»

Grossmeier scuote la testa e insacca le sue nelle tasche dei pantaloni.

«Lei saprà che le mani parlano.»

Lui si sforza di compiacerla, ma non dissimula lo sforzo più di tanto.

«Guardi, mi ha appena nascosto le sue. Le sto chiedendo una cosa che non vuol fare. Ma sa che non può dirmi di no.»

Piera sovrappone un polso all'altro all'altezza della cintola e fissa Grossmeier.

«Così, le aveva Riccomanno quando ha visto la foto di Angelica. Così.»

E a quel punto lo lascia davanti alla bottega con la serranda mezzo abbassata, curvo e immobile come un cartello di segnaletica dimenticato.

«Allora siamo d'accordo» gli ripete prima di salutarlo.

«Vedi quella bionda finta, sui cinquanta, con la borsetta leopardata?»

Sebastian annuisce, guarda il commissario Mancini alle prese con un interminabile sorso di birra che gli gonfia la gola a scatti. Ha poco più di cinquant'anni e si tinge i capelli di un uniforme color carbone. La faccia carnosa e abbronzata rimane quella di un ragazzone accomodante che oltre il Raccordo Anulare va in apnea, proprio come adesso. Appoggia il bicchiere, riprende fiato.

«È la vedova di uno morto sparato a Centocelle due anni fa. Lunedì la arrestiamo.»

«Ma solo perché ce l'ha chiesto lei» precisa il vice questore, e gli fa l'occhiolino. Sebastian odia ammettere di non capire, ma la sua faccia dice tutto.

«Tira su intorno ai tre o quattromila euro al mese. Al settanta per cento cocaina. Amfe e marijuana il resto» gli spiega Mancini.

«Ad aprile ci ha fatto beccare un carico di ventidue chili, ma ora se la sta facendo sotto. Ha paura che i grossisti l'abbiano capito, tre settimane a Rebibbia la mettono al sicuro dai sospetti.»

Sebastian non replica. Beve anche lui. È la sua terza bionda media.

«Regge bene, l'amico» fa il commissario.

«E neanche sei andato a pisciare» nota il vice questore, «io non invidio molto della gioventù, ma la prostata sì.»

Sebastian invece prende di mira un tipo con la barba incolta, un piercing al naso e il naso da pugile, anche se il fisico ricorda più quello di un vecchio ballerino.

«Ah, Solera» fa Mancini.

«Solera... che personaggio pasoliniano. Uno degli ultimi, ormai» sospira quasi con tenerezza il vice questore.

«Tor Bella Monaca. Quinto di sei fratelli.»

«Quarto» lo corregge De Vittorio.

«Uno se n'è andato con la siringa ancora nel braccio. Era a scuola con mia sorella.»

«Me lo ricordo.»

«Comunque lo vedo bene. Quanto è dimagrito però.»

«Vorrei vedere te, dopo la chemio. Ma è un combattente, non mollerà.»

«Quando se ne andrà, sarà come veder bruciare il nostro archivio degli ultimi trent'anni.»

Sebastian si meraviglia, un confidente di così lungo corso è raro. Dice che meriterebbe una pensione ed è contento che gli altri due ridano.

«Il commissario Solera se la merita eccome la pensione, ma ho paura che non se la godrà, amico mio» sospira Mancini.

«Non avevo capito» mormora Sebastian.

«Ma davvero?»

«Solera è il nostro Google vivente» fa De Vittorio. «Dovessi averne bisogno, tu chiedigli chi spaccia cosa e dove. E vai sul sicuro.»

Mancini dice che passa il tempo a indagare su morti ammazzati di cui non gli frega nulla, dato che sono perlopiù piccoli spacciatori, balordi o sbarbatelli stranieri che arrivano a Roma a fare i fenomeni, ma è contento di non essere alla Narcotici. De Vittorio conferma con il suo sorriso da professore bonario. Dall'alto della sua esperienza, ha una veduta decisamente più ampia della situazione.

«È come svuotare il mare con un cucchiaino, dottore. Per quanta tu ne sequestri... l'unica fortuna è che non sai quanta ne circola. E se ne sequestri cento chili in più dell'anno prima, certo, per le statistiche sei stato bravo. Si può fare una bella conferenza stampa, ma...»

De Vittorio annuisce, poi si rivolge a Sebastian.

«Immagina di essere un drone che sorvola Roma di sera. E la vedi illuminata, le cupole, le finestre, le terrazze... vedi la gente sui ponti, gli autobus e le carrozze con i cavalli... e il traffico che scorre sulle consolari verso la periferia, ti sembra un cuore di luci. Che batte lento. Ecco... se noi, parlo solo per pura ipotesi, domani sequestrassimo tutta la cocaina che arriva a Roma, e intendo proprio tutta, in un colpo solo... si fermerebbe. Questo cuore collasserebbe in due minuti. Ho reso l'idea?»

«Lei doveva fare lo scrittore...» sentenzia Mancini.

«E invece faccio il vice questore, ho quattro figli, una moglie e una ex moglie, per cui vi devo lasciare e rientrare all'ovile.»

De Vittorio va a pagare le birre, torna al tavolo per salutarli, ma prima di andarsene si china a parlare all'orecchio di Sebastian.

«Allora tutto a posto con Piera Drago?»

«Tutto a posto» conferma Sebastian.

«Fantastico. Riguardo invece a quel Centro studi... quello che sta nel palazzo.»

«Centro studi Esperia.»

«Quello» mormora De Vittorio, «se dovesse avere a

che fare con la ragazza scomparsa, niente mosse azzardate. Prima di muovere un passo, fammi sapere. D'accordo?»

«Perché?»

«Perché devi farmi sapere, punto. D'accordo?» gli ripete De Vittorio, stringendogli la spalla quasi a fargli male.

«D'accordo» ripete Sebastian.

7.

«Annuncio ritardo.» Alex ha ormai imparato a memoria il tabellone degli arrivi e anche quello delle partenze. Il ritardo è stato centellinato con la solita crudeltà: prima dieci minuti, poi venti, poi venticinque. L'unica consolazione è che se una volta venivano riferiti solo generici guasti al locomotore, oggi con l'app dedicata Alex viene informato che il treno ha investito un gregge in provincia di Arezzo. Visto che i minuti alla fine sono ben quarantacinque, Alex teme che il Frecciabianca su cui viaggia Elisabetta abbia inflitto un colpo mortale alla popolazione ovina del casentinese.

«Annuncio ritardo.» La hall di Termini è il gigantesco tubo di un termoconvettore impostato a trenta gradi. L'aria rovente e amara della città la percorre a folate, da un ingresso all'altro, spremendo le ultime gocce di sudore dalle comitive di scout, dai promotori delle compagnie telefoniche, da quelli seduti ad aspettare sulle proprie valigie e da tutta l'umanità nomade che si aggira per la stazione mimetizzandosi con chi viaggia. «Annuncio ritardo.»

Il fragore di Roma Termini non aiuta a telefonare, ma in una decina di chiamate Alex è riuscito a ridisegnare l'agenda estiva degli appuntamenti del senatore. Ora va incontro a Elisabetta accartocciando una lattina di Coca-Cola. Si sente gonfio, inzuppato di sudore e di puzzo di binari.

Si lascia baciare dandole una guancia, le porge subito il suo casco. Non le domanda come sta, la ascolta a malapena raccontare che il treno ha frenato di colpo in mezzo alla campagna. Alex guarda le colature di sangue scuro sulla testa del locomotore e neanche si accorge che lei rimane indietro. Elisabetta si è fermata a un distributore automatico di bibite. Alex la aspetta girando su se stesso, in cerca di una buona ragione per calmarsi.

«Che cos'hai?» gli chiede lei.

«Non potevi bere in treno? Tre quarti d'ora di ritardo… il tempo lo avevi.»

«Che-cosa-hai?» gli ripete Elisabetta.

Lei ha il solito aspetto rilassato, l'incarnato roseo di chi fa una vita lontano da una grande città.

«Sono tre quarti d'ora che aspetto, tutto qua.»

Alex non ha urlato, ma le parole gli sono uscite più violente di quello che voleva. È come se si fosse incitato da solo. E comunque gli piace quel tono di voce risentito. Perché lo usa così di rado?

«Se il treno ritarda, non è colpa mia.»

«È sempre in ritardo. Sempre. E io passo il tempo qui ad aspettare.»

«Ora stai esagerando. Vengo a Roma una volta al

mese» fa lei, con lo sguardo di chi osserva da vicino un tarantolato. Alex si inalbera ancora di più: Roma è un casino e lui lavora dodici ore al giorno, mentre lei non si sbatte neanche per prendersi un tram, un taxi o un autobus per arrivare a Monteverde.

«Ormai dovresti essere pratica.»

Elisabetta ha appena perso quell'aria comprensiva che spesso lo fa sentire un ragazzino irrequieto. Finalmente, pensa Alex. In fondo era lì che la voleva portare.

Non le pare il modo di accoglierla, dice. In fondo è lei che prende il treno e si sposta, tutte le volte. Lui torna sempre più di rado e invece gli farebbe bene, visto come sta.

«Come sto? Sto incasinato. Siamo agli ultimi giorni utili della legislatura, Garritano mi fa diventare scemo e tu sei voluta venire a Roma a ogni costo.»

«Ah, scusami tanto. Dobbiamo parlare di cose importanti, mi pare.»

«È che tu non capisci, tu lavori le tue quattro ore al giorno, magari pranzi da mamma e papà, vai a camminare con le amiche, poi in palestra in bicicletta... e ti rimane anche del tempo. Che ne sai tu, di come è stare dietro a Garritano di questi tempi?»

La risposta di lei è la solita caramellina aspra inzuccherata di pedagogia: «Forse sei tu che dovresti rallentare, far presenti anche le tue esigenze, cambiare mentalità. Quanto pensi di poter continuare così... a galoppare come un forsennato per il senatore?».

«Ecco, ci risiamo. Secondo te mi faccio sfruttare.»

«Se dici così, sei tu che lo pensi» gli ribatte, con la sicurezza di chi vede l'avversario inciampare da solo. E per non infierire, perché lei non è mai inutilmente aggressiva, gli porge anche la bottiglietta d'acqua. Alex gliela strappa dalle mani, poi la scaraventa sui binari.

«Smettila di trattarmi come un imbecille che non sa farsi valere.»

«Alex, tu non stai bene.»

«Sei tu che mi fai stare male! Tu ne sai sempre più di me, tu non ti scomponi mai, tu hai una soluzione per tutto ma in fondo tu… che fai di tanto straordinario? Chi ti credi di essere per insegnare a me come si vive qua?»

Elisabetta gli concede tutte le attenuanti del caso e decide che ne parleranno dopo, con calma, ma Alex le indica il grande tabellone imparato a memoria.

«Ma perché non te ne torni via?»

«Cosa?»

«C'è un treno per Firenze fra venti minuti. Vai, vai… fammi 'sto favore. Non ho voglia di passare due giorni con te che mi fai le lezioncine.»

Questo Elisabetta non l'aveva previsto, Alex ne è sicuro. E nemmeno aveva previsto che lui le appoggiasse il casco sulla panchina di marmo nero.

«Ci stanno guardando tutti…»

«E chi se ne frega! Torna a casa e trovati uno del borgo. Sai come saranno contenti i tuoi? Ora vai, Elisabetta… vai!»

Alex fa per piantarla lì, ma fa dietrofront. Elisabetta

sembra avere le scarpe incollate al lastricato come se il calore le avesse sciolto le suole.

«Ho detto *vai*, capito? *Vai!*» le grida Alex. «Che c'è, ti devo fare anche il biglietto?»

«I tabulati telefonici di uno che non si sa cosa c'entra, per una che non si sa che fine ha fatto? Co' 'sto cazzo che Sardella ti dà l'autorizzazione» gli aveva anticipato Mancini, e Sebastian non ci ha neanche provato.

«E io co' 'sto cazzo che ti mando a pedinare uno che non si sa cosa c'entra, per una che non si sa che fine ha fatto» gli ha ribadito. «Siamo a Roma...»

Il sottinteso era che a Bolzano la scomparsa di una Angelica Levantino sarebbe stata l'unico caso importante a cui dedicarsi per mesi.

«Piuttosto, mettiti a sfrucugliare gli account social della ragazza. Ormai è da lì che si parte. Abbiamo l'autorizzazione e le password. Qualcosa di interessante salta sempre fuori» ha concluso il suo diretto superiore, con il sottinteso aggiuntivo che gli invidiava il poter mettere il naso fra i messaggi privati di una giovane.

Tutto questo ha di fatto obbligato Sebastian a seguire il portaborse nel suo giorno libero, giusto per rispettare la parola data a Piera Drago.

Così ora Sebastian è davanti a una vetrina di borsette e nel riflesso osserva Alessandro Riccomanno attraversare in diagonale la hall di Termini. Anche se da lontano, l'ispettore ha assistito al litigio con la donna, unica notizia di rilievo della giornata del portaborse. Per il resto è entrato a Palazzo Madama alle dieci, è uscito alle dodici, ha mangiato un tramezzino in un bar su corso Vittorio Emanuele, ha accompagnato il senatore a Palazzo Giustiniani. Ha fatto compere in un piccolo supermercato di quartiere, si è fermato a un bancomat, è saltato sullo scooter per andare in stazione.

La sua fidanzata sbuca fra la folla della hall pochi secondi dopo, un elegante zaino di pelle grigio portato su una spalla. Procede a passo lento, il cellulare premuto sull'orecchio, guardandosi intorno smarrita. Cerca Riccomanno, ma l'uomo è già svanito nel viavai.

Sebastian non pensa che sia particolarmente bella, pensa solo che ha un viso sincero. E poi gli piace come porta le sneakers bianche con le strisce rosa un po' consunte, l'anonima maglietta blu e anche gli eccentrici orecchini a pagoda. Deve essere una che un po' segue la moda, ma un po' se ne frega.

La donna piantata in asso da Riccomanno si muove fra la gente con il cellulare sempre all'orecchio e il passo rassegnato della ritirata. Consapevolmente o meno, si sta avvicinando alle biglietterie automatiche. Sebastian potrebbe tornarsene a casa, cambiarsi, andare a correre a Villa Pamphili o a nuotare in piscina. In fondo non è in servizio, sta solo onorando la parola data. Invece evita di farsi domande e punta dritto anche lui verso le macchinette.

«Scusi… perché per andare a Pisa mi fanno cambiare a Firenze? Costa molto. E non si fa prima.»

«Infatti è meglio la linea tirrenica. Fra Firenze e Roma c'è sempre qualche casino.»

«Ho visto. Anche oggi. Povere pecore.»

«La vita è crudele» sospira lei, poi digita il codice del suo bancomat.

«Comunque grazie dell'aiuto.»

Lei sta per rispondere "di niente", ma lo zaino le scivola dalla spalla, lungo il braccio e poi a terra. Dalla cerniera aperta cadono un libro tascabile, una rivista, uno strano monile di legno, spiccioli di varie taglie. Sebastian si china a raccogliere questi ultimi, gli pare un gesto meno invadente.

«Che giornata di merda.»

«Capita.»

Lei si scusa, lo ringrazia, prende il biglietto e stavolta si assicura lo zaino a entrambe le spalle. Se ne va e non si accorge di aver lasciato la carta dentro il lettore che, pure, lampeggia di un giallo febbrile. È Sebastian a estrarla. Poi lascia che lei si allontani per migliorare l'effetto. Lascia che Elisabetta si renda conto che il suo treno, «contrariamente a quanto precedentemente annunciato», avrà un ritardo di ben venticinque minuti. Lascia che si trascini a passo stanco verso il bar più vicino. Solo a quel punto la raggiunge mentre si appoggia al banco.

«Questa è sua» fa Sebastian.

«Che testa» fa lei, tentando un sorriso imbarazzato. «Va di fretta?»

Ho tutto il tempo che vuoi, pensa Sebastian, però dice solo: «No».

«Io prendo un caffè. Lei?»

«Tedesco?»

«Austriaco. Di vicino Salisburgo. Mai stata?»

«No, solo a Vienna. Parli bene italiano.»

«Grazie. Sono qui a Roma per studiarlo. Quando posso vengo a fare i corsi.»

«Anche d'estate? Non si sta meglio dalle tue parti?»

«Una volta. Ora fa caldo da noi, anche. E allora, meglio Roma, no?»

Elisabetta lo scruta poco convinta. Scoprono di abitare tutti e due in provincia, tutti e due in campagna. E non solo: sono nati tutti e due in agosto. Lei leone, lui vergine. Lui nell'84, lei nell'86.

«Segni così diversi.»

«Però nel calendario stanno vicini.»

«Cosa vai a fare di bello a Pisa?»

«A trovare un mio amico che è in vacanza là. E tu? Eri a Roma per lavoro?»

Elisabetta guarda la tazzina, raschia lo zucchero residuo sul fondo, poi la allontana con un gesto di fastidio.

«Mi sa che devo andare al binario, se non hanno annunciato altro ritardo.»

«Scusami per la domanda. Era inopportante.»

Sebastian l'ha appena fatta sorridere, e il fatto che non capisca perché la diverte ancora di più.

«*Inopportuna*, volevi dire.»

«Sbaglio ancora.»

«Non c'è problema, figurati. Comunque sarebbe una storia lunga.»

E se il treno tardasse un'altra ora, forse gliela racconterebbe. O almeno così pensa Sebastian guardandola negli occhi proprio mentre lei fa lo stesso. Purtroppo il tabellone parla chiaro. Il treno per Firenze ha accumulato *solo* venticinque minuti di ritardo.

Il binario è dalla parte opposta della stazione.

«Ti secca se io ti accompagno?»

È un mercoledì, Alex esce dal Senato poco prima delle sei e si allunga verso il teatro occupato. Sono appena tre angoli di strada, e per Piera Drago è giornata di prove.

Non c'è un filo di vento, le fontanelle pisciano esili e dritte verso terra. Mentre ripone nella borsa del pc la cravatta appena slacciata, vede che fuori dal teatro hanno sistemato delle panchine di ferro lavorato e legno chiaro. E proprio lì fuori c'è un gruppetto ridanciano che fa risuonare bicchieri con cannucce colorate.

«Alex! Buonasera...»

Riconosce la voce di Piera prima di metterla a fuoco, mimetizzata com'è in un capannello di giovani eccentrici. Sandali blu con gli occhi, di quelli che si mettevano ai bambini negli anni Sessanta, pantaloni accartocciati sulle caviglie e sacchetti per il tabacco di artigianato andino. Giocolieri di strada con pretese esistenzialistiche, ricchi rampolli ben mimetizzati, artistoidi così incompresi da non capirsi neppure da soli. Non il tipo di gente con cui Alex ama confondersi.

Piera lo presenta a tutti solo per nome, e alla fine si ritrova seduto accanto a lei, con un bicchiere di birra in mano che nemmeno sa chi glielo abbia rifilato. L'attrice gli si avvicina.

«Mi porta qualche buona notizia da dare a questi ragazzi?»

Alex sussurra che il senatore presiede una commissione e ha qualche giorno di lavoro intenso, ma nel frattempo sta interessando le sue amicizie in prefettura, se non altro per rimandare lo sgombero.

«Se otteniamo un rinvio fino... diciamo alla metà di agosto, poi si possono guadagnare altri dieci giorni, come minimo.»

L'attrice lo ringrazia, ma come si fa con un figlio che s'è impegnato e ha portato a casa un voto appena sufficiente. Alex assicura che Garritano leggerà l'appello, poi domanda se la prima del *Riccardo III* slitterà in caso di rinvio dello sgombero.

«No» risponde lei, «andiamo in scena il 30 luglio. Se non ci sgomberano abbiamo almeno altri dieci giorni di tutto esaurito.»

La prevendita va molto bene, replicano tutti, e su un pc foderato di adesivi sbucciati gli fanno vedere vecchi filmati di Londra, inizio secolo scorso. Strade affollate di passanti che camminano veloci, a scatti. Il bianco e nero d'epoca è stato ricolorato, a tinte forti, quasi fluo. Una rossa filiforme dalle sopracciglia costellate di piercing gli spiega che la scenografia è minimal. Un maxischermo e dei bidoni.

«Bidoni» ripete Alex, e non gli riesce di sembrare convinto, neanche un po'.

«Esatto. Su ogni bidone a un certo punto verrà scritto il nome di una vittima di Riccardo. Prima Clarence, poi Hastings, poi i due ragazzini suoi nipoti, vedi, questi sono i bidoni più piccoli. Durante lo spettacolo vengono riempiti uno dopo l'altro di un liquido rosso.»

«Il sangue delle vittime?»

«Sì. Vogliamo fare riferimento al crimine odierno, capisci? Quello che avvelena l'ambiente con i rifiuti, e anche a quello mafioso che scioglie un essere umano fino a ridurlo a qualche litro di liquido rossastro.»

«Di grande impatto» ammette Alex, «veramente.»

Un tipo, che sarà appena maggiorenne e si pettina con un ventilatore dietro le spalle, avverte che fra mezz'ora arriverà la troupe di un tg. In tre anni di occupazione non si erano mai visti, aggiunge il vecchio amico di Piera e suo fidato tecnico delle luci.

«Tutto questo grazie a Piera» dice la rossa.

«No, grazie a Riccardo» ribatte l'attrice.

Alex tira giù un paio di sorsi.

«Almeno da morto questo malvagio aiuta una giusta causa. Dovremo riabilitarlo.»

«Non ne ha bisogno, Riccardo III lo amiamo così, da cinquecento anni, Alex» continua lei. «E sai perché? Perché durante tutta la tragedia Riccardo parla con noi. Ci confessa i suoi crimini e ci anticipa tutti i suoi piani. Non ci nasconde niente e noi, invece di alzarci e andarcene, rimaniamo lì.»

«Vuol dire che siamo suoi complici, ho capito. Questo lo rende meno colpevole?»

«No, ma... vedi, spietati in silenzio lo possiamo essere tutti. È facile. Rivendicarlo è un'impresa titanica. Ci vuole coraggio. Un coraggio gigantesco, e Riccardo ce l'ha.»

Alex è convinto di sentire Piera chiedergli se lui questo coraggio ce l'ha. Lì, davanti a tutti. Si rende conto di averlo solo immaginato, ma nella sua testa l'ha udita nitidamente.

La rossa dice che stiamo con Riccardo III perché è un *underdog*, Piera lo traduce in modo naïf come "sottocane", ridono tutti, ma tutti convengono che il neologismo rende l'idea. Lo sfigato che non potrebbe aspirare al trono, uno destinato a rimanere nelle seconde file.

«Lui stesso dice che anche i cani gli abbaiano dietro quando passa per strada» aggiunge Piera. «Uno così... che diventa re d'Inghilterra. Chi non vorrebbe essere il *sottocane* che diventa re?»

«Tutti lo vorremmo, è vero, tutti» considera con amarezza Alex. E mentre sente l'ultimo sorso di birra bruciargli nello stomaco, si scambia con Piera un'occhiata più lunga del normale. Basterebbe confessare i propri misfatti per diventare re? No, non crede. E allora chiede quale sia il segreto di un individuo deforme destinato a rimanere nelle seconde file.

Secondo il tipo appena maggiorenne Riccardo di York è furbo, secondo il tecnico delle luci non possiede una coscienza. Tutti però aspettano l'opinione di Piera.

«Leggendo e rileggendo, mi sono convinta che il vero segreto di Riccardo III è la guerra. La guerra che ci portiamo dentro tutti... il nostro bisogno di avere un nemico. È una storia che si ripete senza fine... troviamo qualcuno che ci indica un nemico e gli crediamo. Subito. Riccardo è un uomo di guerra e, se la guerra finisce, a ognuno lui trova il nemico perfetto. Così gli altri si eliminano a vicenda, lavorando per lui.»

«"Ho tramato complotti d'ogni genere, ho iniettato negli animi il veleno"...» fa la rossa, che gli pare la secchiona del gruppo.

«"... con profezie, calunnie, fantasie... per seminar mortale inimicizia"» conclude Piera. E anche stavolta, con uno sguardo dolente e puntuto, gli sembra che l'attrice indugi su di lui più del necessario.

È la donna che parla di più, mentre l'uomo pare sforzarsi di tacere. Per il resto sono concordi e increduli: Angelica non aveva motivi per allontanarsi così, senza avvisare nessuno. La loro idea, seppure evocata in modo allusivo, rimane il rapimento. E il cellulare disattivato è l'architrave di questa idea.

La notizia, per la conduttrice che li intervista, è che quindi in Italia potremmo essere di fronte a una nuova stagione di sequestri di persona. A opera di gruppi criminali non ancora identificati.

Alex guarda la trasmissione seduto per terra, il portatile sulle gambe incrociate. È tentato di chiuderlo, perché gli sembra di spiare due illusi, ignari del dolore senza fine che li aspetta. Quando quella ragazza si chiamava semplicemente Chiara era più facile raccontare a se stesso la propria versione dell'incidente. Ora che due genitori parlano di Angelica Levantino come se fosse ancora viva, Alex vorrebbe chiamare in trasmissione e dir loro di smetterla, di non vendere pubblicamente la loro speranza, di non farsi mortificare in modo inutile.

La loro Angelica non esiste più. E Alex muore dalla voglia di dirlo. A qualcuno.

«Angelica è una ragazza a posto, non aveva amicizie strane» interviene a un certo punto il padre, forse a prevenire una domanda umiliante. La conduttrice però la prende come una sfida.

«Angelica attualmente non ha un compagno, avete detto, ma nel passato di vostra figlia ci potrebbe essere...»

«Cosa?»

«Un ex che non ha accettato la fine di una relazione.»

È la madre a negare per prima, subito.

«Non si è mai fatta mettere i piedi in testa, mai. Alla prima telefonata strana sarebbe andata a denunciare.»

«E sul lavoro? Che progetti ha vostra figlia per il futuro?»

«Non ha più un futuro» si ritrova a rispondere Alex, sottovoce, «non ce l'ha.»

In trasmissione invece risponde il padre, rimanendo sul vago. Angelica ha in programma diversi colloqui, dice, per lavorare in sede europea, a Bruxelles e a Strasburgo.

«E allora perché è venuta a letto con me con un nome falso? Spiegamelo, coglione!»

Alex chiude il pc, se lo toglie dalle gambe, barcolla fino al frigo. Si apre una birra.

La signora di sopra ha la tv al massimo, sullo stesso programma. È sera e qualcuno là fuori ritira il bucato dai fili fischiettando. Alex accende il ventilatore, beve d'un fiato metà lattina, la birra gli gocciola sul petto mischiandosi al sudore.

Il cellulare silenzioso torna a illuminarsi a intervalli regolari. Dalla mattina fanno undici chiamate di Elisabetta. Cinque messaggi, di cui tre vocali di qualche minuto l'uno. Alex non ha ascoltato nemmeno quelli.

Quando però vede il numero di Giada, afferra subito il telefonino e quasi ci urla dentro.

«Cosa c'è? Perché mi chiami?»

«Non puoi sapere...» frigna lei.

«Cosa?»

«Non puoi sapere la paura.»

«Ma di cosa?»

«I suoi genitori stanno in tv, hai visto?»

Alex ci pensa su un attimo e le risponde di no, non ha visto, e comunque non importa.

«Sta diventando un macello.»

«Appunto. Devi andare a raccontare quello che ho detto» scandisce Alex, in maniera ostentata, come se parlasse a beneficio di un uditore misterioso che origlia. «Lo devi fare, perché non c'è un'altra scelta, non c'è. Ne abbiamo già parlato.»

«Stanotte non ho chiuso occhio.»

«Nessuno dorme con questo caldo. Esci, fatti una

passeggiata, prenditi due gocce e domani vai dove devi andare. Siamo intesi?»

«Il padre sembra sapere che non la rivedrà più. La madre invece ci crede ancora» dice Piera.

Assieme a Dolores hanno deciso per uno spuntino serale in terrazza, portandosi dietro un piccolo televisore che farebbe la felicità di qualsiasi negozio di modernariato.

Dolores sapeva che una delle sue trasmissioni preferite avrebbe parlato di Angelica.

La signora Levantino si produce in un appello alla figlia, le si rivolge direttamente ma non guarda in camera, non è avvezza agli studi televisivi. Rimane a occhi bassi e la sua risulta al massimo una preghiera strozzata dal pudore. Si inceppa due volte, poi si interrompe. Il marito le prende una mano, la conduttrice l'altra.

«E lei invece, cosa pensa che sia successo a questa ragazza?»

La domanda di Dolores rimane in aria, come una bolla di sapone invisibile che Piera decide di bucare dopo qualche secondo di silenzio.

«Penso sempre che la polizia dovrebbe ispezionare il pozzo. E penso che lo farà.»

«Ha riparlato con l'ispettore, o mi sbaglio?»

Piera si professa innocente alzando le mani.

«Sono loro i professionisti delle indagini, l'hai detto tu.»

«E il portaborse del senatore? Si è fatto più vivo?»

Piera prende il vino dalla glacette e ne versa prima a Dolores.

«Dice che farà leggere al senatore il nostro appello.»

«Un bel diversivo, per uno che si occupa di allevamenti di orate» la pizzica Dolores, poi solleva il calice con due dita e le ricorda che, finita la missione di salvare il teatro occupato, devono esaminare le proposte di Torino e di Firenze.

«Sia chiaro, io non mi metto alla regia per lasciare Riccardo III a qualche bellone della tv, e per due motivi. Uno, che Riccardo III era brutto. Almeno quello di Shakespeare.»

«Due?»

«Due, che se non lo ammazzo prima io durante le prove, sarà il personaggio di Riccardo III a fare a pezzi il belloccio sul palco, battuta dopo battuta. E non sarà uno spettacolo edificante. In tutti i sensi.»

Dolores finalmente beve, poi riprende il ventaglio e la guarda seria.

«Vediamo come vanno queste prime rappresentazioni e poi...»

«E poi niente... anche trent'anni fa mi hanno detto che con i miei polmoni non avrei più messo piede su un palco.»

«Sì, ma ora...»

«Ora ho trent'anni più di trent'anni fa, lo so. Ma è con trent'anni di esperienza che finalmente mi sento di fare Riccardo III. Prima non potevo.»

«È un'ossessione, Piera.»

C'è ancora un po' di luce, Venere brilla solitaria e nella penombra celeste si potrebbero ancora contare le tegole dei tetti.

«Esatto» le risponde, poi un lievissimo sibilo la avverte che non può più rimandare. È costretta a cercare l'inalatore fra le ombre ondeggianti che le candele disegnano sulla tavola. Lo stappa, insuffla un paio di boccate. «È un'ossessione.»

Angelica: "A che ora parti?".
Luigi: "Appena finisce questa cazzo di riunione".
Angelica: "Solito albergo?".
Luigi: "Stessa stanza. Vista mare. La nostra, ormai".
Angelica: "Cena in camera".
Luigi: "Come vuoi. Champagne?".

Sebastian chiude la schermata come se si allontanasse dal buco di una serratura. Per diversi mesi Angelica Levantino ha frequentato un uomo d'affari del Canton Ticino con cui si incontrava preferibilmente in Liguria, a Monterosso, a San Fruttuoso o a Camogli. Solo relais a cinque stelle. Poi l'uomo, sposato e con tre figlie femmine, si è trasferito ad Amsterdam e la storia è finita. La ragazza ha poi avuto qualche altro incontro occasionale: uno studente americano rientrato a Philadelphia un mese fa, un giovane pianista classico che da due settimane è in tournée fra Uruguay, Argentina e Cile.

Sebastian si sente un guardone. Anzi, di più. Gli sembra di entrare in casa d'altri e frugare fra la biancheria, le lettere d'amore e le vecchie foto.

L'uomo d'affari spediva per corriere ad Angelica la lingerie da indossare ai loro incontri. Il pianista classico le confessava senza problemi di frequentare anche uomini e le proponeva un trio – sempre da camera, ma non musicale – ipotesi da cui Angelica sembrava intrigata, ma a una condizione: "niente cose fra voi maschi". Dai messaggi seguenti Sebastian direbbe che l'offerta non ha avuto seguito.

Niente di utile alle indagini. Nessuno di questi uomini era a Roma – anzi, neppure in Italia – nei giorni in cui Angelica è scomparsa. Nessuno di loro le ha telefonato o mandato messaggi nelle ultime due settimane.

Sebastian guarda il ventilatore. Ha l'impressione che anche le pale siano esauste e si mettano a girare solo quando lui solleva lo sguardo.

La verità è che oggi i nostri segreti sono ovunque. In un server nel gelo islandese o in un paradiso fiscale dei tropici. Sono nel *cloud*, in questa nuvola globale di informazioni invisibili che incombe sull'intero pianeta. Proprio come una nuvola, può condensare all'improvviso e far piovere date, nomi, immagini che raccontano ogni singolo giorno della nostra vita.

E la pioggia, quella vera? Magari. Roma ne avrebbe bisogno come un corpo ha bisogno di una doccia. Sebastian va alla finestra con le mani sui fianchi. Neanche s'era accorto di avere la maglietta fradicia. Nel cielo della mattinata pallida ora non ci sono nuvole, solo vapore. Sebastian guarda gli alberi imponenti della strada e pensa che a Roma gli alberi sembrano obbligati a crescere in modo monumentale per non sfigurare.

Controlla il telefonino. Da quando ha incontrato Elisabetta lo fa spesso, rispetto ai suoi standard abituali. Da quando ha incontrato Elisabetta non pensa che ogni nuovo messaggio possa essere solo una rogna di lavoro.

Infatti nel messaggio appena arrivato Elisabetta dice che tornerà a Roma fra un paio di giorni. Sebastian risponde con una faccina sorridente, ma non chiede perché. Azzarda che potrebbero prendersi un altro caffè. "Magari non alla stazione" aggiunge.

"Magari anche un aperitivo" rilancia Elisabetta.

Teme di rispondere troppo di slancio sulle ali della contentezza, ma fa almeno in tempo a inviarle un "ok!" e un altro paio di faccine ancora più sorridenti. Quando bussano alla porta del suo ufficio, Sebastian ripone subito il cellulare in tasca, ma l'occhiolino del collega gli dice che lo ha sgamato: si stava facendo i fatti suoi sul lavoro, finalmente "il tedesco" sta diventando un po' come loro.

«C'è una tipa che vuol parlare con te.»

«Di cosa?»

«Della ragazza scomparsa, la faccenda che stai seguendo tu.»

«Della Levantino? E chi è?»

«E che ne so. Mi sembra una sgallettata, ma ha chiesto proprio di te. Giada, si chiama.»

Il giorno dopo Piera rientra dalla passeggiata mattutina poco prima delle nove e trova Donato che pencola sulla porta del suo locale. In genere le illustra i piatti del giorno per sapere se a pranzo le deve "mandare su qualcosa". Invece stamani aspetta che sia abbastanza vicina da non farsi sentire da nessun altro e le dice: «È tornato lo sbirro».

«Grossmeier?» domanda Piera.

«Quello di Bolzano, sì.»

«Ci sono novità?»

Donato scende dallo scalino, tornando alto poco più di lei.

«Mi ha fatto vedere la foto di uno… che mi sembra quello del secondo piano.»

«Rodolfo?»

«Sì… quello con il cognome strano.»

«Serristori.»

«Ecco, mi ha chiesto se era lui, l'uomo che ha cenato qui la settimana scorsa con la ragazza scomparsa.»

A Piera vengono in mente una decina di domande. Gliene fa solo una.

«E tu che gli hai detto?»

«Quello è *de coccio*, ma io sono di granito: non me la ricordo, la faccia di quel tizio.»

«Ma se fosse stato Serristori, te lo ricorderesti.»

Donato sbuffa. Se c'è una cosa che detesta più del dare una mano agli sbirri è avere noie con gli sbirri, Piera lo sa bene.

«Quello del secondo piano non lo conosco come conosco lei, Piera. Qui a cena non viene mai.»

«A maggior ragione. Se fosse stato lui, la stranezza ti sarebbe rimasta impressa.»

«Stiamo preparando una zuppa di scarola, ceci e pecorino» rilancia lui, tornando al tono di voce entusiasta del venditore. «È buonissima anche tiepida.»

«Due porzioni per pranzo» risponde Piera, poi si avvia svelta verso il portone.

Questa è la casa di un pazzo. L'occhio di luce pallida del cellulare vaga per l'appartamento in penombra. Sebastian avverte un odore strano, un misto di mordente per legno, muffa, cuoio vecchio e lavanda.

È una casa grande, labirintica, piena di oggetti. Oggetti che Sebastian stenta a capire a cosa servano. Ammennicoli sinistri. Gorgonie che sembrano alberi di carta velina in miniatura, coltelli turchi con i manici d'osso ingiallito, una cocorita imbalsamata e poi libri, libri vecchi su argomenti che ormai non dovrebbero più interessare nessuno. Guerre dimenticate, trattati scientifici superati, popoli scomparsi. Una parete intera è occupata da antiche mappe del globo dove i continenti hanno forme approssimative che anche lui avrebbe potuto disegnare alle scuole medie. Lo interessa di più l'armadietto a vetri che ospita una collezione di microtelecamere a pellicola, perché osservandole si chiede come facessero a riprendere qualcuno con quegli aggeggi senza che se ne accorgesse.

Oltre una porta istoriata, dagli stucchevoli riccioli dorati, c'è un salottino quasi museale. Le coppe fatte con le noci di cocco hanno un certo fascino esotico, la conchiglia di nautilus anche, un po' meno la lunga zanna di elefante cesellata con disegni floreali. Sebastian associa l'avorio ai cacciatori di frodo. E l'unico uomo a cui Sebastian ha sparato è un bracconiere che sta ancora scontando quattro anni e mezzo di pena per aver tentato di ucciderlo a fucilate. Anche su qualche resto di vasellame, romano o forse etrusco, Sebastian avrebbe più di una domanda da fare al padrone di casa.

La grande composizione di ali di farfalle è un caleidoscopio coloratissimo, ma gli evoca una crudeltà paziente e puntigliosa. E quanto alla cintura di castità di ferro scuro appena corrosa dalla ruggine, ecco, lui non la esporrebbe in bella vista in una bacheca, meno che mai accanto a una statuetta, sicuramente indiana, di una divinità femminile a gambe spalancate.

Ma è quando vede il teschio grigio sormontato dai rami di corallo che Sebastian rischia di inciampare in un grande tappeto – sicuramente persiano – e decide di uscire. Non avrebbe dovuto entrare di sua iniziativa nella casa dell'uomo che, secondo Giada, era a cena con Angelica Levantino poche ore prima che della ragazza si perdesse ogni traccia.

Rodolfo Serristori ha preso un aereo per Bangkok lunedì scorso, quando di Angelica non avevano ancora parlato neanche i primi siti internet di cronaca di Roma. Secondo le informazioni che ha recuperato Sebastian, l'ex scapolo d'oro della capitale (così lo definivano i giornali di trent'anni fa) dovrebbe rientrare in Italia fra un paio di giorni.

Il biglietto risulta prenotato una settimana prima della partenza. Non un last minute, ma neppure un viaggio programmato da tempo. Sebastian brancola nella penombra e nell'incertezza. Mentre torna verso la porta cercando di non urtare le statuine, gli sgabelli, i vasi e pure le lampade che calano dal soffitto ad altezza uomo, gli pare sempre più chiaro che Giada non ha ancora raccontato la verità.

Non l'aveva raccontata nel primo colloquio, quando era stato evidente che conoscesse il volto di Angelica Levantino ma non volesse dirlo. Ma non l'ha raccontata nemmeno ieri, quando si è presentata da lui perché, pensa un po', di colpo si ricordava non solo di aver visto la ragazza, ma di aver anche riconosciuto nell'uomo a cena con lei Rodolfo Serristori.

Forse è andato dietro alle stupidaggini di una mezza mitomane.

Prima di uscire, Sebastian controlla il pianerottolo dallo spioncino. Meglio non lasciare testimoni di un'intrusione irregolare e per giunta infruttuosa.

È già appoggiato alla maniglia quando vede l'attrice del quarto piano spuntare dalla rampa in basso. Anche lei, probabilmente, ha creduto di vedere chissà cosa. Sebastian pensa che sia addirittura meglio evitare un'inutile discesa nel pozzo, tutta quanta la fanfara e la conseguente, nonché cosmica, figura di merda che ne deriverebbe.

Forse Angelica Levantino s'è dileguata per un po', forse aveva problemi che i genitori si vergognano a raccontare. D'improvviso, nascosto nella penombra di casa Serristori in attesa che Piera Drago salga almeno una rampa, gli sembra una possibilità solida e rassicurante da abbracciare il prima possibile.

Gli sembra, sì. Almeno fino a quando, nascosta nella penombra di casa Serristori, nota accanto all'ombrelliera una plastica così lucida da riflettere anche la pochissima luce del grande appartamento addormentato in assenza del proprietario. Un baluginio fucsia che stona in mezzo alla sobria stravaganza del resto della casa.

Sebastian sposta l'attaccapanni, sposta anche la falda di un impermeabile e gli appare un piccolo trolley fucsia.

Si abbassa per guardare la targhetta, accende la torcia del cellulare e legge il nome di Angelica Levantino.

8

Il vice questore De Vittorio è assai più simpatico di Grossmeier. E non perché le ha portato un paio di vecchie locandine da autografare. È che un poliziotto pacato e ridanciano, in grado di sostenere una conversazione partendo da Joyce per arrivare a ceci, scarola e pecorino attraversando le principali minacce del riscaldamento globale, Piera non se lo aspettava proprio.

Grossmeier intanto morde il freno, impaziente. Si inserisce solo per citare un ghiacciaio famoso, dal nome impronunciabile, che deve essere comunque vicino a dove è nato lui e che è ridotto a qualche chiazza bianca grande come un campo da tennis.

Piera dà un taglio ai convenevoli annunciando che divideranno in quattro la zuppa di Donato. Prima che i due poliziotti abbiano espresso un parere, Piera ha già preso le scodelle e Dolores le posate.

«Siamo gente frugale» precisa, e De Vittorio è il primo a mettersi a sedere, con la sedia di sbieco come chi va di fretta. Piera si sorprende a notare che, anche con questo caldo, sotto la camicia a mezze maniche porta una canottiera. Lo faceva anche suo padre, per evitare gli aloni umidi sulla camicia.

«Siete venuti ad aggiornarmi su Alessandro Riccomanno?» va dritta Piera, chiamando in causa Grossmeier. Invece le risponde De Vittorio.

«Signora Drago, noi siamo tenuti ad aggiornare solo il magistrato.»

Grossmeier sorride e brandisce il cucchiaio come un'arma per affrontare la battaglia con la zuppa.

«Dunque?»

È la versione appena più educata di "e allora cosa siete venuti a fare?". De Vittorio si prende il tempo di assaggiare la zuppa, poi le chiede di approfondire quello che ha raccontato al suo collega qualche giorno fa.

«A che ora ha incontrato il dottor Serristori davanti al B&B del primo piano?»

Piera ricorda solo l'orologio del taxi, c'erano due zeri e un quindici. Sommando il tempo per il siparietto del prode Donato che-risolve-problemi-spostando-cassonetti, arriva a ipotizzare intorno a mezzanotte e mezza. Poi chiede come mai sia così importante.

«In che stato era?»

«Impeccabile, devo dire. Vestaglia da camera verde.»

De Vittorio ci ride su, a differenza del giovane Grossmeier.

«Era infastidito? Arrabbiato?»

«Guardi, dall'ultima volta che Serristori si è arrabbiato è morto un papa e un altro ha dato le dimissioni.»

«Allora era calmo. E ha bussato. Poi?»

«Poi è tornato in casa.»

«Mi perdoni, ma come fa a sostenerlo? All'ispettore Grossmeier ha detto di essere salita nel suo appartamento.»

«Così mi ha detto Rodolfo.»

«Quindi è solo quanto le ha riferito Serristori.»

«Sì. Ma ho anche sentito che hanno abbassato la musica.»

Nell'improvviso stallo della conversazione, Piera nota Dolores guardare altrove per farle capire che, se non avessero davanti due poliziotti, la fisserebbe con insistenza. La conosce bene, ma non comprende come mai il suo fedele braccio destro sia irritata. Vorrebbe che Piera confidasse ai poliziotti la sua ipotesi su Angelica Levantino ospite al B&B? Oppure le sta dicendo di starsene zitta e non mettersi a giocare all'investigatrice davanti agli investigatori veri? La domanda di Grossmeier non le lascia il tempo di decidere.

«Che corporatura aveva la persona che ha visto rovesciare quel grosso sacco nel pozzo?»

Piera non saprebbe proprio, era solo un'ombra vista dal quarto piano.

«Comunque un uomo...» conclude Grossmeier.

Piera lascia che il silenzio attiri l'attenzione verso di lei.

«Non sarebbe capace di trasportare un corpo giù dalle scale, e ancora meno di aprire quel pozzo.»

«Chi?»

«Ma Serristori, no? State pensando a lui. E diciamolo! Ma non ha senso, non può aver fatto niente del genere. La grata del pozzo è pesantissima, di ferro. L'altro giorno per sollevarla c'è voluto Donato.»

Grossmeier alza tutte e due le sopracciglia. Un doppio punto esclamativo muto.

«Voi siete entrati nel Palazzo?»

Dolores tossisce, costernata. De Vittorio la mette meglio a fuoco da dietro le lenti tonde.

«Signora Drago, è un edificio non agibile, pericolante, chiuso al pubblico e oggetto anche di un contenzioso.»

Il vice questore è uno di quegli uomini che tanto più abbassa il tono di voce, tanto più comunica di essere alterato.

«Dobbiamo scrivere un verbale» annuncia Grossmeier, fra il serio e lo scocciato.

De Vittorio gli mette una mano sulla spalla, ma il giovane non ne vuol sapere.

«Lascia perdere» gli intima, piccato, poi chiede a Piera perché hanno deciso di entrare.

«Dovevamo aspettare che sedici enti si passassero un foglio da una scrivania a un'altra?»

«E da dove siete entrati, scusate?»

«Da questo palazzo, siamo confinanti. C'è un passaggio, giù, accanto all'ascensore. Sono pochi metri. C'è solo un cancello, era aperto, segno che qualcuno ci era passato di recente.»

Grossmeier vuol sapere chi è al corrente dell'esistenza di questo passaggio.

«Be', noi inquilini.»

«Quindi lei, il signor Donato Raimondi, l'amministratore, la ragazza del B&B, quelli del Centro Esperia...»

Grossmeier ha distanziato le dita della mano una a una. Poi alza il pollice dell'altra aspettando che a pronunciare l'ultimo nome sia Piera.

«... e Serristori» deve concludere lei.

Con il senatore di fresca nomina, Garritano ha parlato tenendolo a braccetto. Alex lo sa, la vecchia volpe fa così quando ti vuol dare del coglione in tutta confidenza. Al pacato ecologista di lungo corso invece ha fatto l'occhiolino: da quanto tempo era che non si trovavano d'accordo su una questione?

Finito il dibattito in commissione ha avuto un gesto, una battuta, una stretta di mano per tutti. Persino per Altamura, il senatore irredentista alto un metro e sessantadue che ogni Natale lo fa bersaglio dei suoi saggi esoterici, tomi di settecento pagine che probabilmente costituiscono l'unica fonte di sostentamento di un vecchio tipografo del suo collegio elettorale.

Altamura quel giorno è molto in forma ed è in vena di tempi supplementari.

«Le smanie ambientaliste... trastulli da comunisti che vanno in barca a vela la domenica, caro presidente... personalmente preferisco schierarmi con il popolo dei pescatori italiani che si alza tutte le mattine alle cinque per salpare sui pescherecci» lo ammonisce stentoreo, in modo che chi sta intorno intenda. Garritano sembra voler venir via senza replicare, poi invece risponde amabile, con una pacca sulle spalle.

«Bravo. E magari vacci anche tu, una volta, su un bel peschereccio alle cinque di mattina. Così scopri che sette su dieci sono marocchini, bello mio. Saluti a casa.»

Alex aspetta di uscire in cortile per chiedere al senatore se è proprio convinto di votare contro questa ormai famosa modifica alla legge sulle vongole.

«Sono convinto, ma non sono contento. Preferivo tirarla per le lunghe e arrivare alle vacanze.»

«Senatore, in fondo si tratta di cinque millimetri...»

Garritano prende Alex sottobraccio, si incurva un po', si gratta un baffo. Ecco, sta per dargli confidenzialmente del coglione.

«Alex, io quei pescatori li sto salvando. Se fossero intelligenti, mi ringrazierebbero. Ma se fossero intelligenti, non farebbero quel lavoro di merda.»

«Vabbè, e quelli che le vongole le allevano? Se la legge abbassa la circonferenza minima di cinque millimetri, anche loro le mettono in commercio prima e si salvano dalla crisi. Questo dicono, no?»

«Questo dicono. E infatti non hanno capito un cazzo.»

Garritano si fruga nelle tasche, poi apre le dita. Sul palmo carnoso inciso da linee profonde come tagli appaiono le conchiglie di due vongole. Alex guarda e non dice niente, gli sembrano molto simili. Una è più scura, l'altra è quasi bianca e striata di grigio.

«La circonferenza è uguale. Due centimetri e un millimetro» fa Garritano. E poi spiega che quella più chiara è una specie allevata solo in Indocina. Il guscio non raggiunge mai i due centimetri e mezzo, ma l'animella all'interno è più grande. Se la legge passa, ce ne sono almeno duecento tonnellate al giorno pronte ad arrivare in Italia. A un prezzo stracciato.

«E a quel punto digli ad Altamura che i suoi cari pescatori possono dormire tranquilli… pure fino a mezzogiorno.»

Il senatore sogghigna, scuote la testa, poi gli prende le mani. Gli gira i palmi verso l'alto e gli appoggia una conchiglia nel sinistro, l'altra nel destro.

«Senti qual è l'unica differenza vera…»

«Il peso del guscio?»

«Appunto. Quella indocinese, d'allevamento, pesa di più. Ora… il guscio mica lo mangi, no? Però lo paghi, bello mio» conclude Garritano, lasciandolo in mezzo all'ingresso del Senato, con due vongole in mano. «Costano meno, ma pesano di più… alla fine sono pure una fregatura.»

Hanno aspettato l'ora dell'appuntamento con Giada correggendo la relazione conclusiva nell'attico del senatore. Il pomeriggio sembrava eterno, poi il velo lattiginoso di afa si è sfilacciato, le fronde degli alberi hanno iniziato a mormorare. L'annuncio del ponentino e della sera.

Quando il citofono gracchia, Alex si rende conto di avere ancora una domanda in sospeso.

«Ma perché allora non lo ha mai detto esplicitamente in commissione?»

«Cosa?»

«Delle vongole indocinesi.»

«Perché ci ho messo un po' a capirlo. Tutti quei ristoranti… cosa credevi, mica lavoro per la guida Michelin. Ma ora, visto che tu non mi hai trovato il cavillo per rimandare tutto alla nuova legislatura…»

«Non scarichi la colpa su di me, senatore. Non c'era.»

Alex chiude il portatile, indispettito. Garritano si alza con uno scatto di insospettato vigore e lo squadra con paterna comprensione.

«Mi toccherà fare l'eroe, anche perché ho paura che il mio voto sarà quello decisivo.»

Alex si mette sottobraccio il pc e lo segue nel corridoio. Il portiere annuncia che c'è una certa signorina Giada Carbone, se la può far salire.

«Certo» bofonchia Garritano. Apre la porta e manda un sospiro quasi sconsolato.

«Sta facendo la cosa giusta, senatore. Di cosa ha paura?»

«Mi stupisco di te, Alex. Possibile che in tanti anni non hai imparato la cosa più importante?»

«Non la seguo.»

«In questo Paese quelli che fanno la cosa giusta… fanno quasi sempre anche una brutta fine.»

Prima di aprire il trolley hanno dovuto aspettare che quelli della Scientifica finissero con la ricerca delle impronte digitali. Poi Sebastian e De Vittorio hanno osservato i colleghi estrarre il contenuto un pezzo alla volta.

Una pochette nera, la trousse con una Marilyn *à la* Warhol, un thriller americano cartonato, un portagioie, una cartella verde acquamarina piena di dispense di studio. Sulle superfici lisce e regolari stendono una bella passata di ninidrina spray. Sui tessuti non funziona, cercheranno casomai tracce organiche con più calma, in laboratorio.

A occhio nudo sul vestito bluette non si notano macchie evidenti. È stato ripiegato con cura. La camicetta candida sembra non ancora indossata. Le scarpe argentate invece hanno un tacco robusto, e lì almeno il ramificarsi violaceo di un'impronta si disegna, lentamente.

«Parziale?» chiede De Vittorio.

«No, mi pare ci sia tutta. Se devo scommettere, dico un indice.»

«Grandi.»

Un twin set, un paio di jeans di foggia vintage e un altro consumo, con qualche strappo artificiale nel tessuto. Roba di marca, sempre a occhio nudo. Poi arriva il reggiseno con le spalline trasparenti e poi anche quello nero, di pizzo, coordinato con degli slip a cui De Vittorio dedica una stilla di elegante cinismo.

«Minimal style, direi.»

Sebastian si allontana infastidito. Infastidito con se stesso come davanti ai messaggi privati di Angelica Levantino in chat. Si sposta nel salottino pieno di oggetti esotici e De Vittorio lo segue.

«Non dirmi che la lingerie ti turba.»

Sebastian risponde con un'alzata di spalle e guarda fuori attraverso gli spiragli della persiana. Non hanno aperto le finestre, stanno cercando di essere molto discreti, e non è facile.

«Lo sai. Per capire cosa è successo, delle volte dobbiamo frugare fra la biancheria della gente.»

Sebastian lo sa, annuisce, si ficca le mani in tasca.

«E se è usata è anche meglio, per le indagini» borbotta De Vittorio.

Sebastian illumina il salottino con il suo cellulare, perché toccando un interruttore potrebbe cancellare un'impronta digitale. Illumina le coppe ricavate dalle noci di cocco, la conchiglia di nautilus e la lunga zanna di elefante cesellata. Poi i cocci di vasellame, romano o forse etrusco, il caleidoscopio di ali di farfalla, la cintura di castità di ferro scuro e anche la statuetta della dea a gambe spalancate. Gran finale, il teschio grigio sormontato dai rami di corallo.

De Vittorio rimane a bocca aperta, muto, si passa una mano sulla pelata rotonda.

«*Eine Wunderkammer!*» esclama poi, sfoggiando un'ottima pronuncia.

"Scusa, ma non ho voglia di parlarti" scrive Alex a Elisabetta. Gli amici e i parenti del borgo si staranno tutti domandando cosa gli sia preso. Quando si renderanno conto che non è una crisi passeggera, qualcuno lo chiamerà. Dopo tanti anni assieme, una coppia affiatata, una ragazza così in gamba e discorsi simili.

Ma ora Alex ha altre priorità. Si passa la borsa con il pc da una spalla all'altra, finge di interessarsi ai lavori in corso nella strada. Sono stati interrotti magari perché a Roma ti metti a posare una tubatura e ti ritrovi in una casa patrizia o in una bottega medievale. I sampietrini sono accatastati in una piccola piramide, la strada è squarciata per una decina di metri e lo scavo è profondo.

In realtà Alex osserva l'entrata del condominio accanto al Palazzo del Governo. Il giovane pakistano tuttofare di Serristori è arrivato di corsa pochi minuti fa. Grossmeier è appena sceso e poi risalito assieme a un uomo che ha l'aspetto pacioso di un cattedratico ed è capace di starsene in giacca e camicia nonostante la calura tropicale.

Le dichiarazioni di Giada hanno sortito il loro effetto e il trolley avrà fatto il resto, pensa Alex. Prova un'euforia segreta, uno strano benessere che può condividere solo con se stesso, tanto che non si accorge subito del telefono che gli vibra in tasca.

È proprio Giada, deve aver concluso il colloquio con il senatore. Le risponde senza perdere di vista Grossmeier e l'altro.

«Com'è andata?»

La risposta sono un paio di singhiozzi, un respiro pesante.

«Giada?»

«Ma non puoi sapere, guarda» mugugna. Poi tira su con il naso.

«Che succede?»

«Neanche dieci minuti ha aspettato. Cioè, ma ti pare? E mettiti comoda, e come sei carina, così acqua e sapone, e quanti anni hai e cosa sai fare... e m'ha messo una mano fra le cosce.»

Alex cerca inutilmente di interrompere la sequela di "schifoso, vecchio maiale, viscido, fuori di testa".

«Oh, gli hai detto che sono, tipo, una zoccola?»

«Ma ti pare?»

«E poi, anche se fossi... vado con un vecchio come lui? Ma ti prego! Mi piglio uno che mi mantiene a vita, minimo! Non solo zoccola, pure sfigata all'ultimo stadio. È così che gli hai detto a quel bavoso?»

Alex ci prova, a negare. Gli esce solo qualche mormorio, subito travolto dalla voce di lei.

«Sì invece, perché mica ha abbozzato! E no! Mi s'è avvinghiato, m'ha inseguito fino alla porta, non mi voleva aprire. Stava tutto ingrifato, non puoi capire che impressione, guarda. Se non mi mettevo a urlare mica mi mollava.»

Alex aveva preso tutte le precauzioni del caso, il senatore lo aveva rassicurato.

«Andatevene a fare in culo, tutti e due, tu e quel maiale!» strepita Giada, e stacca prima che lui possa aggiungere una sola sillaba.

Il vice questore si è come perso fra i salotti di casa Serristori. Tocca a Sebastian andare a recuperarlo, quasi a ricordargli che sono lì per lavorare e che fra poco piomberà l'avvocato di Serristori caricato a pallettoni.

«Le sembra normale uno che vive in una casa così?» gli chiede.

«Usi ancora la parola "normale". Si vede che sei nuovo nella Squadra Mobile» gli risponde De Vittorio, che invece si aggira per la casa come un bambino in un luna park. Conosce i nomi di quasi tutti gli oggetti, e di molti anche la provenienza geografica.

«Avere una *Wunderkammer* era assolutamente normale fra gli eruditi e i viaggiatori. Raccoglieva migliaia di oggetti insoliti, legati agli usi di tanti popoli diversi. Per un antropologo sono una miniera di conoscenza. È la laurea che voglio prendermi appena vado in pensione.»

Sebastian sta iniziando a spazientirsi, non gli ha chiesto di fargli da guida in un museo. Quindi gli porge con una certa energia il biglietto da visita ritrovato nella borsetta di Angelica Levantino.

«Sushi Bar...» mormora perplesso il vice questore, poi lo gira sul retro. «Un numero di telefono e nessun indirizzo.»

«Strano, no?»

«Magari fanno solo consegne a domicilio. Hai provato a chiamare?»

«Numero disattivo. Vediamo a chi era intestato.»

«Direi. Ora però devi venire di sopra con me.»

Prima che Grossmeier possa chiedere spiegazioni,

De Vittorio lo ha già sospinto quasi a forza fuori dal salottino.

«Abbiamo una missione molto delicata.»

«No. Mi dispiace ma non lo chiamo.»

La prima a reagire con un sussulto di nervosismo è Dolores. Il secondo è Grossmeier, stravolto dal caldo al punto da ridefinire il concetto stesso di "pallore esangue". De Vittorio invece non si scompone.

«Sarebbe fondamentale in primo luogo per Serristori, signora Drago.»

«Lo faccia chiamare dal suo avvocato.»

«Questo non è compito nostro. Vede… lei non è il suo avvocato. Vi conoscete da tanti anni.»

«E allora fidatevi di me. Rodolfo non c'entra niente con la scomparsa di Angelica.»

«Le persone poi sono diverse da come pensiamo» teorizza Grossmeier. De Vittorio invece le dà ragione, ma solo perché è più esperto e sottile, Piera lo capisce benissimo. Il problema, sostiene il vice questore, è che Serristori doveva atterrare oggi a Fiumicino e invece quell'aereo non l'ha preso. Se non rientra, come fa a chiarire la sua posizione? Così non fa che alimentare i sospetti.

«Serristori deve avere fiducia. Lo chiami e glielo dica. Signora Drago, davvero le sembriamo furie scatenate a caccia di un colpevole a tutti i costi?»

«No, mi sembrate solo quelli che in una settimana non hanno buttato mezza occhiata in un pozzo.»

«Lo faremo, signora Drago.»

«E quando? Qua siete voi che non avete fiducia in me.»

«Questo non è vero, signora» si irrigidisce Grossmeier. «Io ho fatto verifiche che lei ha chiesto. Sulla persona che lei mi ha detto...»

«Ah, davvero?»

«Certo. E penso che con quel Riccomanno lei si è un po'...»

«Un po'?»

De Vittorio vorrebbe frenare il collega, ma arriva troppo tardi.

«Come dire... ossessata.»

Piera si concede una lunga risata che si spegne quasi con solennità nel silenzio generale.

«Complimenti per il lapsus, bellissimo» fa, poi annuncia che va alle prove e lascia i due poliziotti in sala con Dolores.

«Qui è dove Riccardo accusa gli altri di ciò che in realtà sta facendo lui. Gioca d'anticipo, brucia gli argomenti dei nemici. Si difende attaccando.»

Piera attraversa il palco con il copione in mano. Le assi scure sono illuminate solo da due fari a spot. Un paio di ragazzi spostano i bidoni della scenografia e gli altri, saranno una decina in tutto, la ascoltano.

Alex segue le prove in ultima fila, nel buio. Non pensa che Piera si sia accorta del suo ingresso. Lei dice che la scena è complessa, ci sono molti personaggi ed è importante. Vuole piglio e aggressività da tutti, perché quella è la scena dove Riccardo delinea l'Inghilterra in cui vive, rinfacciando agli altri il loro passato disinvolto di salti da uno schieramento all'altro.

«Qua Riccardo dice che non esiste il tradimento, perché non esistono più valori e neppure rapporti umani da tradire. Quindi non voglio suppliche, toni dimessi, lamenti. Riccardo non è un lupo fra gli agnelli, è un rapace fra i rapaci. Dobbiamo essere tutti rapaci. Avvoltoi che si disputano la futura carcassa del re che sta per morire. È chiaro?»

Alex sorride, nel buio, e pensa a quanto sarebbe d'accordo uno come Garritano, uno che i valori li tiene in una cassetta di sicurezza chissà dove, e che i rapporti li coltiva con tutti, rendendo impossibile capire chi davvero abbia tradito quando compie una delle sue giravolte.

La scena in effetti è complessa, e Alex non afferra tutti i riferimenti.

Ma una cosa la capisce, e benissimo. È quando Piera, reggendosi a un arnese che sta a metà fra una stampella e una spada, rinfaccia agli altri di essere sempre stato leale a chi indossava la corona d'Inghilterra. L'attrice dà le spalle agli altri personaggi e si volta verso la piccola platea vuota. Alex è sicuro: lo ha visto, anche se è ben mimetizzato nel buio.

«"Ho fatto sempre il cavallo da soma dei suoi alti interessi, la ramazza, con la quale far pulizia sul campo dai suoi fieri avversari, il dispensiere di compensi ai suoi sostenitori…"»

Ed è sicuro anche che Piera quelle parole le sta dicendo a lui. È come se lo chiamasse ad alzarsi dall'ultima fila, ad avere il coraggio di non essere più il cavallo da soma, il sottocane di uno come il senatore Tersite Garritano.

«Cosa ho detto di male?»

«Niente, Sebastian, niente.»

Sul Lungotevere gli alberi carichi di foglie e di volatili mandano un fragore continuo che quasi sovrasta quello del traffico.

«Non mi va di pensare che una come Piera Drago abbia inventato la storia della musica per coprire il suo amico Serristori» considera De Vittorio, poi i due si fermano davanti al marciapiede minacciosamente punteggiato di guano.

«Ma se vuole coprire Serristori, perché viene a raccontarci del pozzo e del sacco nero?» si domanda ancora il vice questore, con un'occhiata timorosa verso l'alto. Dalle verdi fronde scendono insidiosi miniproiettili scuri.

«Dietro front» aggiunge.

«Perché non ha visto chi era quella notte, e non immaginava che era lui» ipotizza Sebastian. Non è un buon punto per attraversare la strada e tornano verso il semaforo con le strisce pedonali.

«La Levantino e Serristori fanno cena insieme, Serristori la invita nella sua casa…»

De Vittorio lo ferma. Secondo lui dovevano essere

già d'accordo che la ragazza dormiva dal gentiluomo. Altrimenti Angelica avrebbe prenotato un alloggio, si sarebbe rivolta a qualche conoscenza. Invece non hanno trovato niente.

«Giusto. E comunque la Levantino aveva già avuto una relazione con un uomo di cinquanta anni o circa…»

«Beato lui» sospira il vice questore. «E poi? Che succede? Vanno di sopra, mettono musica a manetta, Angelica si scatena come una baccante in mezzo ai teschi e alle statue delle dee hindu… poi di colpo decide che non le va più, forse tutti quegli ammennicoli le fanno impressione. Non è un po' strano?»

«Le baccanti io non so, dottore, ma le donne sono strane.»

«Ti concedo il luogo comune solo perché hai trent'anni.»

«Trentacinque.»

«Trentacinque. E poi?»

«Serristori è eccitato, fuori di testa.»

«Diciamo pure ossessato, dài» fa De Vittorio. Ma Sebastian non gli concede né la soddisfazione di prendersela, né quella di ridere.

«Litigano. Magari succede un incidente, lei cade… batte la testa.»

«Questo lo capiamo solo se il corpo nel pozzo lo troviamo davvero, domani l'altro.»

De Vittorio pronuncia le ultime parole come masticando con fatica una caramella gommosa. Sebastian socchiude gli occhi al sole dirompente e confida al superiore un grosso dubbio.

«Perché Serristori si spezza la schiena a scaricare il cadavere nel pozzo e poi si tiene il trolley della Levantino nell'appartamento?»

«Lì nessuno lo cercava» prova a rispondergli De Vittorio. «Se Angelica sparisce e poi sparisce anche la valigia, tutti pensano a un allontanamento volontario e nessuno si preoccupa nell'immediato. Lui guadagna qualche giorno di tempo, e intanto se ne va.»

«Perché lui non butta anche il trolley nel pozzo, allora» insiste. «Perché ci lascia la targhetta con il nome, dico.»

«Sei troppo razionale. Ricordati che gli assassini sono esseri umani. La razionalità non è il nostro forte. Siamo razionali quando compriamo un'auto? E quando andiamo allo stadio, quando votiamo alle elezioni? Non mi pare. Perché dovremmo diventare razionali quando ammazziamo un nostro simile? Magari il vecchio playboy è un feticista.»

«Anche lei con Freud…»

«Che hai contro Freud? Se nascevi nell'800 eravate connazionali.»

«Era meglio» mastica amaro Sebastian, poi si ferma in bilico sul bordo del marciapiede. De Vittorio invece attraversa a rapide falcate assieme a un gruppetto di frettolosi. Il vice questore si accorge che Sebastian non l'ha seguito solo quando è già arrivato dall'altra parte. Allora fa penzolare la mano con le punte delle dita unite verso l'alto. Questi a sud dell'Adige lo usano in continuazione, vuol dire "ma che fai?", ma con il lieve sottinteso di "sei scemo?".»

Giada non gli risponde.

Elisabetta invece gli invia messaggi a raffica. "Una persona non può cambiare così di colpo. Se hai un'altra dimmelo, non mi merito di essere trattata così."

Alex non ha nessuna voglia di leggerli, ma il cellulare glieli fa scorrere sullo schermo in automatico. "Perché vuoi distruggere tutto? Perché non ti confidi più con me?"

Perché non può raccontarle di essersi scopato Angelica Levantino e di averla gettata in un pozzo. Perché Alex non può confidarsi più con nessuno. Ma Elisabetta non può saperlo, non deve saperlo. Povera, ingenua Elisabetta. In fondo è anche per il suo bene.

"Dove sei? Con chi sei?"

Alex è a Trastevere ed è da solo. Anzi, è solo. Da quel venerdì notte chiunque può diventare suo nemico. Non solo la polizia, non solo Giada. Anche il suo pusher di fiducia può nascondere un'insidia. Non gli piace come ha fatto finta di non guardarlo mentre lasciava cadere la bustina per terra, ci metteva il piede sopra e aspettava i cento euro prima di sollevarlo.

"Non ti piaccio più? Perché? Sono sempre io, la tua Elisabetta. Ti sono sempre stata accanto."

Non gli piacciono gli studenti americani e i turisti russi, non gli piacciono nemmeno le ventate calde e fragranti che escono dalle pizzerie. Non gli piace il giovane con il cappello bianco e i bermuda kaki che lo fissava con insistenza quando è uscito dal bagno del bar dove si è sparato una pista, ma solo per vedere se gli viene in mente come risolvere il casino di Giada e del senatore.

Non gli piace l'uomo minuto con la felpa grigia e il cappuccio sulla testa. È già la terza volta che si volta e lo vede. Alex lascia via della Lungara per via delle Mantellate e si allontana dalla movida. Non gli piace il rumore della gente, non gli piacciono le ragazze che ridono per sembrare disinvolte e non gli piace il fatto che felpa grigia e cappello bianco siano alle sue spalle e procedano sui due lati della strada di pari passo.

Non gli piace come la cocaina lo rende paranoico, ma gli piace ancora meno la macchina che gli si para davanti quando, alla fine della piccola scalinata di via delle Mantellate, imbocca via San Francesco di Sales per tornare sui suoi passi.

È una berlina scura. O almeno così gli sembra, prima che accenda gli abbaglianti e quasi lo accechi. Alex si ferma, aspetta che l'auto si muova, invece rimane lì, come a presidiare un varco, e quando Alex pensa che è meglio tornare indietro, cappello bianco e felpa grigia sono a tre metri da lui, non di più, ed è chiaro che non è un caso, è chiaro che lui è appena caduto in una trappola.

E mentre cerca di pensare al da farsi, lo sportello del guidatore si apre, e Alex si volta, ma cappello bianco lo prende per un braccio e felpa grigia per l'altro. Sul sedile posteriore c'è qualcuno, un uomo, dalla sagoma imponente, gli pare.

I due non stringono.

«Le diamo solo un passaggio verso casa» mormora cappello bianco, in un italiano appena scheggiato da un vago accento anglosassone.

9

«Sono stati nel tuo appartamento. Tutto il giorno.»

«Lo so, Piera, c'era anche il mio avvocato.»

Alla fine è stato Serristori a chiamare lei. Da un numero che compare come "sconosciuto" sul display del telefono. La linea crepita e la voce dell'uomo arriva come su un nastro che ogni tanto si aggroviglia e rallenta. Forse è la comunicazione internazionale. O forse no.

«Hai bevuto?» gli chiede Piera.

«Non quanto avrei voluto» le risponde.

Piera si appoggia alla balaustra e si accorge di respirare troppo in fretta. È sulla sua terrazza, la luna è bassa, un timbro sbiadito dalla foschia e impresso per metà, nell'indaco appena sopra la cupola di Sant'Agnese. Allora spinge con il diaframma come se dovesse pronunciare la battuta più difficile della sua carriera.

«Devi tornare a Roma, Rodolfo.»

«Preferisco morire in esilio.»

«No, devi tornare qui e spiegare tutto.»

«E cosa? Cosa dovrei spiegare?»

«Che non c'entri niente. Sei tornato su in casa. L'ho detto anche io, alla polizia.»

«Ma non lo capisci che è inutile? Mi hanno incastrato.»

«Chi ti ha incastrato?»

«Se lo sapessi non me ne starei alla larga come un delinquente.»

«Te ne stai alla larga tu, con tutti gli amici potenti che hai…»

«I potenti sono tuoi amici solo finché sono meno potenti di te. Poi… o diventano tuoi padroni o diventano nemici.»

«Stai esagerando.»

«No, Piera. Sarò anche un uomo frivolo, ma *Riccardo III* l'ho letto anche io.»

La terrazza romana non è solo un luogo, è una dimensione mentale. Se Roma brucia nella calura, il Nerone che dimora inquieto in chiunque può godersi la città in fiamme sorseggiando vino bianco fresco e rimanendo convinto di scampare al disastro.

Alex ne ha visitate non poche, in dieci anni, scortando il senatore Garritano da una cena del potente sottosegretario di turno a un buffet in piedi con dress code formale, il che ha implicato anche spiegare al senatore che *code* non significava dover indossare un frac.

Questa terrazza è grande dieci volte quella che ha visto a casa dell'attrice ed è alle pendici del Gianicolo, sopra una limonaia di stile neoclassico immersa in un parco, fra cedri, palme e magnolie. Mentre varcavano il cancello Alex ha scorto l'insegna di un ordine religioso a lettere di piombo. Ha contato almeno tre uomini vestiti di nero, tutti con camicie a maniche corte, più l'autista. Nel salone d'ingresso ha notato un arazzo a tutta parete. San Giorgio e il Drago, gli pare.

Ora il più anziano della compagnia mette al centro del tavolo di marmo un collage di scatti fotografici dalla dominante bruno-giallastra, e Alex smette di respirare nonostante l'aria fresca che li avvolge.

Sono un signor nessuno, pensa Alex. *Calvo, con la camicia venata di grinze, la pelle biancastra e le spalle già piegate dagli anni passati al tavolino. Sono io quell'essere rannicchiato? Sembro un povero deforme.*

Nelle foto accanto ad Alex c'è Chiara, alias Angelica Levantino. Che invece è bella, occhi splendenti e sorriso morbido come il vestito bluette. Il tessuto odorava ancora di nuovo, ricorda Alex, e ricorda anche le parole esatte che si dicevano negli attimi in cui qualcuno scattava quelle foto.

È stato quello più giovane a farle, il rossiccio con le efelidi e il piccolo cappello di paglia. Il perfetto turista americano o inglese, direbbe Alex, ma chissà chi è davvero. Finora ha giusto mormorato qualche parola. A parlare è stato sempre il più anziano, ricci grigi, faccia e mani chiazzate, forse da qualche disfunzione epatica. Professor Amidei, così si è presentato. Abito di sartoria color perla e sguardo torpido eppure vigile, da coccodrillo.

«Cos'è, un sequestro?» mormora Alex.

«Dov'è Angelica Levantino?» gli chiede Amidei.

«Perché dovrei saperlo io? L'ho incontrata in un bar. Abbiamo bevuto una cosa…»

Alex non voleva balbettare, invece ha inciampato su ogni sillaba. Si stringe le mani fra le gambe, ha bisogno di fare una lunga pisciata ma non osa chiederlo.

Amidei sospira, per nulla soddisfatto, e gli mette davanti un'altra sequenza di scatti. Sono lui e Angelica che aprono il portoncino del palazzo in via del Governo Vecchio.

«Preferisce dirci che fine ha fatto questa ragazza, evitando che il nostro incontro esuli dai toni civili» riprende Amidei, «o preferisce che facciamo avere queste foto alla polizia? Le lascio assoluta libertà di scelta, dottor Riccomanno.»

Le luci ambrate di Trastevere, le arcate del ponte rotto – mai imparato come si chiama davvero – e l'astronave scintillante dell'Isola Tiberina sembrano schermate da un diaframma di vetro insonorizzato. Alex sente persino frinire qualche grillo. Nonostante questo, non riesce a deglutire da quando lo hanno fatto salire in auto e gli hanno gentilmente requisito il telefono cellulare.

«Ogni minuto in più che rimani all'estero, si convinceranno che sei stato tu» insiste Piera. Ma Rodolfo è come una parete verticale cosparsa di sapone.

«Li lascerò tranquilli con le loro convinzioni.»

«Io li conosco, ho parlato con quelli che seguono il

caso. C'è un ispettore alle prime armi, un ragazzotto un po' rigido che di Roma non capisce niente, e che ha preso un abbaglio. Ma il suo superiore no, è un uomo colto e intelligente. Non c'è nessun complotto.»

Serristori la ferma con un crescendo di «no, no, no» e un accesso di tosse fragoroso, come un colpo di vanga in fondo ai bronchi.

«Piera, ascoltami bene: hanno trovato il trolley della ragazza in casa mia.»

Il tono di voce di Rodolfo la allarma. Si aspettava parole imbevute di rabbia, invece sente una cadenza inerte.

«E non solo, secondo loro ero con la Levantino a cena, al ristorante di sotto, quella sera. Hanno una testimonianza.»

«Donato? Non ha detto che eri tu, me l'ha garantito e gli credo.»

«Infatti non è Donato. È la ragazza del B&B.»

«Giada?»

«Lei. Ora capisci cosa voglio dire? Non è un abbaglio, mi stanno incastrando.»

Piera capisce più di quanto immagini il suo amico Rodolfo. E rimane zitta, paralizzata da certe evidenze che le appaiono chiare solo ora, di notte, al buio. La sua terrazza diventa il luogo più intimo della casa e le dà l'illusione di osservare le vite altrui senza che gli altri spiino la sua. Intorno a lei la città cerca di addormentarsi fra un ritornello ricordato a metà, una sigaretta da fumare affacciati alla finestra, una valigia preparata per l'indomani.

È evidente che invece Rodolfo non farà nessuna valigia per tornare, né domani né domani l'altro.

È evidente che rimanendo all'estero diventerà il capro espiatorio perfetto.

Com'è altrettanto evidente che l'unica soluzione rimasta è incastrare il vero colpevole.

«Ora ti saluto, Piera» fa Serristori, la voce roca e impastata.

«Buonanotte» replica Piera, e rientra in casa in cerca del suo inalatore.

«Abbiamo passato qualche ora insieme, in camera sua, poi sono tornato a casa» mormora Alex.

«E non vi siete più sentiti.»

«No.»

«La serata è stata così deludente? Mi meraviglio di lei, dottor Riccomanno.»

«È andata così.»

«E perché non l'ha raccontato alla polizia? È una settimana che parlano di questa ragazza. I giornali li legge? O forse il senatore Garritano risparmia anche su quelli, pur di tenersi tutta l'indennità?»

«Non ho capito che era lei, a me ha detto di chiamarsi Chiara.»

Amidei soffoca una risata, l'altro scuote la testa sconsolato.

«Per l'appunto, dottor Riccomanno. Lei davvero ha creduto che una ragazza come Angelica potesse interessarsi a uno come lei per più di due minuti? Un minimo di sano principio di realtà, la prego. Siamo noi ad averle mandato Angelica, sotto falso nome.»

«E per quale motivo?»

«Dov'è Angelica? Cosa le è successo?»

È molto calmo, il professor Amidei, e gli piace quello che fa. Anche cappellino di paglia sorride, come per compatire Alex. Dalla scala emerge l'uomo con la felpa grigia. Dietro di lui una donna dal carnato scuro, di una bellezza primordiale. Sui quarant'anni, ha un fisico da atleta, il portamento di una dea e il tailleur di un blu profondo.

«Non capisco.»

«Lei era la missione di Angelica, *lei*. Angelica non sarebbe mai sparita senza darci aggiornamenti.»

Alex li guarda sgomento.

«Quale missione, scusate?»

«Ha fame, dottor Riccomanno?»

Alex fa cenno di no. La vescica piena gli preme contro la cintola. Ha paura di cedere da un attimo all'altro.

«Si sente bene?» lo sfotte quello giovane.

«Per nulla.»

Amidei si rivolge alla donna chiamandola Joy. La presenta ad Alex come sua moglie, poi le chiede se di sotto in cucina sono pronti.

«Sono pronti» risponde lei.

Lei si siede, l'uomo con la felpa invece no, rimane in piedi dietro la sedia. Ha due ali tatuate sul collo e una faccia semplice e sofferta, una di quelle facce che si trovano ancora nelle ex borgate di Roma, come conservate in una bolla temporale neorealista. Difficile dargli un'età precisa, è uno di quei volti dai tratti netti, come fatti apposta per essere fotografati in bianco e nero. Rannicchiato sulla sedia dura e scomoda, Alex li guarda tutti e quattro. Nessuno sembra aver niente da aggiungere, tranne Amidei.

«Le piacciono i frutti di mare, dottor Riccomanno?»

«L'acido fluoridrico? No, no... è diventato famoso per *Breaking Bad*, si vedeva che scioglieva una vasca da bagno...» precisa il giovane magro. Si è tolto il cappellino di paglia e lo ha appoggiato accanto al piatto. Sta mangiando gli spaghetti e scansando le vongole.

«Vuoi dirmi che la mia serie preferita raccontava stupidaggini?» chiede Amidei.

«No, è okay, solo che non ci mette cinque minuti. E poi l'acido fluoridrico non lavora bene sulla carne e sulle ossa. Danneggia i tessuti, sì... comunque ci mette del tempo.»

Il professore succhia interessato l'animella di una grossa vongola scura.

La dea in tailleur si tira su la manica per mostrare una cicatrice più chiara a forma di rombo allungato. «Questo è un ricordo del mio primo marito.»

Alex la scruta, ma evita di incrociare quegli occhi nerissimi. La donna ha divorato gli spaghetti in silenzio e ha finito per prima.

«Acido cloridrico?» ipotizza il professore, «ustiona la pelle velocemente, mi pare.»

«Non lo so, so solo che non ha avuto molto tempo per pentirsene. È saltato per aria due settimane dopo assieme al suo autista.»

La donna lascia volutamente ambigua la correlazione fra i due eventi. E sul defunto dottor Arnaldi, incaricato d'affari in Etiopia, né lei né Amidei sentono il bisogno di dilungarsi. Ragion per cui felpa grigia si può inserire per dire la sua.

«Al Quadraro c'era uno, aveva un bar e dava i soldi a strozzo… sparito. Dicono che l'hanno sciolto con la roba per sturare i lavandini.»

La signora Joy lo guarda poco convinta, ma lui insiste.

«Gli scarichi sono pieni di capelli, unghie… è fatto apposta… no?»

Felpa grigia non ha mangiato e ha parlato con le mani in tasca, come se commentasse dei lavori in corso. Ha delle sneakers arancioni fluorescenti nuovissime. Dei quattro, è quello che fissa Alex continuamente.

«Quella è soda caustica. Ma è molto diluita. Quanti flaconi bisogna comprare?»

Felpa grigia azzarda che per un corpo di un adulto servano almeno quaranta litri.

«No, il doppio, fai conto che dopo due giorni la devi cambiare» precisa il ragazzo, poi domanda ad Alex se vuole un po' di vino. Lui rifiuta, ma quello versa lo stesso, con l'occhio ruffiano di chi cerca un complice di sbronze. La donna gli sfila dalle mani la bottiglia.

«Sei sotto psicofarmaci, te lo ricordi, Jamie? Ora basta.»

Per tutta risposta, quello si alza di scatto, scaglia via il cappello e se ne va, giù per gli scalini con una scia di imprecazioni sorde. Alex è l'unico a esser saltato sulla sedia.

«Qualche minuto e gli passa» lo rassicura la signora Joy.

A quanto aggiunge il professore, Jamie ha fatto cose che non avrebbe voluto fare. Era troppo giovane per prestare servizio in una prigione militare in Iraq.

«È stato uno dei nostri primi studenti, all'Esperia. È quasi come un figlio. Era un buon marine, avrebbe potuto far carriera, peccato» si duole Amidei, portandosi il tovagliolo alle labbra.

«Ma Roma gli ha fatto bene. Si controlla molto di più» fa la donna. Vorrebbe seguire il ragazzo, ma il professore la trattiene con uno sguardo, e poi chiude l'argomento: «Diciamo che perlomeno qui non può scendere all'emporio sotto casa e comprarsi delle armi automatiche.»

Alex abbandona la forchetta sul piatto. Gli spaghetti gli sembrano un groviglio di serpi e si sente salire lo stomaco fino alla base della gola.

«E lei, dottor Riccomanno, quale acido ha usato per far sparire il corpo di Angelica Levantino?» chiede Amidei. Una fetta di pane gli crocchia fra le dita.

Alex non vorrebbe implorare, ma le parole gli cadono l'una sull'altra, confuse. Si sbagliano proprio, lui non c'entra nulla, non sa dove sia Angelica e non ha fatto niente, non capisce chi sono e perché l'hanno portato lì e...

Jamie riappare sulla terrazza. Sembra aver riacquistato la calma. Alex però è costretto a notare che ha una mazza da golf appoggiata su una spalla.

Il ragazzo attraversa la terrazza a passo indolente e inizia a farla roteare, frustando l'aria immobile con un sibilo cupo.

«E poi guardate che hanno una pista.»

«Chi?»

«La polizia. Stanno indagando su...»

Amidei alza la mano come per interrompere un rumore fastidioso.

«Dottor Riccomanno, mi perdoni.»

Tutti aspettano quello che ha da dire, forse anche i grilli non friniscono per qualche secondo.

«Che ne sa lei di cosa fa la polizia?»

È troppo tardi per fare marcia indietro. Amidei si protende verso di lui, più spazientito che irritato.

«Come fa a sapere delle indagini su Angelica Levantino, se non c'entra nulla?»

L'hanno lasciato più o meno dove l'avevano fatto salire in auto.

Appoggiato al muro, Alex piscia sopra un'erba selvatica, poi qualcuno gli urla da una finestra e lui si allontana correndo, la fibbia aperta della cintola ancora in mano.

Due isolati più in là crolla in ginocchio e vomita. Nel liquido biancastro distingue delle vongole intere, nemmeno masticate.

«La modifica della legge sulla pesca delle vongole deve passare» gli ha ordinato Amidei. «Da due centimetri e mezzo a due. Sono solo cinque millimetri. Un'inezia. Trovi un'idea per fermare il suo caro senatore e soprattutto la sua relazione contraria. Vede, Riccomanno, avevamo incaricato Angelica di sottoporgli questa nostra... be', chiamiamola istanza. Quindi converrà che siamo persone aperte al dialogo, persone che privilegiano sempre le buone maniere... almeno in prima battuta.»

Alex sputa e riascolta parola per parola il discorso di Amidei.

«Cosa s'è messo in testa questo buffone miracolato di Garritano? Anni interi di nulla, con il culo sulla poltrona a spese del contribuente e di colpo si convince di essere uno statista? Lei rimedi al guaio che ha combinato e queste foto spariranno per sempre... come è sparita la nostra Angelica.»

Mentre Amidei gli spiegava tutto questo, Jamie sfigurava meticolosamente una grossa agave a colpi di mazza da golf. In auto l'hanno fatto accompagnare solo da felpa grigia, il quale ha iniziato a esigere particolari accurati su Angelica Levantino. Voleva sapere se fosse interamente depilata o no, se avesse i capezzoli piccoli e rosa oppure scuri e grandi.

Alex ha osato guardare il tizio come avrebbe guardato un grosso ragno. Stava per domandargli se non si facesse schifo da solo, poi ha visto l'uomo giochicchiare insofferente con un tirapugni di acciaio.

«Era bella anche da morta, scommetto» ha aggiunto quello, sottovoce.

«Lei non ha chiuso occhio» le ha detto Dolores non appena l'ha vista.

Piera non ha nemmeno annuito, non ce n'era bisogno. La mattinata è stata faticosa, da Collina Fleming a Testaccio a perorare la causa di Riccardo III con due fondazioni bancarie e un'agenzia di comunicazione disposta a investire. Grandi sorrisi, sale riunioni con drink di benvenuto, immenso rispetto e alla fine sempre la stessa domanda: Riccardo III lo farebbe *proprio lei*?

«Non è facile da spiegare» ha detto Dolores, poco prima di lasciarla davanti al portone.

«Non di questi tempi» ha convenuto Piera.

È salita poco prima di mezzogiorno, con l'ascensore. La nottata a contare le sirene delle ambulanze e i rintocchi di un campanile ora è uno zaino di piombo sulle spalle.

Appena si ritrova in casa, Piera cerca un po' di solitudine, la musica della radio e l'inalatore. Due minuti e suonano alla porta.

Giada ha bisogno di «tipo, che so, una roba per i pavimenti». Piera la fa accomodare, le apre il ripostiglio e ce la lascia davanti.

«Mi scordo sempre qualcosa, sto davvero fulminata.»

La ragazza torna verso la porta con un flacone colorato, ringrazia, poi si accorge di aver lasciato il ripostiglio aperto e torna indietro con premura.

«Sicura che non ti dimentichi nulla?»

«Mi serve solo questo, grazie» fa Giada.

«Invece no, ti dimentichi una cosa. Una cosa che potrei dire alla polizia.»

L'ultima parola la fa arretrare con le spalle verso il muro in una cortina fumogena di «cioè, ma che dice sul serio, già mi viene l'ansia se li vedo, ma di che parla?».

Piera si appoggia alla porta.

«Giada, io non voglio metterti nei guai. Però vieni di qua.»

«Perché?»

«Dobbiamo parlare. Io e te, da sole.»

Per Sebastian è una pagliacciata colossale. Non erano questi gli accordi, così non servirà a niente.

«Tanto tempo aspettato… e poi?»

Hanno incastrato l'auto di servizio fra un albero e l'altro, su un marciapiede, e per giunta a ridosso di un incrocio. La multa se la faranno togliere dall'amministrazione, casomai, sostiene De Vittorio, poi si ferma incuriosito di fronte a un minuscolo negozio di dvd, come a ostentare di non ascoltare Sebastian. Invece lo ascolta, eccome, tant'è vero che riprende a camminare e dopo qualche passo si volta di scatto.

«Non abbiamo soldi a palate e prima di mandare là sotto una squadra di dieci persone, dobbiamo capire se c'è davvero il corpo di Angelica Levantino. Si chiama adeguare gli sforzi ai risultati, è chiaro? È così che giudicano il nostro lavoro. Secondariamente, ti ho già detto che meno diamo nell'occhio e meglio è. Qua è tutta una polemica, ogni giorno, su qualsiasi stupidaggine e non ho voglia di ritrovarmi con il questore che mi fa il culo da una parte e i fenomeni sui social che ci prendono per il culo dall'altra. In due parole è tutta una questione di culo. Il mio.»

«Senz'altro! Per trovare qualcosa in questo modo ci vorranno montagne di culo.»

Davanti al portone del Palazzo del Governo li aspetta Mancini. Il sostituto procuratore verrà più tardi. Forse. Per entrare hanno dovuto chiamare un fabbro. Ci sono un tecnico della Regione, un ingegnere del Comune e un funzionario della Soprintendenza, più due vigili urbani e i tre operai della ditta specializzata.

«Questa è discrezione? Manca solo la banda» borbotta Sebastian infilandosi nell'androne. Vede il vice questore camminare con il naso per aria e si accorge anche lui degli affreschi sul soffitto. Scene di caccia, gente appena coperta da tuniche svolazzanti, nuvole zuccherose. Per il resto l'edificio sembra come appena bombardato. Intonaco cadente e segni di lavori lasciati a metà. Qualche bidone rugginoso, resti di bivacchi, fili della luce che penzolano e nel cortile interno una savana di ortiche e crescione.

«Noi siamo pronti» annuncia uno dei tre. Fra l'erba alta affiora a malapena un trespolo per un monitor dall'aspetto non recentissimo. Un fascio di fili è tenuto insieme da nastro isolante rosso e finisce in una centralina. Dalla centralina parte un cavo spesso qualche centimetro, arrotolato intorno a una specie di verricello.

Il tipo accende un faretto all'estremità del cavo. Lo cala lentamente in un buco della grata di ferro. I due davanti al monitor alzano il pollice.

«Telecamera okay.»

«Quanto è lungo questo coso?» chiede Sebastian, scettico.

«Cinquanta metri, più o meno.»

Piera si è sempre fidata degli uomini che hanno il coraggio di piangere, e non ha sbagliato quasi mai, dato che sono una sparuta minoranza. Tende a fidarsi assai meno delle donne che piangono, ma Giada trema sul serio. E da alcuni minuti ripete un mantra di «non mi denunci, mi dispiace, non volevo».

«È che l'amministratore me li fa pagare a me...»

«Cosa?»

«I danni che fanno i clienti nel B&B. Lei non può sapere che trovo, ogni volta. La gente, anche quando sta in vacanza, non sta mica bene.»

Piera non riesce nemmeno a farla rifiatare. Non tira su neanche seicento euro al mese, senza contare il tempo che passa sullo scooter, su e giù da Casal Bruciato, anche sei o sette volte al giorno, anche di sera se c'è un problema, e quindi lei non sa più come fare, perde i capelli a ciocche per lo stress, non ha una vita, un ragazzo, niente.

«Ma glieli ridò tutti i soldi, signora, glielo giuro.»

Prima di dire «quali soldi?», Piera fa un respiro provvidenziale, giusto il tempo che le basta a capire che Dolores ci ha azzeccato. Se fosse lì, la sua fidata assistente potrebbe godersi un grande momento di gloria.

«Le ho preso quattrocentocinquanta euro, ma quella lampada di ceramica costa quasi seicento… e li devo pagare io. Non sapevo come fare.»

«Quale lampada?»

È lì che Giada si interrompe bruscamente. Si scuote dalla trance, si risveglia da un'autoipnosi in cui ha detto cose che non avrebbe voluto.

«Niente, hanno rotto una lampada… dei clienti.»

«Che la ripaghino loro.»

«Sì, vabbè, ciao còre, una volta che se ne sono andati…»

«Hanno prenotato, hanno pagato, saprete chi sono.»

«Sì, ma cioè, è che… insomma, delle volte non…»

«Delle volte non… ho capito.»

Piera si siede accanto a lei. Una ciglia finta le si è quasi staccata dalla palpebra mentre si asciugava le lacrime. Piera gliela toglie con delicatezza, gliela appoggia sul palmo della mano.

«Comunque non ti preoccupare. Non ti denuncio. E i soldi… lasciamo perdere.»

«Ma che, davvero?»

«Me li ridarai… quando puoi.»

«Così mi sento… tipo che sono in debito. Ha bisogno di una mano? Io…»

Le mani di Piera chiudono quelle di Giada. Le mani non parlano, certo, ma se afferri le mani la voce smette di uscire. Un collegamento misterioso, ma funziona sempre.

Piera si augura che funzioni anche il copione che sta per improvvisare.

«Perché poi, detto fra te e me, noi sappiamo chi c'era nel B&B quando hanno rotto quel vaso.»

Giada la guarda come si guarda un plotone di esecuzione che carica le armi.

«Una ragazza, ricordi? Da come me l'hai descritta, direi che fosse proprio Angelica Levantino» azzarda Piera. «E se prima non potevi chiederle i soldi per qualche motivo che francamente mi sfugge... di sicuro non glieli puoi più chiedere ora... perché nessuno sa che fine abbia fatto.»

Fino a un certo livello l'ansia rende guardinghi e lucidi. Ma quel livello Giada lo ha sorpassato da un bel po'.

«Oddio, che casino.»

«Sì» aggiunge Piera, «rischiamo di finire in una brutta storia. Quindi sarebbe meglio essere sincere e dirci tutto, Giada, non ti pare?»

«In che senso, tutto?»

A giudicare dalle immagini del monitor, la galleria sotterranea sembra angusta, ma alta abbastanza da essere percorribile in piedi.

«Stiamo a diciannove metri e cinquanta» fa uno degli addetti.

Secondo quello della Soprintendenza è un tratto piuttosto antico della rete fognaria, probabilmente tardo-imperiale.

Sebastian si è piazzato in prima fila davanti al piccolo

schermo. Per poter distinguere qualcosa devono proteggerlo dal sole con le proprie ombre. Sono le tre di pomeriggio e il cortile ribolle come una pentola vuota lasciata sul fuoco.

«C'è dell'acqua» fa Sebastian. Nella luce grigia scorre un nastro lento e tremolante. De Vittorio azzarda che sia un condotto affluente della Cloaca Maxima. Ma stavolta non ci azzecca, l'esperto della Soprintendenza propende per un'antica conduttura di acque piovane che sfocia nel Tevere, poco distante.

Sebastian chiede di far scendere la sonda in acqua, ma tutto quello che ottengono è una schermata opaca di corpuscoli vorticanti e lampi instabili di bianco sporco.

«C'è corrente» fa Sebastian. «Quant'è profonda?»

La piccola telecamera gira su se stessa, si distinguono transitare lentamente una lattina scolorita e un sacchetto di plastica lacerato. Il fondo sembra un sottile tappeto verdognolo di fanghi e liquami. Quando la sonda lo tocca, lo schermo si annerisce per qualche secondo.

«Direi un mezzo metro d'acqua. Forse di più.»

«C'è corrente, io credo che può trasportare un grosso sacco, no?»

«Diciamo spostarlo» fa l'addetto, l'unico dei tre che sembra avere il diritto di parola.

«E quindi?» fa De Vittorio.

«Non possiamo ispezionare la galleria in direzione del Tevere? Se è stato buttato qui, magari...»

Ma lo fermano subito: non è una sonda telecomandata, può scendere e basta.

«Un drone?» butta là Sebastian, ma sorridono tutti.

«E come vola il drone, a venti metri sotto terra? Come lo prende il segnale, secondo te?» lo rimbrotta De Vittorio con una pacca sulle spalle.

«Allora bisogna mandarci qualcuno, scendere... non è impossibile.»

«Impossibile no, complicato sì» fa il vice questore, poi si allontana dal monitor, calcia via un barattolo arrugginito e guarda Mancini.

«Chiama il magistrato. Per oggi è inutile che si scomodi» dice, con il tono di chi dichiara una resa.

Giada ha smesso di piangere e anche di singhiozzare. Non è stato facile rimettere le cose in fila, da quando il Centro studi Esperia ha prenotato l'alloggio per Angelica Levantino chiedendo di non registrare la ragazza a quando Giada ha scoperto che la lampada non c'era più. Da quando, siccome aveva riscosso in nero, l'amministratore le ha imposto di rifondere il danno a quando Giada ha dichiarato alla polizia che Angelica Levantino lei non l'aveva mai vista.

«M'hanno messo paura, ho pensato che era meglio che io quella boh, mai vista e me ne stavo fuori, tranquilla. Che se magari... tipo scoprivano che era stata qui in nero, poi mi davano la colpa di qualcosa.»

Piera si alza in piedi, fa un giro completo della sala. Giada fissa solo il bicchiere d'acqua fredda appannato di condensa.

«Dunque... cosa hai detto alla polizia?»

«Io? Ma niente, zero proprio. Scena muta, tipo a scuola.»

Piera finge di interessarsi al vaso con l'erica secca, poi a quello con la lavanda.

«Ci siamo dette di non raccontarci bugie, Giada. Tu alla polizia hai detto qualcosa… Ci hai ripensato e ti sei accorta di aver visto Angelica Levantino a cena con Serristori.»

Giada si alza in piedi e le si piazza davanti. È più alta di lei e sta provando a intimorirla, a riversarle addosso un po' della paura che la fa brillare di sudore.

«E lei che ne sa?»

«Lo so, punto.»

«Allora?»

«Rodolfo non è mai stato a cena con Angelica Levantino. Non l'ha mai né vista né conosciuta. Perché hai raccontato questa balla?»

«Stavano insieme da Donato, le dico. È la verità!»

«No, Giada, la verità è che Angelica stava nel B&B, tu non l'hai registrata e poi è scomparsa nel nulla.»

Giada fila subito verso la porta. Passi scattanti, testa alta. Vorrebbe sembrare offesa, ma la performance è modesta.

«Devo dirlo a Grossmeier e sbugiardarti? E vediamo in quanti secondi smette di credere alla balla che gli hai raccontato.»

Fine della performance. Come inchiodata da una pallottola invisibile, di lei si muovono solo i vistosi orecchini a goccia.

«Chi ti ha imbeccato, Giada?»

«Erano a cena, quella e Serristori.»

«Chi ti ha imbeccato e che cosa ti ha dato, in cambio di questa bugia?» Giada si incassa nelle spalle.

«Ma che m'hanno dato? Un bel niente, m'hanno dato.»

«Ormai ci siamo, facciamo una tentazione!»

«La tentazione è di rimandarti fra le montagne tue» sbotta Mancini.

«Ha capito benissimo… Come si dice, tentamento?»

«Nel tuo caso si dice "ritenta"… e sarai più fortunato.»

«Questo tombino porta giù nella stessa galleria. È già aperto.»

Sebastian quasi si aggrappa alla rete che delimita il cantiere stradale. Sono tutti in borghese, ma i passanti più curiosi cominciano a interessarsi alla loro discussione.

«Va in direzione del Tevere, il sacco può essersi spostato con la corrente.»

Gli addetti chiedono se possono staccare o no e l'ingegnere del Comune avrebbe una certa fretta di andarsene.

«Se non ci infilate quella sonda, ci scendo io, lì dentro. *Kapiert?*»

«Parla in italiano, cortesemente» gli risponde a brutto muso Mancini.

«Approssimazione sempre! Su tutte le cose!»

Il commissario lo sposta con una manata in pieno petto.

«Pischello, credi di venire qui ad alzare la voce con noi, perché parli tedesco? Qua i tedeschi non comandano più, e sai da quanto? Qua dovete venire a mangiarvi la pizza, fare il giro in carrozzella e poi a casa.»

Si deve mettere in mezzo De Vittorio, deve minacciare sanzioni a tutti e due.

Sebastian sbuffa di caldo e di rabbia, si asciuga il sudore con la manica. Sa che non dovrebbe farlo, sa che finirà in un labirinto di guai, ma sfida lo sguardo minaccioso del superiore che coordina la sua squadra investigativa. De Vittorio lo afferra per un braccio e lo allontana da Mancini e da guai peggiori.

«Facciamo un tentativo, va bene. Tentativo, si dice, e prima di alzare la voce con un tuo superiore, Sebastian, assicurati almeno di non far ridere.»

«Avevi ragione tu» fa Piera non appena Dolores mette un piede oltre la soglia, «è stata Giada a rubare i soldi.»

La donna sorride senza allegria. È il mezzo sorriso acidulo di quelli che avrebbero preferito non avere ragione.

«E adesso?»

«Adesso cosa?»

«Non gliela farà passare liscia, spero.»

Dolores si guarda nello specchio, controlla il caschetto di capelli color liquirizia aspettando una risposta di Piera. Ma non arriva.

«Quanti soldi ha rubato? Ha avuto il coraggio almeno di dirglielo?»

«Lei dice quattrocentocinquanta euro. Posso mettere nei guai una ragazza di venticinque anni per quattrocentocinquanta euro?»

«Nei guai ci si metterà se qualcuno non le dà una lezione. Ecco di cosa ha bisogno Giada.»

«Avrebbe solo bisogno di un lavoro degno di questo nome.»

«Anche io ho sgobbato per due soldi. Ma non ho mai rubato. Se li faccia almeno ridare.»

La contropartita per quei soldi Piera l'ha già avuta, e ben più preziosa di qualche biglietto da cento. Ma si guarda bene dal dirlo a Dolores. Anzi, garantisce che Giada si è impegnata a restituirli, anche se la sua assistente resta scettica.

«A che ora è l'appuntamento in sartoria a Prati?»

«Alle quattro. Ma è troppo caldo per andare a piedi.»

«Hai già chiamato il taxi?»

«Non ancora, qua sotto c'è un gran casino, hanno chiuso la strada ed è meglio andare a prenderlo in corso Vittorio Emanuele.»

«Sono pronta» alza le mani Piera, si passa il foulard impalpabile intorno al collo e afferra la borsa.

Dolores esce prima di lei e si ferma a lanciare uno sguardo dalla finestra a oblò del pianerottolo.

Piera la affianca. Dal crocicchio gremito di gente, si direbbe che i lavori in corso davanti a casa sua abbiano registrato un improvviso picco di interesse.

«Cos'è successo?» fa Dolores.

«Avranno trovato una villa romana affrescata... o una bomba dell'ultima guerra» butta là Piera, poi però mette a fuoco un'auto dei vigili urbani, una della polizia e tre o quattro divise blu che tengono lontani i curiosi armati di telefonino alzato. Fra la folla spuntano anche un paio di videocamere.

Mentre aspettano che salga l'ascensore, Piera riconosce la testa lucida del vice questore, poi anche il giovane poliziotto altoatesino più spettinato e sudato che mai. Parlottano con fare concitato, sul manto stradale disfatto fra lo scavo e un tombino aperto. Dall'angolo sbuca su via del Governo Vecchio un anonimo furgone verde oliva con una scritta in caratteri piccoli e consunti.

Piera vede a distanza quasi come un'aquila, ma il mezzo si ferma comunque troppo lontano. Anche Dolores si domanda cosa sia, prima che dal retro un paio di uomini facciano uscire un cofano metallico lungo un paio di metri, portato con due stanghe, come una barella.

«Chiama la sartoria» fa Piera.

«Perché?»

«Rimandiamo la prova.»

10

Vigili urbani e poliziotti si sono dati il cambio per reggere il telo color alluminio e coprire l'uscita del tombino. Piera si è fatta strada un metro alla volta in mezzo ai passanti, lasciando indietro Dolores inorridita dalla calca. Lo stretto incrocio borbottava gorgogliante come una pentola chiusa. L'atmosfera di un concerto senza il palco, di un comizio senza l'oratore.

I curiosi intorno facevano mille ipotesi ma lei non ne ha ascoltata una, si è presa una spinta e pure un pestone, in silenzio, senza reclamare, e alla fine è arrivata alla rete del piccolo cantiere stradale.

Prima ha notato De Vittorio, poi ha visto anche Grossmeier. Era seduto sul cumulo di sampietrini, i capelli scuri abbandonati sulla fronte color cera come alghe appena estratte dall'acqua. Lo ha osservato bere a lungo da una bottiglia di plastica. Ha dovuto aspettare, prima che si voltasse nella sua direzione.

Quando poi l'ha fatto, Grossmeier si è limitato a un lento cenno di assenso con il capo. Niente più. Ma non serviva altro. Piera ha stretto la presa alle maglie del reticolato e di colpo si è come vergognata di aver ragione. Come se fosse stata lei, con la sua tenacia, ad aver convocato tutta quella folla distratta e impaziente. Tutti quei curiosi con le braccia in alto per fotografare il sipario lucido sulla vita di una ragazza di ventotto anni. Domani l'avrebbero potuto mostrare agli amici in pizzeria.

È stato De Vittorio ad avvicinarsi. Piera ha aspettato che fosse a ridosso della rete.

«Devo parlarvi.»

«Non adesso, signora Drago.»

«Prima possibile» gli ha ribadito, continuando a guardare il telo luccicante e i conciliaboli tutto intorno.

Ora è sera, Dolores è tornata a casa sua. Prima di uscire le ha detto: «Aveva ragione lei, Piera».

Sì, aveva ragione lei. Angelica è sempre rimasta lì, lì sotto, a pochi metri da loro, abbandonata in una catacomba di acqua e fango. Intanto Piera cenava con gli amici, battibeccava con Dolores sul ventilatore e sul roast-beef troppo cotto, snelliva con la lima dei dubbi uno dei lavori più lunghi scritti da Shakespeare. Aveva ragione e per questo non ha toccato la cena, ha bevuto solo un calice di bianco dalla bottiglia che stava per dimenticarsi in freezer.

La morte è passata dal loro palazzo e lei lo aveva percepito. Esserne sicura però, è un'altra cosa. È arrivata la sera e il buio ha allagato la casa, salendo lentamente come acqua scura. Sulla sua scrivania c'è l'unica lampada accesa, e intorno un tappeto disordinato di appunti.

Che quel lunedì mattina Riccomanno si sia presentato da lei con una scusa è ormai assodato. È chiaro anche che possa aver preso le chiavi del B&B approfittando dell'arrivo del corriere. Meno chiaro come possa essere entrato in casa di Rodolfo. Piera ritrova il cellulare sotto il tappeto di appunti. Vorrebbe chiamarlo, ma non c'è modo di rintracciare un numero sconosciuto, le ha assicurato Dolores.

«Se non si può chiamare un numero sconosciuto, a che servono questi aggeggi?» ha obiettato Piera. «I numeri che conosco li so già da me!»

Piera strappa dei fogli da una vecchia versione del copione per mettere in fila qualche appunto e un po' di ordine fra i pensieri. Angelica Levantino non ha mai incontrato Serristori, meno che mai ha messo piede in casa sua. Piera ripassa il cerchio a penna intorno a questo punto: Angelica Levantino alloggiava nel B&B la notte in cui è stata scaraventata giù nel pozzo. Giada però non l'aveva registrata come ospite. Giorni dopo ha raccontato di aver visto Serristori e Angelica insieme a cena. Una bugia suggerita da Riccomanno in cambio di una promessa di lavoro.

Cambia foglio e le bastano due battute, stampate giusto in testa a una pagina. È come vedere la schiena curva del duca di Gloucester, futuro re d'Inghilterra, fare capolino fra le ombre che la circondano.

"Carico il peso di tutti i misfatti, da me segretamente consumati, sulle spalle degli altri."

Le nove di sera. Birra numero sei.

Sebastian fissa la parete di pietra grezza. È seduto da solo, su uno sgabello, ed è l'unico avventore all'interno del locale. Era un deposito di carbone, gli ha spiegato il barista. Giovane, loquace, camicia no-stiro sui pettorali definiti, gli sorride ogni volta che passa con il vassoio per servire i clienti. Che stanno tutti fuori, su una pedana ricavata strappando un paio di posti macchina alla piazza.

«Stiamo proprio giù» gli dice a un certo punto.

Sebastian alza il bicchiere e gliene ordina un'altra con un cenno. Il barista gli chiede se vuol provare «qualcosa di nuovo», ha sei birre artigianali diverse e sulla fermentazione dei luppoli potrebbe tenere conferenze, è un entusiasta e sta pure tentando di combinare qualcosa con lui.

«Quella di prima va benissimo» fa Sebastian.

Mentre gliela spilla con cura, il barista si presenta come Marco.

«Sebastian» gli risponde lui.

«Parli bene... è da molto che sei in Italia?»

«Da quando sono nato.»

È di Bolzano, lavora in polizia, terza sezione della Squadra Mobile, e l'hanno trasferito a Roma da un mese, comunica Sebastian in tono neutro. Il barista gli sorride ancora, poi si mette un vassoio sottobraccio e torna dai clienti fuori.

Sebastian lavora in polizia e quel giorno è sceso giù, a venti metri, dove non c'è mai luce, dove scarichiamo tutto quello che fa schifo, gli scarti di cui ci vogliamo liberare. Viscere artificiali, aria ferma mai respirata. Sebastian è sceso quasi a occhi chiusi, giù per la scaletta di metallo scivolosa, li ha riaperti e ha visto il giorno, là fuori, rimpicciolito a un buco di serratura, un pianetino lontano.

Sebastian lavora in polizia ed è sceso in quel tombino insieme a Mancini. È il capo della sua unità investigativa e un capo in certi momenti deve esserci.

Lavora in polizia e aveva già visto dei morti. Un assiderato, tre valangati, un accoltellato con la sua maschera di sangue già annerita e uno ripescato dal fiume dopo giorni, così gonfio che i parenti non lo riconoscevano.

Angelica Levantino invece l'hanno riconosciuta subito. Il sacco era ancora intero, anzi, era avvolta in tre o quattro sacchi neri, di quelli per l'immondizia, uniti con del nastro adesivo.

Per l'immondizia, cristo. Sebastian si rovescia in gola mezza pinta, di schianto.

L'hanno riconosciuta, ma aveva la pelle verdastra e tirata, e le palpebre violacee, neanche si fosse truccata per Halloween prima di addormentarsi. E poi i denti scoperti. Come per sorridere, o per mordere: dipendeva da come la illuminavano le torce.

L'hanno riconosciuta subito, dopo aver tolto il nastro adesivo senza provocare strappi, e poi l'hanno ricoperta con i sacchi neri perché Angelica Levantino era nuda e allora no, almeno quell'oltraggio, no. E anche se lei non si poteva più vergognare, loro sì, si sono vergognati. E Mancini, che ha una figlia poco più giovane, ha bestemmiato fra i denti e poi gli ha detto: «Rudi Völler, avevi ragione tu».

E allora Sebastian si è scusato per avergli mancato di rispetto, poi sono scesi due con il casco rosso, forse del comune o di qualche gruppo speleologico, e hanno iniziato a lanciare dei bastoncini luminosi.

Barrette a led verdi, biancastre e anche di un pallido azzurro.

Così hanno visto che sopra di loro c'era una cupola di laterizi chiari, con qualche bava di muffa gocciolante. Ai loro piedi invece una specie di lago sottile, grande come una piazza, con un velo d'acqua stranamente limpida. Sopra di loro un tipo di silenzio che Sebastian non aveva mai sentito. Il silenzio della montagna è quello dell'aria libera, è un'assenza. Il silenzio delle viscere di Roma, là sotto, è quello pesante della terra, una presenza opprimente che smorza sul nascere i rumori.

La cupola si è animata di riflessi azzurri, e nel riverbero quasi di alba il viso morto di Angelica Levantino si è addolcito, è diventato quello di una principessa chiusa in un sarcofago di plastica nera.

«Tiriamola fuori di qua prima possibile» ha detto Mancini.

Era così freddo, là sotto, che adesso Sebastian si gode i trentacinque gradi di Roma come un grembo caldo e rassicurante. Finisce la seconda metà della pinta senza prendere fiato, poi guarda il bicchiere macchiato di schiuma residua.

È l'immagine della nottata lunga e vuota che lo aspetta.

"*Io vi odio a voi Romani, io vi odio a tutti quanti...*"

Il barista è tornato dietro il banco a sciacquare bicchieri e dedica un'alzata di sopracciglia alla suoneria di Sebastian. Forse sorride anche, ma a Sebastian poco importa.

Sul suo cellulare è appena comparso il nome di Elisabetta.

Ho iniettato negli animi il veleno, con profezie, calunnie, fantasie, per seminar mortale inimicizia.

Se Alex avesse registrato la voce di Piera Drago recitare quella frase, se la riascolterebbe in continuazione negli auricolari mentre scende gli scalini verso piazza della Suburra. La via principale dell'antico quartiere dei bordelli offre riparo dal sole del primo pomeriggio.

È in anticipo sull'appuntamento con Didi, ma è meglio così.

Didi è più giovane di lui, molto più figo di lui e ha avuto più coraggio di lui. Anche Didi faceva l'assistente parlamentare, poi ha intuito come girava il vento e ha messo su una società a cui Alex aveva pronosticato sei mesi di vita stentata. Invece la Social Task Force esiste ancora e dà lavoro a tre giovani pubblicisti, quattro ingegneri informatici, un grafico e due neolaureati, uno in statistica e uno in sociologia. Se vuoi contare qualcosa nella giungla di internet e dei social, è il campanello a cui suonare.

Didi è il diminutivo di Damiano Dossena, e tempo fa per un paio di migliaia di euro in contanti gli ha dato i rudimenti per gestire i profili social del senatore. Alex sa che Didi non gli concederà più di un quarto d'ora. Per questo non si presenta nel suo loft di via Urbana a mani vuote.

«Omicidio Levantino» dice, saltando i preamboli.

Didi si arriccia la barba del mento. Dietro gli occhiali da sole potrebbe sembrare un tormentato esistenzialista. In realtà è uno squalo di fondale, veloce e silenzioso. Lo ascolta riverso sul divano, in maglietta a righe e pantaloni sdruciti.

«Sentiamo» mormora.

«La polizia sta lavorando su un nome.»

«E chi è?»

«A questo arriviamo dopo. Ti interessa o no?»

«Se è il fruttarolo all'angolo o il solito ex che lei aveva mollato no.»

«È una notizia verificata. Non è una balla.»

Didi sbadiglia. Nell'open space fanno irruzione due chihuahua. Uno si catapulta ad annusare le scarpe di Alex, l'altro zompa leggiadro sul divano in braccio al padrone. Alex ha imparato che a Roma le dimensioni dei cani diminuiscono in stretta correlazione con l'innalzarsi della fascia di reddito.

«Vedi, la distinzione non è più fra notizie vere e notizie false.»

«Lo so, ma...»

«Ci sono notizie che hanno mercato e notizie che non ne hanno. E se il mercato chiede certi prodotti, se ne inventano sempre di nuovi. È come per le sneakers, i videogiochi o le auto. Non è difficile.»

Nel loft transita una donna, appena sveglia e vestita solo di una T-shirt extralarge che le arriva alle ginocchia. Snella e spettinata, saluta appena e sparisce oltre una porta a scorrimento, seguita dai due cagnolini. Alex cede dopo qualche secondo di inutile silenzio.

«Rodolfo Serristori.»

Didi si allunga fino allo smartphone. Mentre digita gli chiede se ha sentito le ultime notizie. Alex dice di sì, ma lui gliele snocciola lo stesso. La madre di Angelica si è piazzata davanti alla questura per protestare contro il fermo del marito.

«Bel coraggio» commenta Alex. «Levantino ha quasi cavato un occhio a un medico legale.»

«Senza quasi… gliel'hanno asportato. Lesioni gravissime, roba da galera. La signora Levantino però ha molti sostenitori… arrestare un povero padre che ha appena perso la figlia.»

Alex gli fa presente che un fermo non è un arresto.

«Vedi come ragioni? Fermo, arresto… la gente non si perde in queste distinzioni, Alex. Comunque, il figlio del medico legale ha insultato la signora Levantino su Facebook… e lei ha annunciato querela. Bel casino. Migliaia di commenti… sì l'argomento è caldo, ma… Rodolfo Serristori è un vecchio playboy, fossimo negli anni '80 mi ci butterei a pesce.»

«Vive di rendita, è snob, non ha mai lavorato un giorno in vita sua, ha un passato chiacchierato, non ha messo mai su famiglia. È il colpevole perfetto, guarda. Si indigneranno tutti, dalle femministe a chi vive con cinquecento euro al giorno, dalla sinistra radicale ai crociati della famiglia tradizionale. Non lo difenderà nessuno.»

Didi si abbassa le lenti scure fino alla punta del naso.

«Allora vedi che ti ho insegnato qualcosa.»

«Venduto?»

«Può interessare a una fetta di utenti. Non piccola.»

«Però non è gratis.»

«Niente è gratis. Che ti serve?»

«Centro studi Esperia. Che ne sai?»

Didi abbandona le ciabatte di sughero e si raccoglie sul divano, i piedi stretti fra le mani.

O non ha molto da dire o quello che ha da dire non gli piace.

«So che mi avevano contattato, tempo fa. Volevano una campagna virale contro un grande marchio di abbigliamento. Duecentomila euro e un bonus di centomila tutto per me, su un conto estero.»

«E tu?»

«Io ho risposto "no, grazie".»

Alex prova a rimanere impassibile, ma la verità è che non riesce a crederci e Didi lo capisce subito.

«Non mi sembra di dover aggiungere altro.»

«Direi di no» mormora Alex.

«Ma lei ci crede, Piera?»

Piera non dice niente, richiude il giornale. È scesa prima del solito, stamattina. Come se lo sentisse. L'aria tiepida profuma ancora di pane fresco e caffè. Donato l'ha intercettata ancora prima che si sedesse al tavolino. Era di ritorno dall'edicola con i quotidiani sottobraccio.

«E lei, Donato, ci crede?» gli chiede, e apre uno dei quotidiani. C'è una pagina intera dedicata a Rodolfo Serristori. Sopra il titolo campeggia una foto degli anni '80 in cui spintona via un paparazzo. C'è il racconto delle alterne fortune della sua nobile famiglia, ci sono interrogativi pruriginosi sulla sua volubilità sentimentale. C'è il resoconto puntuale di quante volte gli hanno ritirato la patente per guida in stato di ebbrezza: cinque, di cui una in Francia e una in Svizzera.

Donato torna con il caffè e le parla da vicino, in tono cospiratorio.

«Ma ha letto che si è preso anche una denuncia per ricettazione? Reperti archeologici. Non lo sapevo» si stupisce Donato.

«Erano solo imitazioni.»

Piera gli indica la riga esatta dell'articolo in cui si dice che Serristori non andò nemmeno a processo. Era stato truffato lui stesso. Donato si curva sulla pagina, si giustifica dicendo che senza occhiali ormai legge solo i titoli e i sommari. Poi si dedica a riempire i serbatoi d'acqua dei nebulizzatori, ultimo ritrovato per combattere l'afa romana con il fresco artificiale di una pioggerellina gassosa.

Quando vede arrivare Grossmeier assieme a due tizi con delle robuste valigie metalliche, Piera butta giù il caffè in un sorso, si alza e va a intercettarli sul portone.

«Cosa ha da dirci?» le chiede Grossmeier. Più sbrigativo del solito, le pare. E anche più veloce nel salire le scale.

«Prima me ne dica una lei: cos'è stata, una ripicca perché Serristori se n'è rimasto all'estero?»

Il giovane poliziotto altoatesino guarda Piera sollevandosi un grosso ciuffo di capelli dalla fronte. Quando arrivano sul pianerottolo dell'appartamento di Rodolfo si mette davanti alla porta come di guardia.

«Non capisco.»

Piera detesta far vedere che deve riprendere fiato per parlare. Aspetta il respiro giusto sotto lo sguardo impaziente di Grossmeier.

«Tutto il mondo ora sa che indagate su Rodolfo.»

Sembra sinceramente dispiaciuto. Anche quando aggiunge che è una brutta cosa, davvero una cosa che non doveva proprio succedere.

«Ora le indagini sono più difficili» spiega.

«È solo questo che la preoccupa?»

Grossmeier allarga le braccia.

«Avete dato in pasto ai leoni del Colosseo la vita di una persona.»

«Non io, signora Piera.»

«Lei no, ma forse qualche suo collega sì.»

«Lei non può dire questo.»

«E chi è stato, allora?»

«Io non vedo più leoni nel Colosseo. Ma questa città è piena di talpe. E di topi, anche. Sanno come muoversi. Entrano in ufficio, guardano nel computer, frugano nei cassetti e parlano con i giornalisti. È così questa città, è tutto un caos. E se ha da dire qualche cosa, faccia a me un grande favore: parli con il dottor De Vittorio.»

Grossmeier la saluta con un cenno, rientra in casa di Serristori e chiude la porta con una certa energia.

Il voto in commissione sulla regolamentazione della pesca delle vongole slitta, ma non abbastanza per rimandare tutto a dopo le elezioni. Garritano insiste che un modo ci doveva essere, senza giri di parole ricorda ad Alex che è in ritardo con i trecento euro dell'affitto e gli dice di prendersi qualche giorno di libertà, proprio come si direbbe a una colf, pensa Alex. Il senatore vuole riprendere fiato in vista della campagna elettorale. Sono i momenti di cui Alex ha sempre approfittato per tornare in Toscana dai suoi.

Questa volta però non può lasciare Roma, e questo comporta dover perdere tempo al telefono con i genitori. Che non capiscono perché, che vogliono sapere di Elisabetta e di cosa non va più fra loro, perché la incontrano, è davvero giù di corda, povera ragazza, e loro non sanno che dire.

«Non c'è niente da dire, e comunque sono affari nostri» li liquida lui.

Gli amici comuni del borgo sono più discreti, così

discreti che per evitare di finire nell'argomento gli telefonano sempre più di rado. Potrebbe anche significare che sono passati tutti dalla parte della povera Elisabetta, l'abbandonata, ma ad Alex poco importa. Importa ancora meno quando apprezza in rete i primi risultati del lavoro di Didi. Se ne rimane chiuso, in mutande e maglietta, nel suo seminterrato ad aspettare la tregua termica della sera. Si gonfia di birra del discount e intanto osserva rapito il nome di Rodolfo Serristori invadere le pagine dei motori di ricerca.

"Indagato l'ex scapolo d'oro della Roma bene."

Solo dieci giorni prima parlavano di lui una manciata di siti appena, roba da appassionati di rotocalchi d'epoca, peraltro come collezionista del bizzarro e proprietario di un resort esclusivo nelle Antille Olandesi.

"Lui e Angelica insieme al ristorante poche ore prima che lei scompaia. Il cadavere di Angelica Levantino è stato poi ritrovato nel sotterraneo di una fognatura medievale."

Ora è come osservare la marea che monta in tempo reale, centimetro dopo centimetro, minuto per minuto. Gli elementi a carico sarebbero molto pesanti. Anche le agenzie di stampa hanno battuto la notizia. Fra poco sarà sui tg e domani sui quotidiani cartacei.

Alex esce di casa alle sette, il sole è ancora alto e potente, almeno per chi lo può vedere dalla finestra. L'estate esaspera gli odori dei cassonetti, dell'erba tagliata nei giardini condominiali, delle pisciate dei cani sugli angoli della strada.

Scendendo verso Trastevere con il cellulare davanti

al naso, Alex fissa i suoi obiettivi a breve. Mangiarsi una pizza e reperire un po' di cocaina. Dato che sono forse i beni di consumo più disponibili sulla piazza, gli sembrano due traguardi a portata di mano.

"Serristori irreperibile dal giorno della scomparsa di Angelica" legge in un post già virale.

Sono forzature, Alex lo sa, ma non si entra nei cervelli della gente chiedendo permesso. La voce mentale che glielo ripete è quella monocorde e tagliente di Didi.

Il pusher lo trova in piazza Trilussa in compagnia di una giovane longilinea con gli occhiali a goccia. Con la bustina gli fornisce anche un biglietto da visita con il solito fiore di loto, la solita intestazione "Sushi Bar" e un numero di telefono nuovo. La pizza la mangia da solo, seduto all'unico, minuscolo tavolino lasciato libero da una comitiva di turisti dell'Est, forse polacchi. Ci mette sopra un gin tonic ordinato in un bar lì vicino, meno frequentato e che quindi ha una toilette più discreta. Alex si sniffa la pista sul serbatoio del water.

Esce dal bagno pensando di ordinare un altro drink, invece nell'antibagno si ritrova una mano al collo che lo ricaccia dentro lo stanzino angusto del cesso.

Felpa grigia stasera ha una camicia blu di simil raso sintetico e una faccia peggiore di quella dell'altra sera, perché sembra stia sbrigando una noiosa incombenza che potrebbe ravvivare abbandonandosi a una violenza del tutto gratuita.

«Buona idea di sputtanare il bel gagà. Bravo. Però tu ti stai occupando solo di salvare il tuo culo. E sbagli.»

L'uomo non aspetta che Alex risponda. Gli abbassa la testa nel lavandino, lo tiene giù piantandogli un ginocchio nel centro della schiena e apre l'acqua.

«Perché il tuo culo non è tuo» dice. «È nostro.»

In pochi secondi il getto smette di essere fresco.

«L'hai capito o no?»

L'acqua si sta scaldando e Alex dice di sì, tenta di sollevarsi, ma finisce con il naso schiacciato contro la ceramica.

«E allora se l'hai capito, perché non ti dai da fare?»

Il getto è quasi bollente, Alex sente la pelle nuda della testa come presa d'assalto da uno sciame di vespe.

«Te lo sei scordato?»

Alex cerca di dire no, ma riesce a malapena a respirare, il bordo del lavandino che gli preme lo sterno.

«Te lo sei scordato?» ripete quello, poi Alex emette un «no» con la parte di bocca che riesce a muovere e quello chiude il rubinetto. Finalmente può tirarsi indietro, fradicio e con l'orrida sensazione di avere una medusa come cappello. Chiude gli occhi, si lascia cadere a terra.

«Il professore è stato chiaro» dice l'uomo, «il tuo culo per la testa di Garritano. Aspetta notizie da te. Presto, però… molto presto. Dove trovarci lo sai.»

Piera si è ritrovata davanti De Vittorio all'uscita dalla farmacia. Il vice questore le ha fatto intendere che fosse un caso, e che sempre guarda caso andavano nella stessa direzione. E Piera ha fatto finta di crederci.

«Signora Drago, secondo lei questo Alex Riccomanno... aspetta più di due giorni, poi si rifà vivo sul luogo del delitto. Per quale motivo? Per mettersi nei guai così, a gratis?»

Se Piera non reggesse il pacchetto con gli inalatori appena comprati in farmacia, le sue mani farebbero capire in silenzio che non ha una risposta.

«Non è salito da me per caso. E neanche per quei motivi improbabili che...»

«Sapeva che avrebbe trovato le chiavi del B&B, sapeva che Serristori stava per partire» la interrompe De Vittorio, ed è la prima volta da quando si conoscono. «Che è, un veggente, questo Riccomanno?»

«Non lo so, forse la fortuna... oltre agli audaci, aiuta anche gli assassini.»

«Non saprei, ma a chi indaga la fortuna capita solo nei libri gialli.»

De Vittorio non accenna a rallentare il suo passo a punte divaricate. Sembra che cammini lento e svagato, invece Piera fatica a tenergli dietro.

«Senta, capisco che lei e Serristori...»

«No» lo interrompe Piera, «non capisce. Non sto parlando di Rodolfo. Sto parlando di quello che Giada vi ha raccontato su di lui...»

«La ragazza del B&B? La risentiremo, non si preoccupi. Verificheremo. Abbiamo capito anche noi che è poco affidabile.»

«Appunto.»

«Il punto è come mai una così inaffidabile dovrebbe aver raccontato la verità proprio a lei.»

«So riconoscere se qualcuno recita. Specie se recita male.»

Piera non è sicura, ma le pare che De Vittorio le dedichi un sorriso di sbieco. Per fortuna in piazza di Pasquino finiscono nella confluenza fra una comitiva di spagnoli e un plotoncino di americani sui segway. Il vice questore deve fermarsi.

«A proposito di recitazione. Ho visto che lei si sta spendendo molto per quei ragazzi… e che farà la prima del suo spettacolo nel teatro occupato.»

«Precisamente.»

«L'ordine pubblico non è il mio settore e poi, diciamoci la verità… gli sgomberi sono una questione politica. Dipende chi comanda… a qualcuno mandano i reparti antisommossa, ad altri pagano pure le bollette.»

«Anche per questo ho allestito lì il mio Riccardo. Perché paghino le bollette.»

«Splendido. Farò quello che posso per convincere i superiori a rimandare lo sgombero.»

«Perché dovrebbe convincerli?»

«Che domande! Perché sono curioso di vedere il suo *Riccardo* III.»

E non è il solo, pensa Piera quando si trova davanti Alex Riccomanno ad aspettarla nel foyer del teatro. Per arredarlo i ragazzi hanno svuotato le cantine del circondario e il completo blu del portaborse non si mimetizza fra gli stucchi ottocenteschi e le vecchie réclame di brillantina, carte da poker e pastiglie per la tosse. Le sedie di metallo odorano di verniciatura recente e i tavolini sono tutti diversi, anche per altezza. Ne scelgono uno da vecchio bar di provincia, con una scacchiera stampata sul piano metallico. Riccomanno appoggia il bicchiere e la guarda con un sorriso persistente, di quelli che esigono di essere ricambiati.

«Il senatore sottoscriverà il vostro appello» esordisce.

Piera lo ringrazia. Il portaborse ha lo sguardo frizzante e sembra rilassato. Eppure hanno appena ritrovato il cadavere di Angelica Levantino. Perché non è chiuso in casa a guardarsi allo specchio? Perché non scappa in un Paese lontano? Perché si ostina a presentarsi da lei, alle prove?

Quando Alex annuncia che deve confessarle una cosa, Piera porta istintivamente la mano all'inalatore. Però lo lascia in tasca, come un'arma da estrarre solo al bisogno. Un'arma innocua, ma è l'unica che ha, ora che Grossmeier e De Vittorio l'hanno scaricata.

«Il senatore Garritano, lui di teatro non... insomma, è una mossa elettorale. Questo è onesto dirlo.»

«Del resto è un politico» fa Piera.

Alex ride di nuovo, sembra rinvigorito da un'euforia impossibile da controllare. Dice che all'università gliel'avevano raccontata diversamente, la politica. Che a Roma c'è arrivato con altre idee, idee così ingenue che ora gli sembrano appartenute a un'altra persona, a una vita precedente.

«La realtà è che faccio il passacarte di un maneggione ignorante, e che se ne vanta pure… uno che mi paga con due spicci. E comunque la cosa che davvero mi offende è… una cosa che non ho mai detto, nemmeno alla mia compagna.»

La ragazza del bar passa a versare altro tè freddo nei loro bicchieri e lascia dei pasticcini. Lui aspetta che si allontani come un venditore ambulante inopportuno.

«Io ho un contratto da colf. Io… io che gli scrivo i discorsi, io che gli evito di fare figuracce ogni volta che apre bocca, io che gli paro il culo dai giornalisti che si chiedono come possa essere finito in Senato uno che in un Paese normale verrebbe tenuto alla larga dal consiglio di una bocciofila. Io… che non sarò un genio, no, ma al contrario di lui una laurea ce l'ho, e Garritano mi paga come uno che gli pulisce il cesso, perché così risparmia sui contributi.»

«Sul serio?»

«E non solo. Gli devo anche restituire trecento euro al mese perché mi fa abitare in quello schifo di seminterrato dove non vedo mai il sole.»

E infatti la tua ombra l'ho vista con la luna. Piera si augura che non le si legga in faccia nulla, gli sfiora il braccio e per un istante Alex sembra illuminarsi di riconoscenza.

«Altro che *sottocane*…» mormora lui. Poi sembra di colpo confuso, e pentito dello sfogo.

Dall'ingresso della platea i ragazzi della compagnia fanno segno che è ora di iniziare. Se ne accorge anche Alex.

«Le dispiace se rimango a guardare le prove anche oggi?»

«"… questa bellezza tua che m'ossessiona fin nel sonno, da spingermi a pensare di dar morte magari al mondo intero, pur di vivere un'ora sul tuo seno…"»

Piera nei panni di Riccardo III declina le ultime parole in tono sofferente.

Alex non si perde una sillaba, seduto in ultima fila, nello stesso posto della volta precedente. Oggi la scena è più semplice, ma una delle attrici solleva un'obiezione. È una donna oltre la trentina, minuta ed energica, che si piazza di fianco a Piera.

«Riccardo III sta tentando di sedurmi, ma… mi ha ammazzato il marito.»

«… e anche il suocero, se è per quello.»

«E io lo so! Come faccio a dimenticarlo? Non riesco a trovare il timbro del personaggio. Come fa Lady Anna Neville a cedere a Riccardo, a credergli?»

Il silenzio della compagnia lascia intuire ad Alex che si tratta di un dubbio condiviso. Piera si liscia con lentezza la lunga coda di capelli, un gesto che ad Alex sembra già familiare.

«Tu cosa penseresti di un uomo che uccide perché ti ama?» chiede all'attrice.

«Penserei di denunciarlo alla polizia.»

«Giusto, però siamo nel '400. La polizia non l'hanno ancora inventata.»

«Penserei che è un pazzo.»

«Giusto anche questo. Però è pazzo di te.»

«E allora?»

«E allora lo tieni in pugno. Dunque sarà anche un pazzo, ma *tu* hai potere su di lui. Sei potente... sei stata causa di una morte.»

«Ma non è vero, Riccardo sta mentendo! E noi lo sappiamo.»

«Noi, il pubblico, lo sappiamo. Ma cosa impedisce a Lady Anna di credere a una bugia che la fa sentire potente?»

Alex si appoggia al sedile davanti, si sente come in attesa di una rivelazione.

«Non è Riccardo di York a sedurre Anna. È il potere. Shakespeare ci sta dicendo che siamo tutti *seducibili* dal potere. Specie quando ci manca la potenza, perché siamo nati imperfetti come Riccardo, perché rimaniamo soli, come Anna... a quel punto non ci resta che il potere. L'unica consolazione o l'ultima scialuppa di salvataggio. Riccardo lo sa. Lui cerca il Riccardo III affamato di potere che c'è in tutti gli altri. Cerca il suo gemello malvagio, lo trova sempre e lo libera... il Riccardo III che abita in Anna è lusingato dal fatto che qualcuno abbia ucciso per lei. Mentre io, Riccardo, mi faccio sputare in faccia e mi umilio, tu, Anna, stai diventando come me... stai accettando di essere la causa dei miei delitti. Ma senza averlo voluto, attenzione. Sei un complice senza colpe, capisci quanto è geniale questo demonio?»

Se potesse, Alex si alzerebbe in piedi ad applaudire. E comunque si alza in piedi lo stesso, perché si sente leggero, ha capito cosa fare e deve farlo prima possibile.

«Riproviamo...» fa Piera. «"Questa bellezza tua che m'ossessiona fin nel sonno, da spingermi a pensare di dar morte magari al mondo intero..."»

Il senatore non aveva mai fatto niente del genere, le ha ripetuto allo sfinimento Alex, mentre l'auto mandata dal Centro studi Esperia planava silenziosa lungo il sottopasso del Lungotevere.

Giada è salita a bordo della berlina Mercedes con timore, e ha sempre tenuto le mani sul manico della borsetta rossa, la borsetta sulle ginocchia, le ginocchia unite.

«Se devo essere sincero, la colpa è stata mia.»

E a quel punto Alex ha notato Giada appoggiare le mani sulla pelle beige del sedile. La ragazza finalmente lo ha guardato.

«Sono io che ti ho consigliato di non truccarti troppo... di metterti qualcosa di semplice, di andare da lui più naturale possibile. Non potevo immaginare che lo avresti mandato fuori di testa.»

«No? Quello è proprio un vecchio maiale» ha provato a resistere Giada.

Allora Alex le ha garantito che al senatore sono sempre interessate le donne più vicine alla sua età, le situazioni a colpo sicuro. Omette di dirle che una di queste situazioni gli era saltata giusto qualche giorno prima, causa arrivo improvviso della signora Ida a Roma. E che Garritano, nonostante l'età non più verde, rimane uno schiavo un po' ottuso dei propri ormoni. Alex ripete invece che ci voleva lei per far perdere la testa a un uomo prudente, a una vecchia volpe, maestro nel tenersi lontano dai guai, nonostante tutte le occasioni che ha un uomo di potere come lui.

«Al naturale, tu sei molto più attraente di quello che pensi. Ti preoccupi troppo di farti bella. Non ti stimi abbastanza, non ne hai tutto questo bisogno.»

Giada si è subito tirata l'orlo del vestitino nero verso le ginocchia e si è risistemata la spallina.

«Oddio, allora dici che sto troppo strappona?»

«Ma no, figurati. E poi stasera il senatore non c'è.»

«E chi c'è?»

«Gente che può darti una mano, sul serio.»

Il tubino nero è una rimanenza di stock invenduto. Adesso, alla luce impietosa delle cento lampadine del salone, Alex nota chiaramente il cotone di basso pregio. Di sicuro lo notano anche tutti gli altri invitati all'aperitivo informale, un appuntamento che il Centro studi Esperia organizza una volta alla settimana nella villa acquattata alle pendici del Gianicolo. Tutti gli uomini hanno una spilla sul risvolto della giacca. Nessuna signora sfoggia il vestito da sera, ma Alex non ha ancora visto un accessorio, uno solo, che scenda al di sotto di un prezzo a tre cifre.

In uno dei salotti, grande come due volte il suo monolocale, sta accordando gli strumenti un quartetto d'archi tutto femminile. Alex ha già perso il conto di quante lingue diverse ha sentito parlare passando fra gli invitati. Anche perché ne ha riconosciute al massimo cinque o sei.

Il professor Amidei accoglie Giada con premura quasi paterna e sua moglie Joy la porta a visitare il giardino. Alex viene subito avvicinato da felpa grigia, che con il completo scuro vorrebbe imitare la già discutibile eleganza di Al Pacino in *Scarface*, eppure fallisce anche in quello.

«Bella… tette grosse e cervello piccolo. Abbiamo gli stessi gusti.»

«"Penserei di dar morte anche al mondo intero, pur di vivere un'ora sul tuo seno"» mormora Alex.

Il tipo si stranisce, ma Alex si sente afferrare all'altezza del gomito ed evita così di perdersi in spiegazioni che non ha alcuna voglia di dare. Il professor Amidei lo trascina con energica gentilezza verso un grazioso padiglione di ferro battuto bianco, aperto per la bella stagione, e popolato di piccoli arbusti esotici.

Prima gli presenta un notaio, poi una penalista il cui cognome Alex ha letto non di rado sui giornali al mattino e infine un signore dall'aria mite, a metà fra il docente universitario e il musicista classico, dati gli occhiali tondi vagamente demodé.

Amidei presenta Alex come un nuovo collaboratore del Centro studi. L'uomo invece si presenta solo con il cognome, De Vittorio. Mentre si stringono la mano, Amidei aggiunge una didascalia che fa sentire Alex come su un aereo preda di un vuoto d'aria. *Vice questore. Squadra Mobile.*

«Dirigo solo la terza sezione, per l'esattezza.»

«Quella che indaga sull'omicidio di Angelica Levantino» specifica Amidei.

Alex l'ha spronata ad avere coraggio. Ci sarà un grande avvocato, per giunta donna, accanto a lei. Non dovrà pagare neanche un euro. Alex le ha detto che questi di Esperia sono potenti, dovrebbe averlo capito anche lei, dopo anni che stanno sopra, nel palazzo.

«E chi li ha mai visti? Sono amici dell'amministratore» ha obiettato Giada, mentre scendevano i gradini verso il monolocale di Alex. Iniziava a barcollare sui tacchi e Alex l'ha sorretta con un braccio intorno alla vita.

«In un mese Garritano intasca due volte quello che tu guadagni in un anno. E questo, secondo lui, gli dà diritto di metterti una mano tra le gambe dopo cinque minuti. Ma davvero vuoi che uno così la passi liscia?» le ha detto.

Le ha ricordato come si sentiva umiliata, al telefono. Le ha offerto di dormire lì, le ha aperto il divano letto, ha premesso che lui si sarebbe sistemato sulla poltrona. Nel cuore della notte però, Giada si è tolta le scarpe con il tacco e si è rivelata capace di fare domande sensate.

«Ma non hai paura che poi perdi il lavoro?»

«Lavoro… sono sette anni che vivo agli ordini di questo individuo. Ne ho piene le palle. Me lo trovano quelli del Centro studi un lavoro. Migliore. E lo trovano anche a te.»

«Ma sei sicuro?»

«Se non lo fossi, non ti spingerei a denunciare Garritano.»

«Ma Serristori, l'ha proprio ammazzata lui? A me non...»

«Cosa ti importa di uno che non ha mai lavorato un giorno, che dico, un'ora in vita sua? Finirà in carcere? Pazienza, è uno che ha avuto tutto senza mai sudare, senza meritarsi davvero niente. Guarda noi invece, che ci facciamo il culo da sempre... ascoltami, Giada, è ora di fregarcene di gente come Garritano e Serristori.»

«Ho fame» ha detto lei a un certo punto.

Hanno mangiato due sandwich del supermercato scaduti il giorno prima.

«È la tua ragazza?» ha chiesto Giada, guardando una foto sul frigorifero. «Carina una cifra, davvero.»

«Abbiamo rotto» ha risposto lui.

«Non è che dici così perché...» ha sussurrato lei, incerta.

«Perché cosa?»

«Niente.»

Quel niente voleva dire tutto.

Ora che Giada s'è addormentata con un lenzuolo abbarbicato intorno alla vita, Alex è ancora più convinto che doveva farlo. Ne andava della credibilità delle sue parole e dell'autostima di Giada. Tutto sommato gli è anche piaciuto, a momenti. Anche se Elisabetta è più passionale e Angelica Levantino era più disinibita. Ma Angelica è morta, Elisabetta è fuori dalla sua vita e per questa ragazzotta che ora dorme nuda sul suo divano letto, respirando anche un po' rumorosamente, prova quasi fastidio.

Sono le tre del mattino e per la prima volta apprezza la differenza dolorosa fra vivere solo, come fa da tempo, ed essere solo, come si sente stanotte.

Sono le tre del mattino e vorrebbe solo poter chiamare Piera. Dirle che ha fatto tesoro di quello che lei ha spiegato sul palco. Gli piacerebbe riconoscere nella sua voce qualcosa che assomigli all'orgoglio e all'approvazione.

11

«Ho come l'impressione che quel famoso disegno di legge sul teatro non si farà mai.»

Che ci fossero novità importanti Piera lo ha capito quando Dolores è passata a trovarla di domenica mattina. Le ha portato il vassoio della colazione perfettamente allestito da Donato e sul vassoio c'era un quotidiano ripiegato che ora copre tutta la scrivania, compreso il pc su cui lavora Dolores.

Ma non è il duca di Gloucester la prima preoccupazione di Piera. Almeno non stamattina. Dolores le chiede se per caso ha deciso di impararlo a memoria, quell'articolo. Piera replica a malapena, dalla prima pagina torna all'approfondimento in cronaca.

"A denunciare il senatore Tersite Garritano è una giovane romana ancora tutelata dall'anonimato. Secondo la nota diffusa dal suo legale, la ragazza è stata molto precisa e dettagliata sull'incontro con l'uomo politico, avvenuto nell'attico di Garritano a Monteverde. Dopo la promessa di un lavoro è arrivato un approccio esplicito, poi sono iniziati i palpeggiamenti. Il rifiuto della ragazza ha scatenato la reazione incontenibile del senatore. Nel testo della denuncia la vittima dichiara: 'Ho avuto davvero paura, Garritano ha perso il controllo. Ho cercato di scappare ma lui mi ha inseguito, mi ha afferrato con violenza, cercando di sbottonarmi i jeans e toccandomi nelle parti intime. Poi mi ha sbattuto contro la porta e allora mi sono messa a urlare. Non se lo aspettava, si è spaventato e a quel punto ho avuto il tempo di uscire'.

L'episodio risale a pochi giorni fa. Luogo, data e ora dell'incontro non erano nell'agenda ufficiale del senatore, ma sono state confermate agli inquirenti dall'assistente di Garritano stesso."

«È Giada» pensa Piera a voce alta.

«Chi?»

«La ragazza che ha denunciato Garritano.»

Dolores le chiede come fa a saperlo. E come crede di averlo capito, poi. Ma, soprattutto, cosa le importa.

«Alex ha messo fuori gioco il senatore.»

«Da quando lo chiama per nome?»

«E in questo caso, senza colpe. Proprio come Riccardo si libera di re Edoardo.»

«Piera, di cosa sta parlando? Del nostro lavoro o di questo Alex?»

«Di tutti e due, Dolores.»

«No, non la seguo.»

«È che non è più tanto facile distinguerli.»

«Così mi fa paura.»

A lei è Alex Riccomanno che inizia a fare paura, vorrebbe dire Piera. Invece toglie il giornale dalla scrivania fino a far riemergere il computer.

«Hai due minuti? Guardiamo se ci sono notizie dell'ultim'ora…»

Gli piace come parla. Sembra che dica sempre un po' così, per scherzo. E come scorre, l'italiano che parla lei. Altro che l'accento sbracato dei romani. Gli piace come tiene la forchetta, come sfiora con l'indice lo schermo del cellulare. Gli piacciono i suoi fianchi larghi, da donna solida. Gli piace come lo corregge con l'italiano, gli piace come non riesce a ricordarsi una sola parola di tedesco, neanche dopo cinque minuti. Lei ci si arrabbia, e anche questo gli piace.

Gli piace persino Roma, oggi che l'ha vista assieme a Elisabetta.

Mancini e De Vittorio sono stati d'accordo nel farlo staccare un paio di giorni. Finito il lavoro a casa di Serristori e con il famoso viveur ancora uccel di bosco, devono solo aspettare i primi risultati dell'autopsia.

Arriva il pomeriggio, si avvicina l'ora del treno di ritorno di Elisabetta e si ritrovano sui gradini color avorio davanti all'Ara Pacis. Lei voleva andare a vedere una mostra, ma è tardi.

«Sarà per la prossima volta» mette subito le mani avanti Sebastian. «Magari stai due giorni, anche. Non che voglio invitarti a casa mia…»

«No?»

«Non perché io non… solo che tu magari vuoi…»

«Siamo adulti, Sebastian, tranquillo» gli risponde lei, limpida come l'acqua che saltella sul letto trasparente della fontana. E poi gli dà un bacio sulle labbra. Un bacio piccolo e semplice. Senza fraintendimenti e senza promesse. Un paio di secondi, forse. Sebastian non lo saprebbe dire. In quel momento il tempo si è come dilatato, eppure è stato tutto troppo breve.

Poi Elisabetta gli dice che è meglio essere chiari e onesti. È stata lasciata dopo anni. È delusa, è incazzata con il mondo, è instabile. Non sa cosa farà domani, non vuole prendere ansiolitici, però lo psicologo sì, ha già fissato il primo appuntamento. E in questa sua estate di merda Sebastian le sembra l'unico uomo gentile e premuroso che cammina per questo mondo.

«Mi piace stare con te, però siamo onesti. Magari hai una ragazza in Austria. Dimmelo ora.»

«Non ho nessuna ragazza in Austria» le risponde, e si sente onesto.

«Sono stata anni… anni!, con uno che mi ha nascosto chi era veramente, mi ha tenuto lontana dalla sua vita. E io scema, buona, a casa… che credevo a tutto e lo aspettavo. Qui a Roma sicuramente aveva già i suoi giri… poi di colpo mi ha mollato, come si lascia un cane in autostrada. Senza rimpianti, senza una parola di comprensione. Questo è. Non voglio fra i piedi gente che mi racconta cazzate.»

Gli piace la sua decisione, gli piace la sua tristezza senza pudore. Gli piace tutto, di questa ragazza, anche come soffre per un mediocre galoppino come quel Ric-

comanno. Le stringe una mano e pensa che deve dirglielo subito.

*Sono di Bolzano. Faccio il poliziotto. Tre anni fa un
bracconiere per poco non mi ammazza. Ieri ho ritrovato
il cadavere di Angelica Levantino nelle fogne. Quando ci
siamo incontrati a Termini seguivo il tuo ex fidanzato per
capire se c'entra qualcosa.*

Che cosa ci sarebbe di male? Niente. Tranne il fatto di dover giustificare la balla della vacanza studio per
perfezionare l'italiano. Il problema è che Sebastian non
fa l'idraulico o l'insegnante. Se un poliziotto ti ha nascosto chi è veramente, diventa difficile credere che gli piaci
davvero. Diventa difficile tutto.

«Dobbiamo avviarci alla stazione» fa lei.

«Mi dispiace che te ne vai» risponde Sebastian. E
la bacia come ha fatto lei poco fa, sulle labbra appena,
come se stessero tutti e due ricominciando da capo, tornando a un giorno della loro adolescenza.

Alle prove di lunedì Piera trova i ragazzi del teatro
alle prese con taniche e damigiane. Non piove da quasi
due mesi e corre voce su internet che la capitale rischi di
rimanere a secco. Ai piani più alti ormai esce dai rubinetti appena un filo.

Anche la denuncia contro Garritano sta riscuotendo
un certo interesse. L'unica dichiarazione rilasciata dal senatore riguarda le sue dimissioni dalla presidenza di una
commissione. L'ala più aguerrita propone una serata di
monologhi sul pedaggio sessuale nel mondo del lavoro.

L'ala più realista chiede che siano pezzi brevi, e possibilmente anche divertenti. La parola "divertenti" però scatena un mezzo casino. Una volta trovata la mediazione sul termine "ironici" e sul fatto che non riguardino solo il mondo dello spettacolo, Piera si sente autorizzata a raccogliere dai vari tavoli i suoi attori e portarseli sul palco per le prove.

«Tempo fa ci siamo detti che Riccardo di York non prova desiderio. Il desiderio erotico o amoroso, intendo... Non desidera perché non conosce il desiderio... non lo conosce e nemmeno riesce a pronunciare la parola.»

Piera si sposta in un punto del palco più a favore di luce. Vuole ritrovare la pagina esatta del copione per indicarla a tutti. Il suo sguardo devia però verso il fondo della platea, come un corpo pesante attirato verso acque più scure e profonde.

Devia verso l'ultima fila, dove anche oggi una sagoma in ombra interrompe la monotonia degli schienali vuoti. Guarda meglio, riparando gli occhi dalla luce del riflettore. Potrebbe essere chiunque, ma lei sa chi è. Riccomanno è là, seduto al solito posto, anche quel giorno. Ormai non si perde più una prova, pensa Piera, mentre sul palco le chiedono, allora, quale sarebbe la pagina.

«Pagina cinquantotto. Leggete qua... anzi, sentite cosa sussurra Riccardo di York a Buckingham, suo cugino, quando lo manda in giro a screditare re Edoardo...»

«... che fra l'altro è suo fratello ed è un cadavere ancora tiepido» aggiunge il tecnico delle luci dal suo angolo in disparte. Conoscere Piera da trent'anni lo autorizza a intromettersi.

«Esatto. Sentite... "Insisti sulla sua odiosa lascivia, di' loro la sua foia animalesca che, nell'estrosità delle sue voglie, si spingeva anche alle serve..."»

«"... ovunque, insomma, la lussuria dei suoi occhi e l'istinto selvaggio del suo cuore si ripromettessero di predare, senza freni."»

Alex rimarrebbe ore nel buio del teatro ad ascoltare quella voce che si riverbera fra i velluti e le assi di legno, fra gli stucchi color panna e il pavimento ovattato dalla moquette. L'acustica del teatro la fa scivolare leggera lungo le pareti fino ad arrivargli dalle spalle.

«Avete sentito quante volte Riccardo potrebbe pronunciare la parola desiderio e non lo fa? Quante alternative si inventa? Lascivia, foia, voglie... poi tira in ballo la lussuria e l'istinto selvaggio. E alla fine il verbo predare. Sei volte abbassa il desiderio alla sua forma più primitiva e volgare. Sei volte in cinque righe.»

Alex cambia l'ennesima posizione facendo gemere la poltroncina. Controlla l'ora sul telefonino e calcola quanto lo separa dal confronto con il senatore e il bel risultato delle sue voglie senza controllo. Garritano ha passato tutta la giornata con l'avvocato, ma ha preannunciato di volerlo incontrare prima di cena di sopra, nel suo attico.

Rifiutare sarebbe stato un autogol. Ma intanto il senatore ha bloccato i propri profili social e le credenziali di Alex non funzionano più. Garritano è ignorante e superficiale, ma non è scemo. Alex non ha ancora deciso come affrontarlo e dal palco tarda ad arrivare un'illuminazione sul da farsi. Si sente come uno spettatore che non può reclamare perché non ha pagato alcun biglietto, e intanto il cellulare gli illumina la tasca. Nel silenzio ovattato, la vibrazione gli sembra più rabbiosa e incalzante del solito.

Il messaggio che legge lo fa alzare di scatto dalla poltrona, così di scatto che dal palco tutti si accorgono della sua presenza. E di quella che a loro sembrerà una fuga improvvisa e precipitosa.

C'è l'irredentista Altamura, c'è il vice presidente della commissione e c'è un'avvenente pasionaria le cui crociate in favore degli animali domestici Garritano ha sempre appoggiato senza se e senza ma. Nella segreta speranza di possederla, ovvio, magari in una saletta appartata fra una votazione e l'altra. Ci sono un paio di giornalisti, amici di vecchia data, che Alex saluta con un rapido tocco sulla spalla. Oltrepassa la porta a vetri e viene subito intercettato da un infermiere. Le informazioni sono scarne. Il senatore non ha perso conoscenza, ma parla in modo sconnesso e sembra avere delle allucinazioni. Stanno valutando se sedarlo per procedere a una serie di analisi. Se vuole, Alex può aspettare fuori dalla camera e chiedere al medico di entrare. Magari per pochi minuti glielo concede.

Alex si siede ad aspettare accanto a una kenzia rigogliosa. In rete la notizia si sta diffondendo a una velocità esponenziale, ma la relazione fra l'ictus e le accuse di molestie è solo suggerita, almeno al momento. Nei commenti di qualche opinionista non tarderà a comparire, Alex lo sa bene, e Giada rischia di passare da coraggiosa vittima a visionaria e inattendibile carnefice.

La porta della camera si apre mentre lui sta ancora soppesando pro e contro della nuova situazione. Due camici bianchi svolazzano via prima che si sia anche solo sollevato dalla sedia.

Mentre decide se entrare, dalla porta socchiusa intravede una faccia sul cuscino. La prima impressione è che sia una maschera di caucciù fatta a somiglianza di Garritano e appena tolta da chi la indossava. I capelli grigi sono tirati all'indietro, le vene sulla fronte spiccano in rilievo.

Il senatore confabula indicando qualcosa sul soffitto, e con l'altra mano cerca di liberarsi dal lenzuolo. Un'infermiera asciuga la saliva che gli cola dall'angolo della bocca.

Ida Garritano sbuca da dietro la porta senza che Alex ne abbia neppure percepito la presenza. Gli pare meno profumata, meno rossa di capelli, meno matrona del solito. E non gli lascia il tempo di un saluto, di una sola sillaba.

«Sei venuto a vedere il tuo capolavoro? Entra, vieni a vedere come l'avete ridotto… tu e quella mezza deficiente di una zoccola. Guarda come hai rovinato chi ti ha dato uno stipendio per anni…»

La donna stringe fra le mani una brancata di vestiti, forse quelli tolti al marito per ricoverarlo. Quando glieli lancia contro, Alex arretra e questo la fomenta ancora di più.

«Scappa, scappa!» gli urla. «Vai, bravo… vai! Vattene prima che arrivi qua mio figlio e ti spacchi la faccia.»

Quando vede che dalle camere si stanno affacciando tutti, Alex si volta e le torna incontro.

«E cosa avrei fatto di male? Sentiamo.»

A differenza di lei, mantiene un tono di voce basso.

«Dovevo dire che quella ragazza non è mai salita su dal senatore? Dovevo mentire a un magistrato per coprire suo marito? Se lei pensa che suo figlio mi debba spaccare la faccia perché ho detto la verità, va bene… io però domani la mia faccia la guarderò lo stesso allo specchio, e dei lividi non mi vergognerò.»

«Chi ti ha pagato?»

«Sempre e solo suo marito, signora. Milleduecento euro al mese, di cui trecento tornavano a voi per l'affitto di un seminterrato… come lei sa, del resto.»

«Mio marito non ha molestato nessuno. Hai rovinato un uomo perbene, un padre di famiglia… e lo sai! Mio marito è l'uomo più buono di questo mondo, e tu lo sai! Non ha mai alzato un dito su…»

«Ma certo che no… finché qualcuna non l'ha rifiutato.»

Ida Garritano gli dà del bugiardo, dello schifoso, del maledetto, del traditore. Gli promette guai in tribunale e gli ringhia fra i denti di andare via. Ha sulle labbra un'orlatura residua di rossetto.

«Me ne vado, ma non è stata quella povera ragazza, e tantomeno io, a ridurlo così. Mi dispiace, ma è stata la sua... *foia animalesca, senza controllo.* Sono state le sue voglie selvagge. Un uomo nella sua posizione deve dominare gli istinti. Prima o poi sarebbe successo, era scritto.» Alex schiva la mano della donna. Non le lunghe unghie laccate che gli lasciano una scia urticante sulla guancia. Poi osserva la donna abbandonarsi di lato, come un animale sfiancato, in mezzo ai vestiti del marito sparsi sul pavimento lucido.

Ad andarlo a cercare il giorno dopo è il solito residuo di borgata in felpa grigia, in una Classe A dai vetri scuri.

Ad aspettarlo oltre il muro della villa c'è solo Amidei. Mentre due giardinieri in divisa bordeaux ritoccano la geometria di una siepe, il professore lo saluta a distanza, con l'orecchio al cellulare.

Quando finisce la telefonata e gli si avvicina, Alex lo vede sospirare di sollievo. Senza grandi manifestazioni d'entusiasmo gli comunica che con il povero Garritano fuori gioco la modifica alla legge sulla pesca delle vongole è stata approvata in commissione. Il tono con cui dice "povero" è quello sbrigativo che si dedica ai danni collaterali di un'operazione perfettamente riuscita.

«Persino quelli che erano d'accordo con lui hanno votato il nuovo articolo. Ma perché mai un uomo che ha molestato una ragazza non poteva aver ragione sulla regolamentazione della pesca?» gli domanda, ma senza lasciargli il tempo di alcuna risposta. «Lei vede un nesso fra le due cose? Io no, eppure sapevamo che avrebbe funzionato. Ha proprio ragione l'amico De Vittorio, gli esseri umani sono la specie meno razionale di questo pianeta. Non ricordo se gliel'ho presentato, l'altra sera.»

L'occhiata sorniona dice l'esatto contrario e Alex non ha alcuna voglia di perdersi in schermaglie.

«Le foto.»

Amidei osserva da vicino i petali rossi di un ibisco in fiore come a scovare qualche insidioso parassita.

«Quali foto? Quelle di lei e Angelica insieme che le ho mostrato qualche giorno fa? Erano solo stampe.»

«Voglio anche i file, è ovvio.»

«I file... i file si copiano in pochi secondi. Chi le garantisce che non ce ne teniamo una copia?»

Alex non sa cosa rispondere. Dunque la fine del ricatto non è a portata di mano. Il cappio non si allenta, la sua vita è ancora in mano al professor Amidei o a chiunque lui rappresenti.

«Lei ha idee... spirito d'iniziativa. Non si fa travolgere dagli eventi e risponde bene alla pressione» fa Amidei. «Inoltre ha una discreta esperienza in fatto di lavori parlamentari. Lei mi piace, Riccomanno. Glielo dico sinceramente.»

«Sia sincero fino in fondo. Io le servo.»

«Cosa le è successo al viso?»

«Niente.»

«Va di fretta?»

Alex fa notare che ha appena perso il lavoro e probabilmente anche il datore di lavoro.

«Venga con me di sopra in terrazza, allora.»

La cosa peggiore è che l'altra notte le tegole hanno preso a ticchettare come tanti piccoli orologi. Piera si è alzata immediatamente, è andata a guardare dalla porta finestra. Sopra la città c'erano delle nuvole, finalmente. O meglio, delle entità gassose che sfumavano dall'arancio al viola.

Ma Piera non ha avvertito l'odore elettrico che annuncia il rinnovamento portato da una tempesta. La mattina dopo i cactus sulla ringhiera, la tenda del ristorante, l'edicola votiva e i tetti delle auto erano coperti di un velo rosa opaco. La notte aveva portato quattro gocce impastate alla sabbia del deserto. Una beffa.

No, la cosa peggiore è che, senza pioggia, l'aria di Roma inizia a non aver niente da invidiare alla cappa che avvolge Città del Messico (o almeno così garantisce Dolores, che ci ha studiato per otto mesi) e lo pneumologo le ha sconsigliato di uscire.

«Nelle ore calde?» ha chiesto Piera.

«Di uscire» ha ribadito il medico.

Dovrebbero installare in casa dei condizionatori con dei filtri per l'aria, Dolores lo ripete da tempo.

«Dunque siamo arrivati a pagare anche per respirare» le ribatte sempre Piera e, anche se non è una risposta vera e propria, Dolores sa che significa "no, falla finita".

O forse la cosa peggiore è che i lavori giù in strada

proseguono e la ferita nel manto di sampietrini non si chiude. La ferita da cui hanno estratto il corpo di Angelica Levantino è ancora aperta, e non c'è più nemmeno il telo lucido a coprirla.

No, la cosa peggiore è che Rodolfo non ha più chiamato e non si sa dove sia. Il suo tuttofare Rajat è passato tre giorni fa assieme a un gruppetto di persone. I brandelli di conversazione che salivano dalla tromba delle scale l'hanno fatta pensare a degli agenti immobiliari venuti a visionare l'appartamento. Quando ieri lo ha incontrato sul portone, Rajat ha svicolato gentilmente, rifiutandosi di dirle una sola parola. Lei voleva solo chiedergli se Serristori avesse addirittura già messo l'appartamento in vendita, ma è stato come se Rodolfo avesse dato disposizioni di non fidarsi più neppure di lei.

Piera si affaccia fuori dal portone a pomeriggio inoltrato, ma l'anticiclone è ancora un martello e Roma la sua incudine. Non si sposterà almeno fino alla fine del mese, dicono, e Piera procede verso il teatro con il copione in una mano e l'inalatore serrato fra le dita dell'altra. Nel piccolo teatro il fresco li ha protetti per gran parte del mese ma adesso si è consumato. Il calore sta dilagando anche lì, come una gelatina invisibile.

Ma il peggio del peggio Piera lo scopre proprio dal palco, mentre segue una delle scene più terribili del *Riccardo* III, nonostante il duca di Gloucester non ne prenda parte. La regina Elisabetta va alla Torre di Londra per visitare i suoi figli, ma scopre che i piccoli sono di fatto ostaggio di colui che dovrebbe proteggerli, vale a dire Riccardo. È ovvio che nessuno, non solo la regina, li rivedrà mai più. Sullo sfondo dell'azione, due scherani di Riccardo riempiono di liquido rosso i due bidoni più piccoli.

All'unanimità hanno deciso che sui bidoni i nomi dei due giovanissimi principi verranno scritti nella pausa prima della scena successiva. Sarà più efficace.

I ragazzi stanno andando bene, stanno imparando a usare non solo la voce, non solo il corpo, ma lo spazio stesso del palco per recitare. «Voglio una battaglia continua. Dovete darvi battaglia per lo spazio, anche per un metro. Siamo in una storia di guerra, siete degli eserciti che cercano di accerchiarsi, di prendersi ai fianchi.» Li ha sfiniti, lo sa, ma adesso la scena funziona.

E forse per questo Piera sposta lo sguardo e l'attenzione dal palco al fondo della platea.

Ombre regolari. File di spalliere e nessuna sagoma.

Piera però guarda meglio, guarda ancora.

Riccomanno non è venuto, oggi.

Il sedile vuoto le sembra ancora più sinistro della sua sagoma nella penombra. La mette in allarme, ma non sa per cosa. Perché veniva alle prove e perché ora ha deciso che il loro lavoro teatrale non gli interessa più? Cosa sta tramando?

Se un pericolo lo vedi, almeno lo puoi tenere sotto controllo. E poi Riccardo III in scena è crudele, ma quando si defila è anche più terribile.

Sì, il peggio del peggio è che Riccomanno non sia lì.

È il non sapere cosa stia facendo e il non saper neppure dare un nome a questa ansia.

Sebastian ha tolto dalla parete gli encomi, ha riposto la camicia a maniche corte blu con le mostrine e la foto in divisa con i genitori. Non gli pare sia rimasto niente che indichi il suo bilocale come quello di un poliziotto. Però è andato a prendere Elisabetta alla stazione immaginando come dirglielo. Ora si tratta solo di scegliere il momento giusto.

Forse in trattoria non lo è. Hanno appena ordinato, il locale è gremito, e anche se sono all'aperto, si sa, a Roma si parla a voce alta. E poi Elisabetta è più bella dell'ultima volta, e anche l'ultima volta era più bella della prima volta che l'ha vista, comunque. E se vanno avanti così, frequentandosi spesso la vedrà meravigliosa.

Se Elisabetta parla della Toscana, Sebastian si vede già lì, sotto un pergolato in cima a una collina tondeggiante. Se lei parla del mare, Sebastian sente subito la voglia di andarsi a comprare un paio di pinne, e quando lei parla di un film che le è piaciuto, Sebastian si domanda come mai da tanto tempo (forse dieci anni, a dire il vero) ha perso la bellissima abitudine e tante splendide occasioni di arricchimento personale mettendosi a guardare solo serie fantasy o documentari sulle grandi imprese dell'alpinismo.

E mentre succede tutto questo, il cameriere porta i primi e Sebastian giura a se stesso che appena usciti dal ristorante, facendo due passi per il ghetto, le spiegherà tutto. Ma mentre succede questo, succede anche altro.

Succede cioè che Sebastian si senta calare una mano sulla spalla, che gli cada la forchetta fra i tonnarelli e che alzi lo sguardo verso l'alto per riconoscere il capo dell'unità investigativa e il suo sorriso carnoso, di denti accuratamente sbiancati.

«Rudi Völler, buonasera.»

No, non sta cercando un tavolo, passava di lì con la moglie e le presenta subito Sebastian come il nuovo arrivato "della squadra".

«Il mio capo...» fa Sebastian, abbassando la testa come per metterla sul ceppo. Intanto la donna saluta anche Elisabetta, e in quei pochi secondi Sebastian ha l'intuizione di chiedere se la partita a calcetto di lunedì è confermata.

«E come no. Otto e trenta, pun-tu-a-le, però.»

«Bene.»

Poi Mancini si rivolge direttamente a Elisabetta, provocando in Sebastian una slavina di disperato imbarazzo.

«Si spaccia per italiano ma lei, mi raccomando, non ci creda. L'italiano lo parla benino, sì... ma rimane un austriaco.»

«Lo so, lo so» se la ride Elisabetta, e quando Mancini torna alla sua passeggiata serale Sebastian è sbigottito dalla sua stessa fortuna.

«Mangiamo che si freddano» rilancia.

«Perché l'hai chiamato capo?» chiede Elisabetta, i tonnarelli già arrotolati sulla forchetta.

«Capo della scuola di lingua dove vado…»

«Allora volevi dire il direttore… e la squadra?»

«Hanno una squadra di calcetto e… mi hanno messo dentro.»

«Dici che i romani non ti piacciono, ma ti sei ambientato bene» osserva lei, e mentre si gusta la prima forchettata, lo scruta con una curiosità nuova.

Hanno camminato fra gli stand sulle banchine del Tevere, ora risalgono i gradini per sbucare su viale Trastevere e Sebastian decide che è arrivato il momento. Magari interrompe la magia della serata, magari lei si adombra e stasera rientreranno in casa senza più parlarsi.

La prima notte di sesso la si può rimandare, la fiducia può sbriciolarsi per sempre.

Così, quando lei si appoggia alla spalletta per riprendere fiato dopo gli scalini, Sebastian è pronto con le sue parole, i suoi argomenti logici bene in sequenza, i motivi di quel temporaneo inganno chiari e condivisibili. Ma Elisabetta sospira e gli dice che ha scoperto una cosa.

«Una cosa…» le fa eco Sebastian.

«Però forse non te la dovrei dire.»

Il pentimento è tardivo, e solo di facciata.

«Ormai…»

«È che non mi va di raccontarlo in famiglia. E neanche agli amici. Ma con qualcuno mi devo sfogare, sennò scoppio, guarda.»

Sebastian non replica, allarga le braccia e prova anche a sorridere, ma non giurerebbe che gli sia riuscito.

«Lo so che non mi sopporta più nessuno. Anche le amiche, se non chiamo io, per loro… una rottura di coglioni in meno nella vita. Sono patetica, sono una che era lì lì per sposarsi, da non si sa quanti anni, e poi è stata mollata. Sono patetica, me ne rendo conto e non mi sopporto neanche da sola, cazzo…»

Sebastian preferirebbe comunque conoscere finalmente questa grande scoperta.

«… ora come ora mi sopporto solo quando sto con te.»

«E io sono qua.»

Elisabetta si lascia abbracciare, poi appoggia la borsa sulla spalletta di pietra. Vicino c'è un chiosco, Sebastian si allunga a rimediare una lattina di birra. Non appena piega la linguetta, parte uno sbuffo di schiuma che almeno la fa ridere. Un sorso per uno e lei dice che questo grand'uomo del suo ex fidanzato aveva i suoi giri a Roma, come no.

«Di escort. Mignotte, se vogliamo usare l'italiano. Prostitute se non vuoi essere volgare, battone se le carichi sulla tangenziale… anche in tedesco si dice in tutte queste maniere?»

«Più o meno.»

«Ti rendi conto, che schifo? Almeno avesse avuto un'amante. Una donna normale, una persona decente, dico. Che umiliazione. Che schifo pensare che il giorno prima era stato con una di quelle e poi… lasciamo perdere.»

Sebastian decide di tentare l'unica uscita di sicurezza aperta da una conversazione del genere.

«Sei proprio sicura? Come l'hai saputo?»

«L'altro giorno ho tirato fuori la sua roba da un armadio per rispedirgliela» fa Elisabetta, poi fruga nella borsa senza neanche guardare, «e ho trovato questo.»

Sebastian manda giù una sorsata, le passa la lattina e le sfila dalle dita un cartoncino plastificato.

«Ho provato a chiamare venti volte, ma questo locale deve essere sempre chiuso.»

Il numero di cellulare è scritto a penna, il fiore di loto è stampato in viola e la dicitura "Sushi Bar" pure. Sebastian annuisce serio, lei lo prende per una conferma alla sua ipotesi.

«Ma ti pare? Non c'è neanche l'indirizzo.»

T18. Sebastian pensa a questa sigla, dove T sta per Trolley. I numeri con cui hanno repertato gli effetti personali di Angelica Levantino li sa a memoria.

T18. Sebastian lo pensa, e gli sfugge dalle labbra.

«Che hai detto?»

«Niente.»

12.

«Vorrei sapere dove sono esattamente quelle foto» si impunta Alex, non appena rimangono da soli. «Scusi, professore, ma così non mi sento tranquillo. E non perché non mi fido di voi, sia chiaro. Ma chi mi assicura che non finiranno mai nelle mani sbagliate?»

I primi giornalisti stanno arrivando alla spicciolata e si avvicinano con nonchalance al buffet. Il tramonto allunga strisce sottili di luce rosa sulle colonne dei Fori imperiali. La vista dalla terrazza-lounge dell'hotel spazia dal Colosseo a piazza Venezia. Il sole si sta acquattando oltre il Campidoglio e il pianista canta un vecchio successo di Sinatra su una morbida base elettro-dance.

Amidei sembra piuttosto lontano dal prendere in considerazione una risposta. Chiama il maître di sala e gli ordina di sostituire tutte le bottiglie di prosecco, con il suggerimento amichevole di rifilarlo a qualche comitiva di americani. Quando si rivolge di nuovo a lui, gli dice che non ha capito cosa sta succedendo.

«No, forse non del tutto.»

«In autunno ci saranno le elezioni e stasera presentiamo una nuova formazione che emerge da anni di studi di geopolitica. Comporremo una lista di persone che conoscono le dinamiche complesse del mondo globalizzato. Che ragionano oltre i confini angusti della nostra piccola Italia. Fra mezz'ora scopriremo il logo, ma se si avvicina glielo faccio vedere in anteprima.»

Amidei non ha un cellulare ultimo modello e utilizza una custodia di pelle a quaderno. Il simbolo ha la solita forma circolare rassicurante, senza spigoli, la solita divisione orizzontale a metà e il più o meno solito uso del verde e del blu. L'unico discrimine che Alex ormai riscontra nei loghi della politica è la presenza, più o meno residuale, del colore rosso. Lì non c'è. Il nome è "Nuova Libertà".

«Che ne pensa? Sinceramente.»

«Accattivante.»

«Abbiamo scelto queste due parole dopo una lunga ricerca. Abbiamo un algoritmo capace di lavorare non solo sui termini, ma sul senso della frase. "Nuovo" e "libertà" sono i concetti positivi più ricorrenti espressi nei commenti ai post politici.»

«Ma perché cambia discorso?»

«Non sto cambiando discorso.»

Amidei assaggia un nuovo prosecco, liquida il maître con un assenso di vaga sufficienza. Dalla loro destra arrivano le grida di uno stormo di gabbiani irrequieti che volteggia intorno alla Colonna Traiana.

«Le sto per offrire qualcosa che la metterà al sicuro molto di più del distruggere quelle foto.»

«È un po' vago, per uno nelle mie condizioni.»

«Un posto in lista, di questo le sto parlando.»

«Per me?»

«Collegio di Roma, un seggio sicuro. Secondo i nostri sondaggi, dovremmo piazzare una dozzina di parlamentari. Non molti, ma decisivi.»

«Decisivi per spostare di cinque millimetri un articolo di legge sulla pesca alle vongole?»

«Non sia riduttivo riguardo al nostro lavoro. Siamo in un mondo globalizzato. Avrà sentito parlare dell'effetto farfalla, no? Nei sistemi complessi anche un piccolo movimento può generare conseguenze gigantesche. Con quei cinque millimetri noi spostiamo milioni di euro da una parte all'altra del mondo. Mi pare giusto che veniamo ricompensati di conseguenza.»

«In due parole siete dei lobbisti.»

«Lo so, la nostra attività è malvista e misconosciuta, in questo Paese. Pretendere che gli interessi stiano fuori dalla politica è utopia, ma fingere che neanche esistano è ipocrisia.»

«E cosa risolverei?»

«Si faccia eleggere. E se un giorno dovessero tirarla in mezzo al triste incidente capitato alla nostra povera Angelica, potrà sempre parlare di accuse infamanti manovrate da interessi politici. La solita solfa dell'eliminazione dell'avversario per via giudiziaria, no? Ancora mi stupisco che funzioni così bene. Cosa pensa che avrebbe detto il suo caro senatore Garritano, se non gli fosse preso un ictus? Io sono stato eletto dal popolo! È una congiura dei miei nemici politici! Non state processando me, state processando la volontà di migliaia di italiani! I tempi... i tempi sono tutto. Bisogna farsi eleggere, prima. Qualche volta penso che se i bravi ragazzi della Magliana fossero scesi in politica tempestivamente, sarebbero morti nei loro letti senza fare un giorno di galera. A proposito, ha notato che da trent'anni a questa parte si dice "scendere in politica"? Questo Paese ha perso la testa. Venire a Roma a rappresentare migliaia di italiani per uno stipendio più che ragguardevole non meriterebbe il verbo "salire"?»

Amidei lo invita a un brindisi.

«La mia Joy sarà il suo spin doctor. Tre sessioni settimanali, non saranno passeggiate, ma sulla piazza non trova di meglio, stia sicuro. Poi dovremo ripensare l'abbigliamento. Via la cravatta e anche questi occhiali colorati. Per il set fotografico le ho già prenotato un ottimo ritrattista, un giovane che sta a San Lorenzo. Nel frattempo bisogna inventarle un curriculum... e naturalmente eliminare qualsiasi riferimento a Garritano. Il senatore non riuscirà più a pronunciare una sola parola e questo, perdoni il cinismo, ci rende il compito più agevole.»

«Professor Amidei, io non ho ancora accettato.»

«Lei non deve accettare, Riccomanno. Io non gliel'ho chiesto.»

I nomi in neretto disseminati nel grigiore delle colonne di testo le sembrano piccoli insetti posati sulla pagina di giornale. Prima ancora di leggerli, Piera li sfiora istintivamente con le dita, per vedere se si muovono e scappano.

In una di quelle piccole macchie scure legge il nome di Alessandro Riccomanno. La nuova formazione politica è presentata con un paginone di grande effetto. Anche se ci sono più foto che parole, e da quelle parole non si capisce gran che. Giovani, fotogenici e vaghi. Sembrano spuntati dal nulla.

«Nuova Libertà» mormora Piera, mentre passa il giornale a Dolores. La sua assistente ci riflette, ma stavolta sembra a corto di commenti.

«Da portaborse a candidato. Ha fatto carriera» considera.

«Esce di scena Garritano e arriva lui. Che coincidenza.»

«Lei vede coincidenze da tutte le parti. È un...»

«È un'ossessione, me l'hai già detto.»

Dolores si risente, non era quello che intendeva, o forse sì, però no.

«E se l'avesse giudicato male fin dall'inizio?» si spiega.

Magari, pensa Piera, mentre Dolores rincara la dose.

«Mi è sembrato educato, serio, incapace di fare del male. Mi fido del mio istinto. Mi sono sbagliata di rado.»

«*Di rado* non vuol dire *mai*» commenta Piera.

«E poi, se entra in parlamento, tanto meglio. Una conoscenza in politica non fa mai male. Per la questione del teatro, voglio dire...»

«Vero…» ammette con rassegnazione Piera.

«Tanto senza amicizie non si va da nessuna parte, in questo Paese. Conta solo chi conosci. Gli amici e gli amici degli amici…» si sbilancia, nella foga.

«Vero anche questo» ammette ancora, anche se ascoltare Dolores che giudica l'Italia come farebbe una cittadina danese appena arrivata a Roma le fa sempre uno strano effetto.

Strano sì, ma non surreale come quello a cui Piera assiste il sabato successivo, quando su Roma si installa un cielo bianco e inutile, da bonaccia tropicale. Nella Serra Piacentini del Palazzo delle Esposizioni la luce del pomeriggio si spande uniforme dall'altissimo soffitto di vetro, i rumori si disperdono e il pubblico è quello delle grandi occasioni. Alla presentazione dei candidati di Nuova Libertà i mezzibusti televisivi si mischiano ai bellimbusti del sottobosco governativo. Piera saluta l'ex direttore di un teatro con cui ha avuto uno scontro feroce, ma tutto sommato leale. La caporedattrice di una rivista femminile le chiede confidenzialmente se la può indicare fra i simpatizzanti della nuova formazione politica.

«Provaci e ti querelo» le sussurra, confidenzialmente, Piera.

Subito dopo viene accalappiata dal direttore di un sito di gossip, giacca color melone e papillon coordinato, che la bombarda di domande su Rodolfo.

«Dimmelo, dài, tu e Serristori avete una storia. E tu lo sai…»

«Cosa?»

«Sai dov'è scappato. Ma non ti senti terribilmente tradita? Il vecchio playboy perde il pelo, ma non il vizio.»

«Anche tu perdi molto pelo. E francamente si nota. Dove hai fatto l'ultimo trapianto di capelli, al WWF?» Quello rimane interdetto, a giudicare dal numero di rughe parallele che gli appaiono sulla fronte.

«No?» lo incalza lei. «E allora perché te ne vai in giro con una marmotta sulla testa?»

Mentre il gossipparo si dilegua, Piera sa bene di essersi appena fatta un nemico mortale, ma non è il primo e non sarà l'ultimo. E forse neppure il più pericoloso, pensa, mentre si accomoda accanto a una coppia di mezza età, entrambi con un cartellino al collo che dice "Press". Sceglie quel posto perché è in ultima fila, esattamente come Alex Riccomanno fa quando si presenta alle prove in teatro. Solo che oggi sul palco c'è lui, l'ex portaborse. È sempre pelato, ma pelato meglio, più lucido. Porta occhiali nuovi, un modello sportivo che ricorda l'America anni '50, e sembra dimagrito. Si è sfoltito la barba e ha cambiato postura, o forse è la prima volta che Piera lo vede senza la borsa del pc che gli grava su una spalla. Si piazza nel centro esatto della dozzina di candidati di Nuova Libertà, tutti in piedi sotto il maxischermo con il logo. Sono in prevalenza donne, nessuna delle quali sopra i cinquanta, almeno a occhio. Fra gli uomini spiccano due sole teste canute.

Lo show è un piatto composto di spot, brevi dichiarazioni d'intenti, citazioni solenni di giornalisti, stilisti, campioni olimpici, archistar, capitani d'industria, navigatori in solitaria e persino scrittori. Di chiunque insomma, pur di evitare un qualsiasi uomo politico "del passato".

Quando arriva il suo turno, Alex Riccomanno smorza un colpo di tosse nella mano, aggiusta l'asticella del microfono e cerca di abbracciare con un unico sguardo panoramico il pubblico. Piera è sicura che l'abbia individuata, se non altro perché poi si schiarisce la voce una volta di troppo prima di iniziare a parlare.

«Vengo dalla Toscana, ma amo Roma. Amo Roma ma mi sento cittadino del mondo. Qui, in Nuova Libertà ho trovato uno spazio, una casa, bella e trasparente come il magnifico posto che ci ospita oggi. Qui, in Nuova Libertà, ho deciso di sviluppare le mie idee e di mettermi alla prova. Ho accettato la sfida del talento e delle responsabilità. L'ho accettata dopo anni di gavetta e di duro lavoro...»

«... e soprattutto dopo aver fottuto quello scimmione di Garritano» borbotta il giornalista alla destra di Piera, con la mano davanti alle labbra.

«Che comunque...» aggiunge la collega che gli sta accanto, «almeno era simpatico.»

«Hai ragione. Questi sono proprio stronzi.»

«Tu che fai, lo scrivi?»

«Ma scherzi? Mi fanno paura soltanto a guardarli» sospira lui, mentre Piera riflette sugli innegabili privilegi che stare in ultima fila le ha sempre regalato, fin dalle scuole elementari.

Il professor Amidei se n'è rimasto tutto il tempo nelle retrovie. Dietro il palco, fra una saletta riunioni e un disbrigo, sono riposti volantini e gadget. È lì che Alex se lo ritrova davanti.

«L'amico De Vittorio sostiene che la signora ha capito tutto, o quasi.»

«La signora chi?»

«La famosa attrice. Non l'ha vista? Era in sala.»

Alex l'ha vista, certo, e mentre lo dice si impone di non mostrarsi preoccupato.

«Cosa ci faceva qui, oggi?»

«Non ne ho idea.»

Il professore si passa un fazzoletto sul viso e abbassa la voce.

«Non ne ha idea. Le sembra una spiegazione? A me no.»

«La Drago non ha in mano niente, stia tranquillo.»

«Lei ama il teatro, Riccomanno?»

«Non esattamente.»

«E allora come mai è tornato in quel palazzo? Come mai è andato a far visita a Piera Drago? Glielo dico io, perché… almeno le risparmio qualche altra risposta senza senso. Perché lei stesso ha paura di quella donna e di quello che può aver capito.»

Per Alex sarebbe il momento di chiudere la conversazione. Amidei non è dello stesso parere e lo blocca per un braccio.

«Mi dispiace per lei, ma De Vittorio ha una visione più realistica della sua.»

«E allora? Cosa dovrei fare?»

Amidei sogghigna, consigliandogli di non scandalizzarsi troppo di se stesso. Di quello che ha fatto e di quello che potrebbe fare.

«Gliel'ho già spiegato. Dopo le elezioni lei sarà al sicuro. Ma fino alle elezioni, se quella signora la trascina nel delitto Levantino, la nostra lista affonda con lei.»

«Mi occupo io della Drago.»

«Sicuro?»

«La risolvo io, ho detto. E fine della discussione.»

«Bene. Ma si ricordi che non staremo con le mani in mano a guardarla finire nelle cronache giudiziarie un mese prima delle elezioni.»

«Sono sicuro che il vostro appoggio...»

Amidei lo stoppa con un'occhiata risentita per il solo fatto che Alex non abbia afferrato. Per niente.

«Lei deve essere sicuro solo di una cosa: piuttosto che farla comparire da imputato in un tribunale, noi la facciamo sparire prima, dottor Riccomanno.»

Il commissario capo Solera ha una specie di piccola valvola verde sull'avambraccio. Gli hanno rovinato il drago, uno dei tatuaggi più vecchi che ha, e lui se ne lamenta. Però è contento che stavolta non gli tocca il carbo-platino e quindi si tiene capelli e peli. È stanco di assomigliare a un alieno glabro di qualche vecchio film di fantascienza.

E poi è stanco perché è il terzo giorno dopo la chemio, il peggiore.

273

Il palazzo conserva la sua austera dignità umbertina e l'appartamento vanta ancora spazi di un'altra epoca. Le pareti ingombre testimoniano in modo persino doloroso i fasti dell'uomo che ora si sposta sollevando a malapena i piedi dal pavimento, cercando di nascondere la sacca del catetere. Medaglie di triathlon vinte per conto della Polizia di Stato con tanto di collage di premiazioni al Foro Italico, diplomi di perfezionamento come istruttore di nordic walking, foto di arrampicate su cui Sebastian potrebbe intavolare una conversazione per sciogliere il ghiaccio.

Solera non gliene dà il tempo.

«Mi hanno detto che avevi fretta di parlarmi. Non vorrei che ti avessero informato male. Mi danno ancora due anni di vita, mica due mesi.»

Ride e si lascia andare su un'imponente poltrona a comandi elettrici.

«Sei tu che hai trovato quella ragazza... la Levantino, no?»

«Nelle fogne, dentro un sacco nero. Come una cosa da buttare, che non vale niente.»

«L'autopsia?»

«Strangolamento. Aveva ancora una piccola collana d'argento... e c'erano i segni sulla pelle, come stampati.»

«L'assassino le ha stretto la gola con quella, insomma.»

«Sì. Uccisa così. Anossia cerebrale.»

«Però è strano... se decidi di strangolare qualcuno, ma davvero ti viene in mente di farlo con un collarino?

Come fai a essere sicuro che resista? Se lo vuoi fare usi una cintola, una corda… o lo fai con le mani.»

«Allora si chiama strozzamento.»

«Giusto… sei di studi ancora freschi. Beato te. Impronte sul sacco?»

«No, l'acqua ha portato via tutto.»

«E il vecchio playboy, laggiù, si guarda bene dal tornare in Italia. Ma avete qualcosa che chiude la partita o no?»

«Non so ancora, ma lei può aiutarmi, credo.»

Sebastian gli mette sul bracciolo della poltrona il biglietto da visita del Sushi Bar contrassegnato dal numero reperto T18. Poi quello che gli ha fornito, senza volerlo, l'ex fidanzata di Alessandro Riccomanno.

«Sono uguali, cambia il colore e poi il numero scritto a penna.»

Solera li esamina stringendo le palpebre in preda a un conato di nausea.

«Aureliana…» commenta. «Scommetto che le sim sono intestate a cittadini stranieri…»

«Sì, sono clonate. E cambiano sempre, rimangono attive una settimana, al massimo. Ma… chi è Aureliana?»

«Vent'anni fa aveva un'agenzia di eventi e un marito dirigente del ministero degli Interni. Poi sono caduti in disgrazia tutti e due. Lei allora si è presa un mezzo attore molto più giovane che ora ha un locale a Trastevere e si è tenuta il patrimonio di conoscenze. Politici, tv, calciatori… Gente che vuole roba buona e non può rischiare sputtanamenti. Niente messaggi che rimangono sui server, niente passaparola, biglietti da visita che sembrano quelli di un ristorante a domicilio e una piccola cerchia di pusher fidati, giovani e dalla faccia pulita.»

«Ci posso parlare?»

«Devo parlarci prima io, ma non c'è problema. Se non è al gabbio è solo perché mi fa sapere sempre quello che ho bisogno di sapere. E non mi prende mai per il culo.»

È l'ultimo mercoledì di luglio.

È l'ultimo mercoledì di prove prima dello spettacolo, che sarà poi anche il giorno dello sgombero. Sia come sia, la parola del giorno è "ultimo". Piera se la trascina dietro assieme alla propria ombra quando esce di casa al primo attenuarsi della vampa, e cioè poco dopo le cinque.

Sul palco i bidoni della scenografia sono colmi di liquido rosso. I nomi vergati con vernice nera sgocciolata sono quelli di CLARENCE, RIVERS, VAUGHAN, GREY, HASTINGS. Mancano solo i nomi sui due bidoni più piccoli.

Quando la notte prima della battaglia decisiva Riccardo viene tormentato dai fantasmi delle sue vittime, l'idea dei due scenografi è di proiettare le immagini degli attori sul fondale. La cosa è suggestiva, ma Piera non è convinta.

«Li riprendiamo con una videocamera, là dietro il palco, e mandiamo il segnale nel proiettore» fa il più giovane dei due.

«E la voce la processiamo con un effetto di riverbero» propone l'altro.

«Resta il fatto che devo recitare con delle proiezioni, non con degli esseri in carne e ossa» è la perplessità di Piera. «Io vedo loro, ma loro non vedono me. Non so se ne sono capace. Proviamo.»

Gli amici del borgo hanno ripreso a chiamarlo, adesso. Anche quelli più vicini a Elisabetta.

La loro relazione finita ritorna fra le questioni personali, nel cassetto in cui nessuno vuol più frugare.

Sua madre lo chiama addirittura due o tre volte al giorno. Le dispiace non poterlo votare, dalla Toscana. Suo padre invece sta mobilitando tutti gli amici romani, a quanto pare. Lui è più discreto, si limita a mandargli messaggi, ma oggi non ha resistito. Lo becca mentre è nel camerino di un negozio di via Condotti e si sta provando il completo per la sua prima apparizione in tv.

«A che ora sarà?» chiede suo padre.

«Venti e trenta.»

«Sei tranquillo?»

«Sai com'è... però sì, dài.»

«Ma non si può venire a partecipare come pubblico?»

«Me l'ha già chiesto la mamma dieci volte, è inutile che me lo faccia chiedere da te. La risposta non cambia. Il pubblico è già stato selezionato.»

«I miei amici, qui... mi chiedono se questa Nuova Libertà è una lista di destra o di sinistra.»

Fuori Joy bussa energicamente sul compensato della porta.

«Ormai sono distinzioni superate. Roba del Novecento, capisci?»

Anche le immagini instabili proiettate sul fondale del palco sembrano venire dalla fine del Novecento, gli anni delle prime videocassette quando suo padre, ricorda Alex, si comprò una delle prime videocamere mini vhs e prese a documentare i pranzi di Natale, le vacanze, persino le comunioni di qualche cugino.

Alex è arrivato tardi. Ha spento il cellulare, è entrato da un ingresso secondario ed è salito a sedersi nell'ombra di un palchetto.

La parabola di Riccardo III è al termine e, a quanto capisce, sul fondale di scena sta parlando una delle sue vittime. È una donna, anzi, la donna minuta che durante una prova precedente osava avanzare obiezioni sulle parole di Shakespeare.

«"Riccardo, sono io, Anna, tua moglie, sventurata, che mai poté dormire un'ora sola tranquilla con te, e vengo a riempire d'inquietudini il tuo sonno. Domani, nella battaglia, pensa a me…"»

Il primissimo piano ha colori deboli. La faccia livida sembra aver parlato da una dimensione lontana e invece è appena di lato al palco, davanti a una videocamera. Gli pare identica a una delle ultime che suo padre si è comprato.

Secondo Piera l'effetto è suggestivo ma la voce esce

troppo impastata. L'idea di questi grandi videomessaggi che incombono su Riccardo è molto buona, e insiste perché gli attori davanti alla videocamera recitino più estraniati.

«Non avete risentimento verso il vostro assassino. Non lo potete avere perché siete morti. Quanto più voi siete neutri e oggettivi, quanto più emozionate gli spettatori. Voi siete morti. Le emozioni che voi non potete più provare le dovete scaricare addosso agli spettatori, come un peso. Questo è il senso. Ricominciamo da quando Riccardo riprende la parola…»

Alex osserva i bidoni trasparenti colmi di liquido rosso. I nomi sono scritte nere sbavate. RIVERS, CLARENCE. Forse per quello sembrano ancora più sinistri. HASTINGS. BUCKINGHAM. Forse per quello da lontano si leggono male e per un istante Alex sprofonda di schianto nel pozzo del dubbio che i nomi siano altri. *Angelica. Garritano. Serristori.* La caduta è breve ma vertiginosa. Chiude gli occhi per scacciare l'illusione, e quando li riapre li punta su Piera. L'attrice indossa una giacca di foggia maschile, quasi militare, ma senza mostrine né medaglie. Anzi, sembra che prima ci fossero e siano state strappate. Guadagna il centro della scena.

«"Di che cosa ho paura? Di me stesso? Non c'è nessuno qui oltre a me."»

Alla vista dei bidoni, Piera ha uno scatto di repulsione. Arretra e solleva da terra qualcosa. È un telo nero, di plastica lucida e spessa. Prima lo usa per nascondersi la vista dei bidoni, poi ci si avvolge dentro.

«"Perciò, di chi ho paura? Riccardo ama Riccardo, io son io. C'è forse un assassino qui?"» si domanda, guardando tutto intorno e poi verso la platea, e poi in alto, verso di lui. Come se sapesse perfettamente che lui è lì. Alex si ripete che Piera Drago non può saperlo, ma a suon di ripeterlo si ritrova con le unghie conficcate nel velluto consunto della sedia.

Dopo giorni di anticamera, Aureliana lo fa ricevere in piazza Trilussa da uno dei suoi collaboratori più fidati. "Collaboratori", Sebastian stenta a crederci, ma Aureliana ha usato questo termine ben due volte. E comunque anche il collaboratore lo fa aspettare. Del resto il suo diretto superiore Mancini glielo dice continuamente: non è che a Roma si arriva sempre in ritardo, è che Roma ha un fuso orario tutto suo.

«Basta che metti l'orologio un quarto d'ora indietro e vedrai che sono puntuali tutti.»

Il giovane esce da una Smart con alla guida una ragazza dagli occhiali a goccia e dalle labbra rimodellate.

Sebastian lo nota subito per la capigliatura bicolore, scuro e biondo ossigenato. La Smart riparte e questo gli viene incontro. Mocassini e jeans elasticizzati rigorosamente sopra il malleolo. Per un attimo Sebastian teme di essere lui a venir preso per uno spacciatore. È l'attimo prima che il ragazzo gli si fermi davanti, mani in tasca e spalle un po' incassate.

«Solera dice che avete bisogno di una mano.»

«E io dico che tu hai visto lei» fa Sebastian. Si è portato dietro il tablet con le foto più recenti di Angelica Levantino. Alla terza il tipo si volta dall'altra parte, si accende una sigaretta e gli porge il pacchetto.

«No, grazie» fa Sebastian.

«Ah, lei. Brutta storia, eh?»

«Si riforniva spesso da te?»

Un lungo pennacchio di fumo nell'aria, un'occhiata intorno e poi gli sussurra che non l'aveva mai vista prima di quella sera.

«Allora lei non è venuta da sola. Voi non consegnate roba a chi non conoscete.»

«Bravo. Vedo che hai fatto presto a capire come funziona qua in Italia.»

«Per forza, sono di Bolzano.»

Il tipo sorride ma sembra perdere un po' di sicurezza. Butta via la sigaretta appena accesa e premette che però con Solera lui è stato chiaro, loro vogliono «stare tranquilli, niente sbirri in borghese che comprano roba, tregua». «Tregua» ripete, e Sebastian vorrebbe prenderlo per il colletto, guardarlo negli occhi e chiedergli con chi crede di avere a che fare, con chi pensa di poter trattare, come al mercato. Poi conta fino a dieci e garantisce che Solera è il capo. Quello che dice Solera è okay.

Il ragazzo salta giù dal primo scalino del fontanone e Sebastian lo segue.

«A proposito, come sta Solera?»

«Combatte» replica secco Sebastian.

«È un fenomeno, cazzo. Che schifo, la vita. Certe cose solo a chi non se le merita, no?»

Sebastian gli dice che sì, dispiace un casino anche a lui, ma che Solera lo ha mandato lì per una ragione precisa.

«E io ti sto aiutando. Tranquillo.»

«E allora con chi è venuta Angelica da te?»

Quello prosegue come se nulla fosse, fino a quando la strada si biforca. Su una saracinesca addobbata di graffiti multicolori è già iniziato l'attacchinaggio della campagna elettorale.

«Sulla tua destra, amico… guarda sulla tua destra.»

Sebastian rallenta il passo, si volta e si trova faccia a faccia con Alessandro Riccomanno.»

O meglio, con la sua versione sorridente e fotoritoccata. L'ex portaborse guarda i passanti da un manifesto sovrastato da una grande scritta blu. NUOVA LIBERTÀ. Sulla destra ci sono due parole a caratteri verdi a cui il candidato sembra appoggiarsi con disinvoltura. PULITI E SINCERI.

«Un minuto e arrivo» ha detto Piera, quando anche l'ultimo gruppetto ha imboccato il corridoio di servizio verso il foyer. Di minuti ne sono passati dieci, quindici o forse venti, chi lo sa. Ma rimanere sola nel retropalco non l'ha aiutata a disfarsi dei dubbi come il duca di Gloucester fa con i suoi rivali. Continua a ritoccare le battute, eppure le manca sempre qualcosa.

È come se l'inchiostro della sua penna non fosse abbastanza nero.

Le manca un'ombra, l'ombra dell'ultima fila che era

abituata a intravedere dal palco. Le manca il suo spettatore oscuro.

Alex.

È stato Alex a guidarla nella costruzione del suo Riccardo III, o è stata Piera a guidare lui nella sua ascesa strisciante?

La domanda è già una risposta. Se c'è una verità che Piera sente di possedere, è che i rapporti veri sono quelli fluidi. Ambigui. I rapporti in cui i ruoli possono cambiare, in cui ognuno dei due può presentarsi in scena con un nuovo costume.

Piera si chiede se anche Alex la pensi così. Forse no, conclude.

Allora si chiede perché ha disertato le ultime prove.

I suoi nuovi impegni, certo. O forse la sicurezza che lei non è più né utile, né pericolosa. In una parola sola: non è più importante.

Si chiede persino dove sia adesso.

Poi torna a chinarsi sul tavolo accanto al mixer, sulla pagina ormai trasformata in un campo di battaglia di parole trafitte da cancellature rabbiose.

Il dj set in strada ha svuotato in pochi minuti il piccolo foyer del teatro. Sono tutti là fuori, adesso, e il tipo dietro la console alza ancora il volume. La festa in strada dovrebbe sensibilizzare la cittadinanza sullo sgombero imminente, dicono gli occupanti. Riccomanno attende che escano anche i due scenografi e il tecnico delle luci, poi imbocca il corridoio di servizio seminterrato, fra cavi elettrici penzolanti, funi arrotolate e tavole con numeri segnati in gesso.

Le altezze buie del retropalco gli ricordano un'abside spoglia. Un posto sacro per iniziati.

Piera Drago è rimasta da sola. È, seduta, curva su un tavolino addossato alla parete scura, fra un grande mixer e la colonna lampeggiante di un gruppo di continuità per l'energia elettrica. Si è tolta la giacca di scena e gli dà le spalle. La sciarpa color rosa antico, di tessuto leggero e trasparente, spicca sulla camicia bianca e scende fino a terra. Alex si ritrova a calcolarne la lunghezza. A saggiarne già la resistenza fra le dita, con l'immaginazione.

«"Vesto così la mia nuda perfidia, con vecchi stracci carpiti a casaccio… e mostro d'esser pio quanto più mi comporto da demonio…"» fa lei. Poi abbandona la penna sul copione e porta alla bocca l'inalatore. Inspira due volte, profondamente, e Alex ne approfitta per mettere in fila i suoi passi silenziosi.

Basterà stringere poco. Stavolta non rimarranno segni e non durerà molto. Sarà più semplice. Sarà *meglio*. È la parola giusta che quasi si spaventa di aver trovato. Sarà meglio della prima volta. Un altro passo.

«"E metto in mostra l'esser giusto, quanto più mi comporto da demonio…"» scandisce lentamente. Mormora fra sé che così è meglio, sì.

Si china di nuovo a scrivere sul mazzo di pagine gualcite.

E poi si volta di scatto verso di lui. Lo scossone fa gemere la sedia.

Adesso le vede di nuovo le spalle, solo che le vede riflesse nello stesso specchio scuro in cui riconosce anche la propria sagoma.

Si guardano sorpresi. Eppure entrambi, pensa Alex, hanno sempre saputo che prima o poi doveva accadere. La festa in strada rimbomba lontana.

«Alex... scusa, mi hai fatto paura.»

«Non volevo. Sul serio.»

«A cosa devo la visita di un futuro parlamentare?» gli chiede.

«È stato un periodo complicato, ma...» risponde Alex, di getto, «... non potevo perdermi l'ultima prova.»

Finalmente il suo caposquadra Mancini gli ha dato ragione. E il magistrato ha firmato la richiesta. Adesso c'è solo da sperare che il gestore telefonico non si prenda mezza giornata di tempo e finalmente il cellulare di Alessandro Riccomanno sarà attenzionato.

De Vittorio e Mancini sembrano comunque molto divertiti dall'idea di vederlo perdere le staffe.

«Riccomanno ha fatto dire bugie anche a quella povera scema del B&B, sicuro. Non era Serristori l'uomo al ristorante.»

«Però non poteva nemmeno essere Riccomanno» ammonisce De Vittorio. «Era comunque sulla sessantina, no? Questo lo ha confermato anche il titolare.»

«Va' tu a capire... la ragazza dà ragione a chi le mette più paura» commenta il caposquadra.

De Vittorio scorre il brogliaccio delle sommarie informazioni raccolte fino a quel momento. È seduto alla scrivania di Sebastian, mentre invece Sebastian fa avanti e indietro nello spazio stretto e lungo fra la parete e gli schedari. Il vice questore borbotta che il "collaboratore" di Aureliana non verrà mai a testimoniare in aula e quanto a Giada, davanti al magistrato potrebbe cambiare versione un'altra volta.

«È come camminare con due saponette ai piedi. Bisogna trovare qualcos'altro.»

«Qualcos'altro? E dove, ora? Il b&b… era quella la scena del delitto.»

«Solo perché la Drago insiste che la musica alta veniva da lì?»

«La Drago non ha cambiato mai le cose che ha detto ed era sempre giusta, mi pare. Ma è tardi!» si tormenta Sebastian. «Abbiamo perso giorni! Ha avuto tanto vantaggio, *Scheiße*!»

«Niente tedesco, grazie» gli replica Mancini.

«Por-ca mi-se-ria… va bene?»

«Puoi fare meglio.»

«Porco cane.»

«Manco mio nonno buonanima lo diceva più.

«E allora porca troia!» esplode Sebastian, mentre Alberto Fortis si mette a cantare *"io vi odio a voi Romani, io vi odio a tutti quanti"*.

«Grossmeier, ancora questa suoneria» si demoralizza De Vittorio.

«Se qualcuno poi ti mena, io sto dalla parte sua» rincara la dose il suo caposquadra, mentre Sebastian recupera il cellulare sotto i fogli che il vice questore gli ha sparso sulla scrivania.

Il numero non in rubrica è quello di un ufficio tecnico della compagnia di Riccomanno. Il telefono dell'ex portaborse è sotto controllo da qualche minuto e De Vittorio abbandona subito il posto davanti al pc.

Sebastian si reinstalla sulla sua sedia con l'aria di chi non la cederà finché non ha spulciato per bene i tabulati almeno dell'ultimo mese.

«Loro sono efficienti, per fortuna» commenta Sebastian. E per prima cosa controlla quale cella stia agganciando il telefono di Riccomanno, giusto per avere sott'occhio in tempo reale gli spostamenti del portaborse.

«Posso dirlo con sincerità? Il finale mi ha deluso» le dice Alex.

Le sembra tranquillo, molto più disinvolto di quando si sono visti le prime volte. Ma potrebbe essere la tranquillità di chi ha deciso esattamente cosa fare, come e quando. Piera resiste alla paura di averlo capito. Però si domanda se sia più coraggioso cedere alla paura o far finta di non provarla. E allora gli chiede di spiegarle cosa trova di sbagliato nell'epilogo della tragedia di Riccardo III.

«Non lo trovi moralista?» le chiede Alex, appoggiandosi al tavolo proprio accanto alla sua borsa. Non sembra una mossa casuale. «Quei fantasmi nella notte, i sensi di colpa, la coscienza che si risveglia dopo aver versato fiumi di sangue. L'idea del malvagio che alla fine viene punito. È moralista.»

«No, non lo trovo moralista. È che Riccardo III alla fine non prova niente neppure per se stesso. È per questo che, più o meno inconsciamente, va incontro alla sconfitta.»

Alex non pare convinto. Gli hanno insegnato a sorridere più lentamente, con più enfasi. Lascia che il tambureggiare della festa in strada riempia il loro silenzio.

«No, non funziona così. La vita non è il teatro, Piera. I malvagi dominano il mondo. E la sera vanno a letto sicuri, dormono sonni tranquilli. Non vedono fantasmi, non hanno rimorsi.»

«Come fai a saperlo?»

«Ne conosco più di quanti immagini.»

«E gli rimbocchi le coperte ogni sera?»

«Non sono venuto a scherzare, Piera. Questa tragedia che state mettendo su è proprio quello che i malvagi vogliono far pensare agli idioti che si fanno comandare da loro. Idioti che poi vanno al cinema o a teatro ed escono contenti. Sì, molto meglio essere poveri, mediocri e senza potere. Si campa di più. È questo.»

«No, non credo.»

«Sì, invece. I buoni, la gente perbene, come li vuoi chiamare… sono solo dei vigliacchi. Sì, vigliacchi che non hanno il coraggio delle proprie idee. Sai perché non ammazzano nessuno? Solo perché hanno paura. Hanno paura di essere scoperti, di andare in galera. Ma dagli il permesso di essere pessimi, spietati e ipocriti… e te li ritrovi tutti a battere come forsennati sulle tastiere, nei loro nascondigli... contro il maniaco Garritano o l'assassino Serristori.»

Piera non replica. Il frastuono della festa che arriva da fuori ora le sembra un muro sonoro che li separa dal resto del mondo. Se dovesse chiedere aiuto, le sue grida non oltrepasserebbero quel rimbombo continuo.

«Sai cosa penso? Se c'è una cosa per cui Riccardo III viene davvero punito... è il coraggio. Il coraggio di prendersi il potere. Ecco perché forse piace tanto. Perché viene punito uno che ha il coraggio di fare quello che tutti vorrebbero. Fottersene della morale, prendersi il potere.»

Piera vorrebbe fermarlo, ma lui chiude gli spazi fra una parola e l'altra. Non l'ha mai visto così accorato. Le parla e la fissa in volto, la vuole persuadere e forse è meglio assecondarlo. Assecondarlo, sì. Assecondarlo, arrivare alla borsa, prendere il telefono.

«Perché non hai avuto coraggio di cambiare il finale?»

«Chi sono io per cambiare un finale di Shakespeare?»

«Chi se ne frega di Shakespeare. Tu una volta mi hai detto che sei attratta dagli assassini. Te lo ricordi?»

Alex le lascia appena il tempo di annuire.

«Attratta... sì, ma solo finché sei sul palco» la incalza. «Attratta solo dagli assassini che puoi scaraventare all'inferno, invocando il grande Shakespeare... mi hai deluso. Davvero.»

«Ah, me ne dispiaccio» gli ribatte. Poi si alza, lentamente.

«Ipocrita... sei un'ipocrita, anche tu, come tutti.»

«Potrei spiegarti che per un'attrice non è un'offesa, ma adesso devo andare» fa Piera, richiudendo il copione malridotto. Poi allunga di scatto la mano verso la borsa e Alex le afferra il polso.

«No, tu sei peggio... peggio di tutti gli altri. Perché hai anche fatto finta di non capire. Che recita penosa.»

«Lasciami immediatamente.»

Alex le lascia il polso, ma le agguanta la sciarpa con tutte e due le mani. La tira a sé, di prepotenza. Sono così vicini che Piera quasi vede se stessa riflessa negli occhi di lui.

«L'ambizione non fa prigionieri» le sussurra Alex, a un niente dalle sue labbra. «Me l'hai insegnato tu.»

Piera vorrebbe urlare, anzi, è convinta di urlare, solo che non sente la propria voce. Prova ad allontanarlo, ma si sente spingere indietro, poi di nuovo in avanti. Si muove tutto, come su una nave in tempesta. Niente più equilibrio, niente più aria. La sua sciarpa è sempre salda fra le mani di Alex, è diventata una tenaglia soffocante. Si chiude il sipario sui suoi polmoni, ed è il sipario dell'ultima prova.

Risucchiata dentro se stessa. È questa la sensazione. Implodere senza un gemito. Come un pesce tirato in secca sulla barca, si contorce in un guizzo, travolge la sedia e il tavolo. Il pavimento le fa sbattere le ossa contro le ossa. Ma il respiro dopo va giù, più libero, anche se le infila una spina nelle costole. Anche Riccomanno è a terra, ma Piera non può capire dove o perché. Una fontana di scintille le crepita davanti, lei si chiude le braccia davanti al volto, il sotto è diventato sopra e ci sono cavi come radici amputate che sputano schiocchi. L'odore acre e sintetico arriva con il fumo. E con il fumo le pareti della gola sembrano incollarsi, di nuovo.

Piera non vede più Riccomanno. Vede la centralina elettrica rovesciata, ma anche quella si confonde nel grigio. Forse è il fumo che si alza.

Sta diventando tutto scuro.

Anzi nero.

Nero e silenzioso.

Come un abisso senza acqua. E senza aria.

L'ultima cella agganciata dal telefono di Riccomanno comprende anche il teatro occupato. È la cella contigua a quella del Senato, ma Garritano è in ospedale. Magari il suo ex portaborse è in giro per fare campagna elettorale, ma allora perché ha spento il cellulare da più di un'ora?

La segretaria di Piera Drago gli ha risposto che è alle prove, e in effetti il cellulare dell'attrice è staccato.

Ma le prove sono finite, gli dicono i ragazzi in strada. C'è una festa, c'è una specie di grigliata, c'è un dj che pompa musica allo stremo delle casse e Sebastian deve urlare per farsi capire. Urlare sopra il rumore da sala macchine della musica e del traffico. Sebastian chiede a tutti urlando, ma nessuno ha capito se Piera Drago è uscita o se è ancora dentro.

E Sebastian allora entra, e il fumo della grigliata sembra seguirlo.

Invece è un fumo diverso, è più scuro, e infila spilli nel naso e negli occhi.

Il teatro è in un buio denso, ma dal retropalco arrivano lampi irregolari.

Sebastian neppure ci pensa a tornare indietro e a chiamare quelli fuori. Si porta la maglietta alla bocca, salta sulla scena e vede una quinta già sbranata in diagonale dal fuoco. Se una fiamma arriva a mordere il sipario è finita, pensa Sebastian.

Poi vede i bidoni, ne apre uno, ma il fumo acre gli ovatta l'odorato. O la va o la spacca.

Speriamo che vada, pensa. Rovescia il liquido per terra, sulle assi punteggiate di lamelle luminose. Una volta alleggerito il bidone, lancia un getto verso la quinta in fiamme.

Ripete questo con tutti i bidoni, finché i focolai dell'incendio non esalano fumo più chiaro, schiaffeggiati dal liquido rosso. Il retropalco adesso ha l'aspetto orrido di un mattatoio e Sebastian vaga nella penombra offuscata in cerca dell'uscita di sicurezza. La trova solo perché vede una sottile lama verticale di luce. Ci si butta contro, la spalanca ed esce a prendere aria. Il tempo di comporre il numero dei vigili del fuoco e torna dentro, dove stanno arrivando quelli della festa in strada, una processione spettrale di cellulari accesi. Sciaguattano sul pavimento inondato di rosso, fra grida e colpi di tosse. Il fumo esce e la luce del giorno rischiara l'interno. Accanto al mixer ora si distingue un corpo riverso.

Sebastian è il primo a riconoscere Piera Drago dalla lunga serpentina della sciarpa ancora stretta fra le mani.

13.

Elisabetta gli telefona proprio mentre oltre la vetrata del reparto di terapia intensiva si intravedono ombreggiature in movimento. Il cellulare dice che le tre del pomeriggio sono passate da sei minuti e Sebastian non ha mai chiuso occhio, neppure quando si è rassegnato a tornare a casa per qualche ora. *Prognosi riservata* e *situazione stazionaria.* Verso le due di notte era stato chiaro che i medici non si sarebbero sbilanciati oltre sulle condizioni di Piera Drago.

«Che voce... Serata impegnativa?» lo punzecchia lei.

È solo per il caldo, si affretta a rassicurarla Sebastian. Lui non è abituato, se non piove c'è da impazzire. Nonostante la canicola, Elisabetta ha deciso di venire a Roma per il weekend.

Sebastian si allontana dalla sala d'aspetto e dai giornalisti in attesa di notizie.

«Io però... ho una verifica del corso di italiano lunedì.»

«Ti aiuto. Studiamo insieme.»

«Studiare? Non so se lo facciamo bene insieme. Altre cose sì...»

Le strappa una risata, ma anche la minaccia di venirci per conto suo, a Roma. Probabilmente lei si aspetta una piccola replica di gelosia di cui Sebastian non è capace. Tantomeno in quel momento. Gli ultimi sviluppi non promettono un weekend tranquillo ed è chiaro che, non potendole dire la verità, la sta inevitabilmente deludendo. Puntuale, arriva la ritorsione.

«Hai detto che potevi capire qualcosa su quel biglietto da visita» gli chiede.

Sebastian decide di dirle almeno un po' di verità. Elisabetta se la merita. Per il momento però lui si inventa un insegnante di italiano. Che ha una moglie carabiniere. Che gli ha fatto sapere. Che quei biglietti da visita lì…

«Cosa?»

«Non so se ti fa piacere, ma… dicono che è un giro di cocaina.»

Elisabetta non replica.

«Tutti tirano, qua. Chi lavora con tanto stress, poi… anche di più.»

«Mi stai dicendo che è normale?»

«No…»

«Cocaina. È meno grave di pagarsi delle escort?»

È grave che lei non se ne sia mai accorta, pensa Sebastian.

«Non lo so. Ma se ora va in politica, lui dovrà fare attenzione.»

Elisabetta ripete che davvero non pensava. A un'altra sì, ma alla coca no. Che il suo ex fidanzato quindi non sta bene e che finirà per rovinarsi, ma dal tono della voce sembrerebbe parlare più di un "fidanzato" che di un "ex". Quando Sebastian vede salire dalle scale il vice questore, scatta su dalla sedia.

«Ora devo andare.»

«Scusami, forse non…»

«No… è solo che inizia la lezione» taglia corto.

«Ieri pomeriggio Riccomanno ha spento il telefono subito dopo aver agganciato la cella del teatro.»

Il corridoio è una sequenza di porte uguali e sembra non finire mai. Sebastian cammina un passo davanti al vice questore.

«E lo ha visto qualcuno, ieri a teatro?»

«Non ieri… tutti impegnati per una festa. Ma i ragazzi se lo ricordano. Era andato a vedere le prove dello spettacolo, prima.»

«Quindi è possibile che fosse ieri al teatro.»

«L'uscita di sicurezza del retro era aperta, di poco. Qualcuno era appena uscito.»

«Però va dimostrato che quel qualcuno fosse Riccomanno.»

«Io mi chiedo… Riccomanno è sempre vicino a dove succede qualcosa. Sempre. Anche la notte quando è sparita Angelica Levantino. Quale cella ha agganciato il cellulare di Riccomanno? Quella di via del Governo Vecchio.»

«Hai controllato quanto ci è rimasto? La cella copre una zona molto frequentata, dietro piazza Navona. Ci passano migliaia di persone ogni ora» gli risponde De Vittorio.

«Vero, ma poi… sui tabulati io ho trovato anche delle chiamate fra Riccomanno e Giada.»

«La ragazza del B&B?»

«Esatto. Si conoscevano, allora? Non lo hanno mai detto. Che motivo c'era per Riccomanno di chiamare Giada? Secondo me uno, uno solo.»

«Dici… concordare le dichiarazioni della ragazza per incastrare Serristori?»

«Dico proprio così.»

«E Garritano? Anche quelle sarebbero fesserie inventate da Giada? Che c'entra il senatore con tutta questa storia?»

«Non lo so, ma intanto alle elezioni ora c'è Riccomanno. E Garritano è messo male.»

L'occhiata di De Vittorio è quasi perforante. Ma Sebastian non sa dire se si tratta di apprezzamento, di sorpresa o di vero e proprio allarme.

«Intanto vediamo come è messa Piera Drago» gli risponde il vice questore.

«Ha detto il primario che non è in pericolo di vita. La crisi respiratoria è stata superata» li informa subito Dolores. Nello slargo alla fine del corridoio c'è anche il ristoratore coperto di tatuaggi. Oltre un vetro, il viso di Piera Drago è coperto in gran parte da una mascherina simile a un guscio di tartaruga trasparente. Gli occhi sono aperti, sembrano vigili, e dal lenzuolo spuntano solo le braccia chiazzate di ematomi. In tutta franchezza, quando ieri l'ha portata fuori dal teatro saturo di fumo, Sebastian non aveva grandi speranze.

«Prima ha sorriso» fa Donato.

Secondo Dolores è stata solo un'impressione. Piera è cosciente, ma è in stato di shock. Non può compiere nessuno sforzo, neppure quello di parlare. Per altre quarantotto ore almeno rimarrà lì, attaccata alla bombola dell'ossigeno.

«Grazie a dio niente tracheotomia» aggiunge Dolores. Solo ora Sebastian nota che la segretaria di Piera stringe fra le dita un piccolo rosario.

Donato chiede se hanno capito come è successo.

«Un corto circuito, sembra» risponde De Vittorio, «d'altronde l'impianto elettrico del teatro è vecchio. E non a norma.»

«Non c'era nessun altro dentro il teatro?»

Sebastian e De Vittorio suggellano un patto di silenzio con una sola occhiata.

«Era rimasta a lavorare ancora su quel copione» recrimina Dolores. «Maledetto... maledetto Riccardo III.»

Mentre il vice questore e Donato provano a tranquillizzare Dolores, Sebastian si avvicina al vetro. Nella stanza di terapia intensiva il tempo sembra galleggiare su se stesso in una luce morbida. Sebastian vorrebbe saper interpretare i numeri che vede lampeggiare sui macchinari. Invece può solo guardare gli occhi di Piera Drago, e cercare di interpretare quelli.

È possibile che sorridano come dice il ristoratore?

Anche quando la donna si volta verso di lui, Sebastian direbbe di no. La fronte è senza rughe, ma gli occhi sono come sbiaditi. Si chiede se lei lo stia vedendo o meno.

La risposta però gli arriva chiara. Senza bisogno di parole. Una risposta lenta come il gesto con cui Piera solleva le braccia e le avvicina.

Lo sforzo sembra titanico, il tubo sottile della cannula si tende allo spasimo però lei non si dà per vinta fin quando non ha incrociato i due polsi, uno sopra l'altro.

Piera lo sta vedendo, eccome. Perché quel gesto lo può decifrare solo lui.

«Per essere la prima volta sei andato discretamente» gli dice Joy. «Ma te l'ho detto, ogni tanto commenta mentre parlano gli altri. Anche se rimani fuori campo e non ti danno la parola, nove volte su dieci gli fai perdere il filo del discorso.»

«In quello studio faceva un caldo assurdo» risponde Alex slacciandosi la cravatta, poi si ferma nella prima toilette che incontra per sciacquarsi il viso dalla cipria. La donna non lo molla, lo marca da vicino e gli spiega anche il perché.

«E mòderati con la cocaina, per cortesia. Maxischermi ad alta definizione, primi piani... i più attenti se ne accorgeranno.»

Alex si passa un fazzoletto di carta sulla faccia, lo getta via ed esce per primo senza replicare.

«Poi elimina tutti quei "forse", "probabilmente",

"magari"… Attenuare i concetti quando si è convinti di avere in mano la verità è solo falsa modestia da intellettuali di sinistra. Stucchevole.»

Si infilano in un ascensore e si mettono tutti e due a consultare i propri cellulari.

"Sono orgoglioso di te" gli scrive suo padre. Alex ha altre settantadue notifiche. Alessandro Riccomanno detto "lo zio" è il compagno di scuola di cui adesso si ricordano tutti.

Qualcuno gli ha mandato la foto della tv con lui in primo piano. "Belli gli occhiali nuovi, dove li hai presi?" E poi via con faccine sorridenti, manine plaudenti, bottigline esplodenti. "Grande zio, ma che ne pensi dello svincolo autostradale che vogliono fare a centocinquanta metri dalle mie vigne?"

Arrivati al piano terra, lo chiama sua madre. Non sembrava nemmeno emozionato, gli dice. Tutti quei sacrifici, gli dice, alla fine sono serviti a qualcosa. Nella vita chi si impegna, prima o poi, viene ripagato. I buoni a nulla e i disonesti, prima o poi, finiscono dove devono finire, gli dice ancora.

«Vero, mamma, vero.»

Ed è in quel momento che, oltre i tornelli e oltre le vetrate dell'androne, riconosce Grossmeier avanzare nel parcheggio del centro di produzione tv riservato agli ospiti. Le luci dal basso gli sbozzano la faccia spigolosa e lo disegnano ancora più ossuto e filiforme.

Piera ce l'ha fatta, ha ricordato tutto, ha parlato. Questo significa per lui quell'apparizione sinistra. Non ci sono altre spiegazioni. Se ci sono, non ha il tempo di trovarle.

«Non posso uscire, non adesso» fa, e cambia direzione lasciando che sia Joy a seguirlo.

Il bozzolo di plastica nera della chiave lo centra in pieno petto.

«L'auto è il crossover grigio, duecento metri sulla destra, appena fuori dal cancello. Esca dall'ingresso per il pubblico. La accompagneranno loro.»

Assieme al professor Amidei ci sono anche Jamie e felpa grigia. Si sono rifugiati in un salottino per proiezioni riservate, così insonorizzato da far pensare che non esista un mondo, oltre le pareti. O forse è solo quello che vorrebbe Alex.

«E poi?»

«Non vada all'estero, eviti i piccoli paesi e i posti dove è già stato diverse volte. Non faccia telefonate con il suo cellulare e non lasci tracce di pagamenti» risponde Amidei e gli porge una busta di contanti. A giudicare dallo spessore, potrebbe essere quello che lui si mette in tasca in qualche mese. «Aspettiamo un paio di giorni e vediamo come sistemare il problema.»

Alex annuisce chiedendosi a chi si sta riferendo il professor Amidei. Se il problema da sistemare si chiama ancora Piera Drago. Se è quello che vogliono fargli credere, per tranquillizzarlo e liberarsi di lui più facilmente.

La domanda non lo abbandona, nemmeno quando si è lasciato alle spalle la cancellata e i due factotum di Amidei. Il cellulare non smette di vibrare, titillato da saluti, congratulazioni e complimenti.

La domanda lo segue e sembra abbia persino un passo che riecheggia il suo. Gli alberi disegnano ombre irregolari sui marciapiedi crepati come la terra del deserto dopo mesi di siccità. L'auto è vicina e lui si sente chiamare.

Riconosce prima il suo nome della voce che l'ha pronunciato.

«Alex, Alex, Alex.» Elisabetta sembra non conoscere nessun'altra parola e lo abbraccia. «Alex, Alex.»

«Che ci fai qui?

«Spiegami, raccontami… dimmi qualcosa, ti prego» gli sussurra Elisabetta, e lo stringe di più.

«Dobbiamo andare via» le dice lui.

«Andiamo dove vuoi, Alex. Fammi venire con te.»

Aziona il telecomando, terrorizzato al solo pensiero che le luci dell'auto lampeggino e lo segnalino a Grossmeier, all'oscurità tutto intorno, al mondo.

«Dobbiamo andare via» ripete.

«Ho un problema» fa Sebastian. Si appoggia a una fontanella asciutta e riprende fiato. Dal telefono premuto all'orecchio Mancini gli risponde che sì, da come lo sente affannato pare proprio anche a lui. Non dovrebbe fare jogging con questo caldo, neanche di sera.

«Hai ragione» ammette al suo diretto superiore. Gli vorrebbe dire che il jogging non c'entra niente. Ha visto

Elisabetta e Alex salire su un'auto, ha pensato di poterli raggiungere prima dell'incrocio, invece è scattato subito il verde. È stata una stupidaggine d'istinto. E nel frattempo Riccomanno ha provveduto a spegnere il cellulare. Segnale scomparso, gli hanno comunicato.

«È per un cellulare da mettere sotto controllo.»

«Prepara la richiesta al magistrato e…»

«Non è una cosa di lavoro.»

«Ah.»

Sebastian spinge il pulsante del rubinetto di ottone. Escono due gocce appena.

«È una cosa privata, diciamo.»

«Diciamo roba di donne?»

«Voglio vedere dove va una certa persona… se lei mi dice la verità.»

«Ma allora non sei un pezzo di ghiacciaio scivolato a valle come vuoi far credere.»

Sembra molto intrigato, Mancini. Sebastian si lascia sfottere il minimo indispensabile per non guastare la complicità del suo superiore.

«Quel software… Morelli, al reparto comunicazioni mi ha detto che funziona…»

«Funziona. Te lo scarichi sul tuo cellulare in due minuti.»

«Ce l'hai il suo numero?»

«Ce l'ho, ma se ti beccano non fare il mio nome e neanche quello di Morelli. O ti rovino la vita e la carriera. Se ti beccano sono cazzi tuoi, Rudi Völler. Intesi?»

«Intesi.»

«Perché non mi hai mai parlato del tuo problema?» gli fa lei. Roma si sfarina in rivendite di laterizi, centri sportivi illuminati a giorno e vecchi casali abbandonati in mezzo a torri buie di appartamenti ancora in costruzione. Il traffico dirada, Alex guarda più nel retrovisore che la strada davanti.

«Quale problema» fa lui.

«La cocaina» dice Elisabetta, quasi scusandosi.

«Come lo sai» replica Alex. Anche questa non suona come una domanda, sembra la riga di un modulo da riempire prima possibile.

«Non importa come lo so. Perché?»

«Perché senza è impossibile tirare avanti.»

La strada si allarga, a tre corsie. Il semaforo in lontananza cambia al rosso. Alex sospira.

«E ora? Che farai?»

«Non capisco» fa Alex, anche se le parole più sincere sarebbero "non lo so".

«Questa storia della candidatura? Da dove viene fuori? Non me ne avevi parlato mai.»

«È successo tutto molto in fretta.»

«Qualcuno al borgo maligna che sei stato tu a far fuori Garritano. Per quello ti hanno dato un posto in lista.»

«Ma pensa che fantasia» le risponde Alex, e intanto si accoda alla fila del semaforo. Guarda Elisabetta e le sembra leggermente dimagrita. Il volto ha perso morbidezza. È pallida, ma si è truccata. È venuta a cercarlo nella grande città, da sola, nell'unico posto dove poteva sperare di incontrarlo. Dopo centinaia di messaggi e una colonna intera di chiamate senza risposta, lei è venuta a Roma, senza neanche la certezza di intercettarlo.

«Stai entrando in politica… e come pensi di poter continuare, con la cocaina? Devi farti aiutare, Alex.»

«Sì, forse hai ragione» sospira lui, e finalmente la coda si rimette in moto.

«Due giorni insieme, con calma, lontano da tutti e da tutto» fa lui, a un certo punto. «Due giorni per noi. Per parlare, per chiarirci. Ti va?»

Elisabetta sembra volersi limare le unghie con le unghie. Guarda fuori e dice che le piacerebbe tornare al Lago di Nemi. È lì che sono stati felici l'ultima volta, in fondo.

Alex nicchia, non può rischiare.

«Scopriamo un posto nuovo.»

«Perché?»

Lei scrolla le spalle. Vorrebbe fidarsi di nuovo di lui, è chiaro, ma ancora combatte.

«D'accordo. Passiamoci, poi vediamo» fa Alex, tentando una carezza impacciata.

«Fermiamoci un attimo» dice Elisabetta.

Alex non vorrebbe, ma è un punto panoramico. Un minuto solo, lo prega lei. Sta cercando di fidarsi di nuovo, in fondo. Lo slargo di ghiaia è delimitato da uno steccato, c'è un tavolo di legno con delle panche. Il lago è lì sotto, oltre le ombre degli alberi. È piatto, appena più chiaro delle colline intorno. Da lì parte un sentiero di trekking che scende fra gli arbusti. Sarebbe bello arrivare giù, fino all'acqua, e magari fare anche il bagno alla luce della luna. Ma non è un mese fa. Adesso è notte e la costa del lago è molto ripida, in quel punto.

È successo tutto molto in fretta. Forse troppo.

Alex dovrebbe abbracciarla, dovrebbe arrendersi all'idea. Lei è l'unica persona di cui si può fidare, nonostante tutto. Perché è anche rimasta l'unica a fidarsi ancora di lui. Elisabetta si risistema i capelli, smette di guardare le luci piccole delle case sulla sponda opposta e gli prende la mano.

«Anche io devo raccontarti qualcosa» fa. È sempre lei, la persona limpida che non si lascia intorbidire neanche dal tradimento altrui.

«Ho conosciuto una persona» inizia. E va giù con delicatezza, a piccoli passi, a parole misurate. Forse è stata una sbandata, neanche lei lo sa, ed è molto confusa.

«Mi hai trattato da schifo. Ma non è stata una ripicca. È una persona con cui sto bene. Una persona sensibile. Si è interessata a me e io...»

«È del paese? Lo conosco?»

«No, non è nemmeno italiano.»

«No?»

«È austriaco.»

«Austriaco? E dove l'hai conosciuto?»

«A Roma.»

«A Roma?»

«Ti ricordi il giorno che mi hai piantato alla stazione?»

È come sentire il fischio del treno due secondi prima

che gli arrivi addosso. Mentre un'idea assurda diventa plausibile, la ghiaia crepita alle loro spalle, e la frenata dell'auto ha il fragore di una specie di onda secca. L'utilitaria è anonima, di un colore difficile da identificare di notte, e lo sportello si spalanca ancora prima che sia del tutto ferma.

La sagoma dinoccolata si staglia nello sbuffo di polvere illuminato dal lampione. È difficile dire se Elisabetta sia più sbigottita dal giovane allampanato che si ritrovano davanti o dalla fondina della pistola che porta alla spalla.

«È lui l'austriaco, scommetto…» mormora Alex. Elisabetta riesce solo a ripetere ossessivamente un nome. *Sebastian.*

«… Grossmeier» completa Alex. «Ispettore, se non mi sbaglio.»

Il poliziotto però si rivolge prima a Elisabetta.

«Meglio che tu ora sali con me.»

«Ah sì, e come mai?» gli chiede Alex. E stavolta ottiene una risposta da Grossmeier.

«Piera Drago ha raccontato tutto, Riccomanno. Non le è andata bene… come con Angelica Levantino.»

Elisabetta chiede ad Alex cosa avrebbe a che fare con «quella ragazza che hanno ammazzato». E lo chiede con gli occhi di chi è disposta a credere anche a una bugia appena decente. Sebastian si avvicina e Alex conclude a malincuore che nella fondina c'è la pistola.

«Ha a che fare… che lui l'ha ammazzata, Elisabetta. E siccome Piera Drago l'ha visto, ieri ha provato a uccidere lei, anche. Ma sono sicuro che lui non te lo ha detto.»

«E tu? Tu dovevi dirmi subito chi eri... subito!»

«E allora come faceva a usarti contro di me?» si intromette Alex. «Svegliati, Elisabetta! Ecco chi è la persona sensibile che si è interessata a te... che ingenua! È a me che era interessato.»

Alex torna verso l'auto a passo calmo.

«Riccomanno, non serve fuggire. Dove va? Ha le ore contate... se invece confessa, vedrà che dopo tutto va meglio.»

Non andrà meglio. Mai più. Questo potrebbe rispondergli Alex. Invece risale in auto senza una parola. Elisabetta forse vorrebbe seguirlo, ma il poliziotto interviene.

«Lascialo andare. Per lui è finita, ormai. Credi a me.»

Alex chiude con calma la portiera, mette in moto, incrocia lo sguardo di Elisabetta oltre il parabrezza. I due continuano a parlare, ma Elisabetta sembra voler rimanere a distanza anche da Grossmeier. Non si fida più di nessuno, la brava ragazza del borgo. La sua parlata dolce, la sua risata liscia, l'odore di erba appena tagliata di quando passarono tutta la notte di San Lorenzo sdraiati ad aspettare le stelle cadenti. La prima vacanza in camper, la piccola colonia di conigli che Elisabetta alleva fin da quando era piccola. Un litigio di capodanno, una notte in stazione per il concerto di Vasco, l'inverno che nevicò al borgo e le telefonate interminabili dei suoi primi mesi a Roma. Quella volta che il pap-test rivelò cellule atipiche, i giorni di ansia segreta poi la liberazione, un bacio salato di lacrime e la sensazione di aver ricevuto in regalo una vita tutta nuova, intatta.

Chissà se anche Elisabetta ci pensa, mentre indietreggia fino al parapetto di legno rustico. Ci pensa sicuramente, sì, mentre ancora resiste all'idea che quella loro vita, nuova e intatta, non esiste più. Che come l'hanno ricevuta, così l'hanno buttata. E stabilire meriti o colpe, se ci sono, ormai non serve più a niente.

L'ambizione non fa prigionieri.

Quando finalmente Elisabetta alza la testa e lo guarda, Sebastian dice a se stesso di avercela fatta. L'auto di Riccomanno retrocede di qualche metro per manovrare.

«Lascialo andare» le ripete. «Sali con me.»

Quando lei stacca le mani dal parapetto, Sebastian avverte un ruggito alla sua destra, avverte lo spostamento d'aria e un grido interrotto. La nuvola di polvere chiara si gonfia intorno a lui e, quando torna a vedere qualcosa, Elisabetta non c'è più, l'auto nemmeno, e il parapetto di legno si è aperto come una barriera di stuzzicadenti. Sebastian si sporge sul pendio, dove gli arbusti più leggeri non hanno opposto resistenza. L'auto si è capottata subito, carambola su un grande pino marittimo dal fusto inclinato e ora è in bilico contro un masso sporgente, dieci metri più sotto.

Oscilla fra gli scricchiolii. Sono gli ultimi secondi in cui può fare qualcosa. Sono pochi e lunghissimi. Sono i secondi in cui Sebastian sente un lamento, o forse è il sogghigno di una lamiera sulla pietra, ma comunque non gli importa, lui scende a tentoni per il sentiero fra i rovi, verso l'auto capovolta con le ruote che girano a vuoto. Scivola, si rialza, finisce a faccia in avanti, si rimette in piedi. Poi la vettura frana più in basso, falciando il sottobosco, con una lentezza inesorabile. Uno schianto dopo un tonfo, un lungo fruscio e diventa un'ombra nera, quasi minuscola, che smotta veloce su un fianco a marcia indietro, fino a ribaltarsi per l'ultima volta nell'acqua, come un piccolo cetaceo in vena di giochi.

Svaniti i frulli degli uccelli in fuga, rimane solo l'odore di fibre di legno e quello di benzina combusta. A un metro da lui c'è una scarpa sportiva, bianca con le strisce rosa, con ancora la stringa allacciata.

14

Tre giorni dopo Sebastian la nota di sfuggita passando per un corridoio della questura. È da sola, come rannicchiata dietro un distributore d'acqua. Torna sui suoi passi, si avvicina e lei non sembra riconoscerlo subito.

«Hai finito con il magistrato?» le chiede.

Giada annuisce. Ha i capelli raccolti, la maglietta scura è larga e i sandali hanno una zeppa di corda dallo spessore spropositato.

«E allora che ci fai qui?» le domanda, poi si siede accanto a lei.

«Non lo so» gli risponde. «Pensavo.»

«A cosa?»

«Boh. Tu invece stai sempre al lavoro, eh?»

«Da domani ferie» annuncia Sebastian.

«Bravo» commenta lei. Sembra quasi un rimprovero. «Che hai, non sei contento?»

«Sì, certo» risponde Sebastian, senza preoccuparsi di essere convincente. «Tu, invece?»

«Io? Io in ferie ci sto già. Al B&B m'hanno detto *ciaone*.»

Sebastian versa un po' d'acqua, porge il bicchiere di plastica a Giada, ma lei scuote la testa.

«E dove vai di bello?» gli chiede.

«Un po' a casa. Lontano da Roma. Mi farà bene.»

«Stai tipo a Bolzano, no?»

«Tipo. I miei hanno una malga in montagna. D'estate abitano là.»

«Dev'essere bello una cifra.»

«Bello una cifra... sì. Si sta bene, l'aria è buona. Niente caldo.»

«Allora divertiti» fa la ragazza, e si alza con un tintinnare di orecchini e braccialetti. Però poi non lo saluta. Rimane impalata davanti a lui.

«Senti, ma tipo che... ti rompe se magari ti telefono?» gli domanda.

«A me? Perché?»

«Cioè, se i tuoi colleghi o il magistrato mi richiamano per riparlare...»

«... tu ci riparli.»

«Ma io guarda, sono stressata una cifra. Con te ormai ci conosciamo... ti posso chiamare se vado in paranoia?»

Sebastian capisce di non avere vie d'uscita e allarga le braccia.

«Dimmi il tuo numero» si rianima d'improvviso Giada, «che ti faccio uno squillo.»

Il cielo del primo di agosto ribolle di un grigiore opprimente. Piera chiede al tassista che la riporta a casa di fare una deviazione.

«Come vuole. Ma ci imbottigliamo, signora. E fra poco, mi sa...»

«Non ho fretta» risponde lei, mentre il taxi imbocca di precisione il vicolo curvo che sbuca davanti al teatro. Le reti rosse di plastica impacchettano malamente l'ingresso, le transenne rendono ancora più stretta la via e più sudato il tassista. Avanzano a passo d'uomo e Piera ha tempo di leggere i caratteri in grassetto nel cartello che le sfila davanti al di là del finestrino. EDIFICIO INAGIBILE.

Non c'è stato nessuno sgombero, non c'è stata nessuna prima del *Riccardo* III. Riccomanno ha impedito che il duca di York gli rubasse la scena.

Mentre il taxi guadagna di prepotenza l'accesso su corso Vittorio Emanuele, Piera sfoglia le pagine di giornale conservate in una cartellina. Giorno per giorno, è stato l'impegno più importante della sua convalescenza, dopo quello di ricominciare a respirare solo con i propri, anche se malandati, polmoni.

"Tragico triangolo. Il portaborse, la dark lady e la brava ragazza. Ascesa e caduta di un peone della politica."

In tv ha ascoltato molto di peggio, ma il succo è sempre lo stesso. La futura moglie e la pericolosa seduttrice. L'eterna fidanzata e la dark lady. La povera vittima sacrificale e la femmina spregiudicata che invece se l'è un po' cercata.

Sfilano lentamente di fianco a un muro tappezzato di manifesti elettorali. Piera ha tempo di guardarli uno per uno e il solo che riporta la scritta NUOVA LIBERTÀ è ridotto a qualche brandello già scolorito.

Il tassista chiede se la può lasciare davanti al vecchio Palazzo del Governo, ché più avanti ci sono ancora i lavori e finisce incastrato.

«Non c'è problema» gli risponde Piera. Mentre lei lo paga, il tassista chiede il permesso di una piccola confidenza: ha capito il perché della deviazione. L'ha riconosciuta, sì, ha letto quello che le è capitato e aprendole lo sportello dice che è proprio contento di vedere che sta bene.

Davanti al portone malridotto, con la cartellina in una mano e la borsa nell'altra, Piera ricorda nitidamente che anche il vecchio Palazzo del Governo fino a poco tempo fa aveva il suo bravo cartello, severo e istituzionale. Con lo stemma rosso scuro, uguale a quello visto sul teatro. È rimasto lì per anni, a farsi macerare dalle piogge.

In fondo è il tempo che sbriciola gli slanci e fa giustizia delle nobili intenzioni.

Il tempo è più efficace dei manganelli e dei lacrimogeni. Il tempo non lascia martiri da glorificare. Per quanto corriamo e ci affanniamo, la lentezza silenziosa del tempo prima o poi ci raggiunge.

Mentre centellina a passi lenti gli ultimi metri prima della porta di casa, nota un minuscolo pertugio in uno dei cassonetti ricolmi. Non è il caso di perdere l'occasione. La cartellina con gli articoli ci si incastra perfettamente ed è lì che vuole lasciare il ricordo della sua convalescenza.

È ancora impegnata nell'operazione quando la prima goccia centra un sacchetto dell'immondizia. La seconda le arriva su una spalla.

Non ha neppure il tempo di tirarsi il foulard sopra la testa. Viene sovrastata prima da un'elegante cupola di incroci tartan in verde e blu.

«Ben tornata» dice Rodolfo.

«Senti chi parla, il latitante.»

«Nemmeno ufficialmente indagato» si impettisce risentito, poi le sorride con la sua inconfondibile occhiata sorniona. «E grazie a te.»

Piera deve ammettere che la barba, corta e curata, gli dona non poco, e proprio quando sorride. E che le borse sotto gli occhi, più pronunciate, gli inteneriscono lo sguardo. Però glielo dirà un'altra volta, con calma, anche perché l'elegante ombrello dal manico in radica viene investito dallo scroscio di una cascata. Tutti per strada iniziano a correre, qualcuno pure a urlare, e forse anche di sollievo o di allegria, le pare. E quindi è proprio il caso di entrare nel portone alla svelta, come si raccomanda Serristori, e mentre Piera precisa che sta benissimo si ritrova a stringersi a lui, ma solo perché non vuole che Rodolfo si inzuppi per riparare lei, questo sia chiaro.

E una volta entrati, mentre sgocciola l'ombrello, sorridono entrambi a una strana, elettrica euforia. L'euforia di chi è scampato, e non solo a un temporale.

«Giusto in tempo» dice lui.

«Ce l'abbiamo fatta» dice Piera, e Rodolfo lo ripete.

«Ce l'abbiamo fatta, sì.»

Fuori il cielo si rovescia a fiotti su Roma. Ammetterlo sarebbe rinunciare al proprio orgoglio, ma davanti al piccolo pulsante bianco lo sanno entrambi. È arrivato quel momento della loro lunga amicizia in cui, tutto sommato, possono entrare in ascensore insieme.

■■■■nero

Nella stessa collana

Finito di stampare nel mese di maggio 2020 presso
Grafica Veneta – via Malcanton, 2 – Trebaseleghe (PD)
Printed in Italy